BESTSELLER

Fredrik Backman (Suecia, 1981) ha conseguido, pese a su juventud, situarse entre los escritores más populares de su país. Su divertida y entrañable novela *Un hombre llamado Ove* –un libro lleno de humor, sentimiento y sabiduría–, que destacó en 2013 como el libro más vendido de Suecia con más de medio millón de ejemplares, le ha situado como uno de los escritores con más proyección del momento. Sin embargo, la notoriedad de Backman no se limita solo a su exitosa primera novela, pues se trata de un conocido bloguero que desde 2006 es columnista de la revista *Xtra Helsingborg*, afiliada al periódico de mayor tirada en Suecia, el *Helsingborgs Dagblad*.

FREDRIK BACKMAN

Un hombre llamado Ove

Traducción de
Carmen Montes Cano

DEBOLS!LLO

Penguin
Random House
Grupo Editorial

Título original: *En man som heter Ove*
Primera edición: noviembre de 2018

© 2012, Fredrik Backman
Publicado originalmente por Bokförlaget Forum, Estocolmo, Suecia
Publicado por acuerdo con Bonnier Group Agency, Estocolmo, Suecia
© 2014, Penguin Random House Grupo Editorial, S. A. U.
Travessera de Gràcia, 47-49. 08021 Barcelona
© 2022, de la presente edición en castellano:
Penguin Random House Grupo Editorial USA, LLC.
8950 SW 74th Court, Suite 2010
Miami, FL 33156
© 2014, Carmen Montes Cano, por la traducción

ISBN: 978-1-949061-31-4

Impreso en Estados Unidos – *Printed in USA*

22 23 24 25 26   10 9 8 7 6 5 4 3

Para Neda. Siempre por hacerte reír.
Siempre

1

*Un hombre llamado Ove compra un ordenador
que no es un ordenador*

O ve tiene cincuenta y nueve años. Conduce un Saab. Es el
tipo de hombre que señala con el dedo a la gente que no
le gusta más o menos como si ellos fueran ladrones y el dedo,
una linterna de bolsillo de las que usa la policía. Ahora está
delante del mostrador de ese tipo de tienda al que acude la gente que conduce coches japoneses para comprar cables de color
blanco. Ove observa al dependiente mientras agita una caja
mediana de cartón de color claro.

—A ver, ¿esto es uno de esos Aipad? —pregunta Ove con
tono exigente.

El dependiente, un joven con un índice de masa corporal
de una sola cifra, parece incómodo. Es obvio que está luchando por contener el impulso de arrancarle a Ove la caja de las
manos.

—Sí, eso es. Un iPad. Pero la verdad, estaría bien que deja-
ras de moverlo así en el aire…

Ove observa la caja como si no fuera nada de fiar; como
si la caja fuera en una Vespa, llevase zapatillas de deporte y
lo acabase de llamar «amigo» antes de intentar venderle un
reloj.

—¡Ah, bueno! Pero entonces es un ordenador, ¿no?

El dependiente dice que sí, pero luego duda y se apresura a
negar con un gesto.

—Sí… o… bueno, sí, o sea, es un iPad. Hay quienes lo llaman «tableta», y otros lo llaman «tabla de surfear». Hay varias formas de verlo…

Ove mira al dependiente como si acabara de pronunciar su nombre al revés.

—¡Ah, ya!

El dependiente lo observa desconcertado.

—Sí…

Ove vuelve a agitar la caja.

—Y entonces, ¿es bueno?

El dependiente se rasca la cabeza.

—Sí. O, bueno… ¿a qué te refieres?

Ove resopla y empieza a hablar despacio, articulando cada palabra como si el único origen de aquella discusión radicase en los problemas de oído del dependiente.

—Es. Bueeeeeeno. ¿Es un buen ordenador?

El dependiente se rasca la barbilla.

—O sea… sí, es estupendo… pero depende de qué clase de ordenador quieras.

Ove lo mira echando chispas.

—¡Quiero un ordenador! ¡Un ordenador normal y corriente!

Entre los dos hombres se hace un breve silencio. El dependiente carraspea.

—Ya, bueno, en realidad, esto no es un ordenador normal. Seguramente, tú lo que quieres es más bien…

El dependiente se calla, es obvio que está buscando una palabra que el hombre que tiene delante pueda entender siquiera remotamente. Vuelve a carraspear y dice al fin:

—… un laptop, ¿no?

Ove sacude la cabeza frenético y se inclina sobre el mostrador con gesto amenazante.

—No, jodeeer, no es eso lo que quiero. ¡Quiero un ordenador!

El dependiente lo mira comprensivo.

—Un laptop es un ordenador.

Ove reacciona ofendido y pone el dedo linterna en el mostrador.

—¡Eso ya lo sé!

El dependiente asiente con la cabeza.

—Vale…

Nuevo silencio. No del todo diferente al que podría haberse producido entre dos pistoleros que, de repente, caen en la cuenta de que se han olvidado las pistolas. Ove se queda un buen rato observando la caja, como si esperase que hiciera una confesión.

—¿Cómo se saca el teclado? —masculla al fin.

El dependiente se rasca las palmas de las manos en el borde del mostrador y se balancea sobre los pies un tanto nervioso, tal y como suelen hacer los dependientes jóvenes cuando empiezan a darse cuenta de que aquello les llevará mucho más tiempo del que esperaban.

—Bueno, verás, es que no tiene teclado.

Ove enarca las cejas.

—Ya, claro. Porque seguro que hay que comprarlo aparte, ¿no? Y que cuesta una fortuna.

El dependiente vuelve a rascarse las palmas de las manos.

—No… bueno, o sea: este ordenador no tiene teclado. Se controla todo directamente con la pantalla.

Ove menea la cabeza con gesto cansado, como si acabara de presenciar una escena en la que el dependiente lamiera el cristal de un mostrador de helados.

—Pues, como comprenderás, yo necesito un teclado.

El dependiente lanza un suspiro de los que se lanzan después de haber contado hasta diez, por lo menos.

—Vale. Comprendo. Pero en ese caso, me parece que no deberías comprarte este ordenador, sino que deberías comprarte un MacBook, por ejemplo.

La expresión de Ove revela cierta resistencia a dejarse convencer.

—¿Un libro Mack?

El dependiente le responde que sí, asintiendo esperanzado con la cabeza, como si la negociación acabara de dar un giro copernicano.

—Sí.

Ove frunce el ceño con expresión suspicaz.

—¿Es una de esas dichosas «pantallas para leer» de las que habla todo el mundo?

El dependiente lanza un suspiro de una profundidad épica.

—No. Un MacBook es un… es un… laptop. Con teclado.

—¡Ah, bueno! —suelta Ove enseguida.

El empleado asiente. Se rasca las palmas de las manos.

—Eso es.

Ove mira a su alrededor. Agita otra vez la caja que tiene en la mano.

—Pero, entonces, ¿es bueno?

El dependiente baja la cabeza y fija la vista en el mostrador, esforzándose por contener el impulso de empezar a arañarse la cara. Luego se le ilumina el semblante con una energía súbita en la sonrisa.

—¿Sabes qué? Voy a ver si mi compañero ha terminado con su cliente y puede venir a enseñártelo.

Ove mira el reloj. Menea la cabeza.

—Algunos tenemos cosas mejores que hacer que pasarnos el día aquí esperando, ¿sabes?

El empleado hace un breve gesto de asentimiento. Luego se aleja del mostrador. Al cabo de unos instantes, vuelve con un compañero. El compañero parece realmente encantado. Como todo aquel que no lleva en ventas el tiempo suficiente.

—¡Hola! ¿En qué puedo ayudarte?

Ove planta el dedo linterna en el mostrador con gesto exigente.

—¡Quiero un ordenador!

El compañero ya no parece tan encantado y mira al primer dependiente como insinuándole que se las pagará por aquello.

—Valeee… Un ordenador, ya. Bueno, entonces, para empezar, vamos a la sección de portátiles —dice el compañero dirigiéndose a Ove con un entusiasmo relativo.

Ove lo mira iracundo.

—Oye, ¡que sé muy bien lo que es un laptop, joder! ¡No tienes por qué llamarlo «portátil»!

El compañero asiente solícito. A su espalda oye murmurar al otro dependiente: «No aguanto más, me voy a comer».

—Irse a comer, claro, es lo único en lo que piensa la gente hoy por hoy —murmura Ove entre dientes.

—¿Cómo? —pregunta el compañero, dándose la vuelta.

—Irse. A. Comer —especifica Ove.

2

(Tres semanas antes)

Un hombre llamado Ove hace
una ronda de inspección por el barrio

Eran las seis menos cinco de la mañana cuando Ove y el gato se vieron por primera vez. Al gato, Ove le cayó fatal enseguida. El sentimiento fue perfectamente mutuo.

Ove se había levantado diez minutos antes, como de costumbre. No comprendía a la gente que se quedaba dormida y le echaba la culpa al reloj porque «no había sonado». Ove nunca había tenido despertador. Él se despertaba a las seis menos cuarto, y a esa hora se levantaba.

Puso la cafetera con la misma medida de café que él y su mujer llevaban tomando las casi cuatro décadas que hacía que se fueron a vivir a aquel barrio de casas adosadas. Una cucharita por cada uno, y una extra por la cafetera. Ni más ni menos. La gente ya no sabía hacer esas cosas, preparar un buen café. Igual que ya nadie sabía escribir a mano, porque ahora todo eran ordenadores y aparatos para hacer café expreso. ¿Y qué será de una sociedad cuyos miembros ni siquiera saben ya escribir ni hacer café, eh?, se preguntaba Ove.

Mientras se preparaba aquel café bien hecho, se puso los pantalones azules y la cazadora azul, se calzó los zuecos, se metió las manos en los bolsillos —como hace un hombre en edad madura que siempre se espera que el entorno, fundamentalmente inútil, lo decepcione— y acto seguido se puso en marcha para iniciar la ronda de inspección por el barrio. Como todas las mañanas.

Cuando salió por la puerta, las demás casas adosadas estaban en silencio y a oscuras. Era de esperar. En aquel barrio nadie se tomaba la molestia de levantarse antes de lo necesario, eso ya lo sabía Ove. En la actualidad solo vivían allí empresarios y otros desarraigados.

El gato estaba sentado con actitud indolente en medio de la calle peatonal que discurría entre las casas. Aunque gato es mucho decir. Tenía solo media cola y una oreja. Y calvas en el pelaje aquí y allá, como si alguien le hubiese arrancado los mechones a puñados. O sea que, según Ove, uno podía referirse a él como a una birria felina con todas las de la ley.

Ove se dirigió con paso decidido hacia el animal. El gato se levantó. Ove se detuvo. Así se quedaron, calibrándose el uno al otro unos instantes, como dos combatientes potenciales en un bar de pueblo a altas horas de la madrugada. Ove estaba planteándose lanzarle uno de los zuecos. El gato parecía maldecir el hecho de no tener un zueco con que responderle.

—¡Zape! —gritó Ove tan de repente que el gato se sobresaltó.

Retrocedió un paso. Midió con la mirada al hombre de cincuenta y nueve años; y sus zuecos. Luego se dio media vuelta de golpe y se marchó de allí dando saltitos. Y de no haber sabido que era imposible, Ove habría jurado que antes el gato hizo una mueca de resignación.

«Bestias», pensó, y echó una ojeada al reloj. Las seis menos dos minutos. Era hora de ponerse en marcha, si no quería que la birria felina retrasara la ronda de inspección. Vamos, solo faltaba.

Así que empezó a andar entre las casas hacia el aparcamiento, tal y como hacía todas las mañanas. Se detuvo ante el letrero de PROHIBIDA LA CIRCULACIÓN DE VEHÍCULOS EN LA ZONA.

Le dio una patada intimidatoria al poste al que estaba fijado. No porque estuviera torcido ni nada de eso, sino porque lo mejor es comprobar siempre. Y Ove es de esa clase de hombres que comprueba el estado de las cosas dando patadas.

Luego entró en el aparcamiento y se paseó por todos los garajes para asegurarse de que no se hubiese producido un robo durante la noche, o que una pandilla de vándalos hubiera prendido fuego. Y no es que en el barrio hubiesen ocurrido nunca ese tipo de cosas. Claro, porque Ove no se había saltado la ronda ni un solo día. Dio un tirón de diagnóstico al picaporte de su propio garaje, donde tenía aparcado el Saab. Tiró tres veces, como todas las mañanas.

Después se dio una vuelta por el aparcamiento de las visitas, donde solo se podía permanecer un máximo de veinticuatro horas, y anotó cuidadosamente todas las matrículas en un cuadernito que llevaba en el bolsillo de la cazadora. Las comparó con las matrículas que había anotado en las mismas plazas el día anterior. Cuando se daba la circunstancia de que la misma matrícula aparecía en el cuaderno dos días consecutivos, él iba a casa, llamaba a la Agencia Sueca de Transporte y solicitaba los datos del propietario del vehículo, y luego llamaba al interesado y lo informaba de que era un bruto y un perfecto inútil, incapaz de leer los letreros suecos. No es que a Ove le importara en realidad quién aparcaba en las plazas de las visitas. Desde luego que no. Pero era una cuestión de principios. Si en el letrero decía VEINTICUATRO HORAS, no quedaba otra que aceptarlo. Porque ¿cómo serían las cosas si todo el mundo aparcara todos los días donde le viniera en gana? Sería el caos, Ove lo tenía clarísimo. Habría coches por todas partes.

Pero hoy no había vehículos no autorizados en el aparcamiento de las visitas, así que Ove continuó con sus anotaciones por el cuarto de los contenedores de la basura. No porque fuera cosa suya, en realidad, porque él se manifestó alto y claro desde el principio en contra de aquella pamplina, que impusieron esos fulanos recién llegados a la comunidad, de que había que clasificar la basura hasta la náusea. Pero ya que habían decidido que se clasificaba, era preciso que alguien se encargara de controlar que de hecho se hacía. Y no es que le hubieran asignado a Ove esa tarea, pero si los hombres como él no tomaban la iniciativa en ese tipo de tareas, aquello sería una absoluta anarquía. Ove lo sabía. Habría basura por todas partes.

Fue dando pataditas a los contenedores. Soltó un taco y pescó un tarro de vidrio del contenedor del reciclado de vidrio, masculló un «inútiles» y desenroscó la tapa metálica. Dejó otra vez el tarro en el contenedor del vidrio y arrojó la tapa de metal en el del reciclado del metal.

Cuando él era presidente de la comunidad de propietarios, defendió vehementemente la propuesta de que se vigilara por cámara el cuarto de los contenedores de la basura para que nadie arrojase en ellos «residuos no autorizados». Para indignación de Ove, la propuesta fue rechazada, ya que los demás vecinos opinaban que era «un tanto desagradable» y, además, sería complicado archivar todas las cintas. Y eso a pesar de que Ove insistió una y otra vez en que el que era «trigo limpio» no tenía nada que temer.

Dos años después, cuando sustituyeron a Ove como presidente de la comunidad (en una operación a la que Ove se refería como «el golpe de Estado»), la cuestión salió a relucir de nuevo. Al parecer, se había puesto de moda una cámara novedosa que se activaba por sensores de movimiento y enviaba lo registrado directamente a internet, según explicaba la nueva junta en una circular de lo más desenfadada dirigida a todos los vecinos del barrio. Y con dicha cámara podía vigilarse no solo el cuarto de los contenedores de la basura, sino también el aparcamiento, y evitar el vandalismo y los robos. Y además, el material grabado se borraba automáticamente al cabo de veinticuatro horas, para no «violar la intimidad de los residentes». Pero para poder instalar una de esas cámaras se exigía la aprobación unánime de la comunidad. Solo uno de los propietarios votó en contra.

Y es que Ove no se fiaba de internet. Escribía la palabra con mayúscula y ponía el acento donde no debía, pese a las correcciones de su mujer. Y la junta se enteró enseguida de que el tal «Ínternet» solo vigilaría a Ove mientras tiraba la basura por encima de su cadáver. De modo que no instalaron las cámaras. Mejor así, pensaba Ove. De todos modos, las rondas de inspección eran más eficaces. Así sabían quién hacía qué y lo tenían todo controlado. Eso lo podía entender cualquiera.

El caso es que, cuando terminó la inspección del cuarto de los contenedores, cerró la puerta con llave y, como todas las mañanas, tiró tres veces, para comprobar. Luego, al darse la vuelta, vio una bicicleta apoyada en la fachada del cuarto de las bicicletas. Y eso a pesar de que justo encima había un letrero en el que se leía claramente PROHIBIDO APARCAR BICICLETAS. Al lado de la bicicleta, alguno de los vecinos había colgado una nota con el siguiente texto airado escrito a mano: «¡Aquí no se pueden aparcar bicicletas! ¡A ver si leemos los letreros!». Ove soltó «¡Idiotas!» abrió la puerta del cuarto de las bicicletas y la colocó cuidadosamente en su sitio. Luego cerró con llave y tiró tres veces, para comprobar.

Y acto seguido, retiró la nota de la pared. Le entraron ganas de presentar a la junta una propuesta y exigir que se pusiera en aquella pared un letrero de PROHIBIDO FIJAR CARTELES. A la gente le había dado por creer que podía andar por ahí poniendo notas coléricas en cualquier parte, pero aquella pared no era un tablón de anuncios, joder.

Ove recorrió la calle peatonal que discurría entre las casas. Se detuvo delante de la suya, se agachó y olfateó a conciencia las juntas del pavimento. Pis. Allí olía a pis. Y, hecha esta observación, entró en su casa, cerró con llave y se tomó el café.

Cuando terminó, llamó y dio de baja la línea telefónica y la suscripción al periódico de la mañana. Arregló el grifo monomando del baño pequeño. Le puso tornillos nuevos al picaporte de la puerta de la terraza de la cocina. Le dio una capa de aceite a la encimera. Reorganizó las cajas del desván. Clasificó las herramientas en la caseta y cambió de sitio las ruedas de invierno del Saab. Y allí estaba ahora, sin saber qué hacer.

Y desde luego, no esperaba que la vida fuera esto. Eso es lo único que sabe Ove.

Es martes, una tarde de noviembre, son las cuatro y Ove ha apagado todas las luces. También los radiadores y la cafetera. Y le ha dado una capa de aceite a la encimera de la cocina, pese a que las acémilas de Ikea aseguran que a esas encimeras no hay que darles aceite. En esa casa se da aceite a la encimera una vez cada seis meses, sea o no necesario. Con independencia de lo que digan las muchachas de polo amarillo maquilladas como payasas que trabajan en el almacén de «lléveselo usted mismo».

Se encuentra en el salón de la casa adosada de dos plantas con desván abuhardillado y está mirando por la ventana. El pijo cuarentón con barba de dos días que vive en la casa de enfrente aparece haciendo footing. Anders se llama, sí. Llegó al barrio no hace mucho, eso lo sabe Ove, no llevará en él más de cuatro o cinco años. Y ya ha conseguido colarse de rondón en la junta de la comunidad de propietarios. El muy víbora. Ahora cree que es el dueño de la calle. Al parecer, se mudó aquí después de separarse y pagó la casa a un precio escandalosamente caro. Muy propio de cerdos como él, venir aquí a subir el precio de tasación para la gente de bien. Como si esto fuera un barrio de clase alta. Además, va por ahí con un Audi, Ove lo ha visto. Y era de esperar. Empresarios e idiotas por el estilo, todos van en Audi. La cabeza no les da para más.

Ove se mete las manos en los bolsillos de los pantalones azul marino. Le da una patada intimidatoria al rodapié. En realidad, la casa es demasiado grande para Ove y su mujer, tiene que reconocerlo. Pero está pagada. Ni una corona de préstamo le queda. Eso, desde luego, es más de lo que puede decirse del pijo ese. Ahora todo el mundo tiene préstamos, ya se sabe cómo funciona la gente. Pero Ove lo tiene amortizado. Él ha cumplido. Ha hecho su trabajo. Nunca se ha puesto enfermo, ni un solo día en toda su vida. Él ha aportado su granito de arena. Ha asumido su parte de responsabilidad. Y eso ya no lo hace nadie, asumir la responsabilidad. Ahora todo son ordenadores y asesores y los peces gordos del ayuntamiento van a clubes porno y venden contratos de vivienda en negro. Paraísos fiscales y carteras de acciones. Nadie quiere trabajar. Todo un país lleno de gente que solo piensa en que llegue la hora de comer.

«No te quejarás, ¿no?, ahora estarás tan tranquilo.» Eso le dijeron ayer a Ove en el trabajo cuando le explicaron que había «falta de actividad» y que pensaban «espantar a la generación de más edad». Un tercio de siglo en el mismo lugar de trabajo, y así lo consideran. Una «generación» de mierda. Porque ahora todos tienen treinta y un años, llevan los pantalones demasiado estrechos y han dejado de tomar café normal. Y nadie quiere asumir responsabilidades. Por todas partes un montón de hombres de barba recortada que cambian de trabajo, de mujer y de marca de coche. Así, sin más. En cuanto se les presenta la ocasión.

Ove mira airado por la ventana. El pijo hace footing. Y no es el footing lo que lo irrita, qué va. A Ove le da lo mismo que la gente haga footing. Es solo que no comprende por qué tienen que darse tanta importancia por ello. Por qué van con esa sonrisa de autocomplacencia, como si fueran por la vida curando el enfisema pulmonar. Caminan rápido, o corren despacio, en eso consiste hacer footing. Es la forma en que los hombres de cuarenta años le dicen al mundo que no pueden hacer nada a derechas, vaya mierda. Y que tengan que hacerlo disfrazados de niño rumano de doce años... ¿de verdad que es necesario?

¿Hay que ir vestido como si pertenecieras al equipo olímpico de luge para salir a arrastrarse por las calles durante tres cuartos de hora sin un plan concreto?

Además, el pijo tiene novia. Diez años más joven. La pazguata de la rubia, la llama Ove. Se pasea por el barrio haciendo equilibrios como un panda borracho sobre unos tacones altos como una llave de pipa, con toda la cara pintada como una payasa y unas gafas de sol tan grandes que no se sabe si son gafas o si es un casco. Encima tiene un animal enano que lleva en un bolso y que corretea suelto por todas partes y se mea en el camino adoquinado delante de la casa de Ove. Ella cree que Ove no se ha dado cuenta, pero vaya si se da.

Y es que no se esperaba que la vida fuera esto. Simplemente.

«No te quejarás, ¿no?, ahora estarás tan tranquilo», le dijeron ayer en el trabajo. Y allí está Ove, con la encimera impregnada de aceite. Aunque lo ideal no es que uno tenga tiempo para esas cosas un martes.

Contempla por la ventana la casa de enfrente, idéntica a la suya. Al parecer, acaba de mudarse a ella una familia con niños pequeños. Extranjeros, según ha visto Ove. Todavía no sabe qué coche tienen, pero espera que no sea un Audi, por lo menos. O peor aún: un coche japonés.

Ove asiente como si acabara de decir algo con lo que está totalmente de acuerdo. Mira al techo del salón. Hoy piensa colgar un gancho. Y no un gancho cualquiera. Un simple asesor informático diagnosticado de una enfermedad cuya denominación es una sigla, y con una chaqueta de punto ambivalente en cuanto al género como las que llevan todos hoy en día, es capaz de poner un gancho de esos. Pero el gancho de Ove tiene que ser firme como una roca. Piensa clavarlo tan bien que, cuando derriben la casa, el gancho será lo último en caer.

Al cabo de unos días, aparecerá un agente inmobiliario pijo con un nudo de corbata tan grande como la cabeza de un recién nacido y empezará a hablar de «potencial de reforma» y de «superficie efectiva» y podrá decir lo que quiera de Ove, el muy cerdo, pero no podrá meterse con su gancho. Eso que lo sepa.

En el suelo del salón está la caja con todo «lo que hay que tener». Así es como está dividida la casa. Todo lo que ha comprado la mujer de Ove es «bonito» o «agradable». Todo lo que ha comprado Ove es práctico. Cosas que tienen una función. Las guarda en dos cajas, la grande y la pequeña. Esta es la pequeña. Llena de tornillos y clavos y llaves de pipa y cosas así. La gente ya no tiene lo que hay que tener. Hoy en día, la gente solo tiene chorradas. Veinte pares de zapatos, por ejemplo, pero nunca saben dónde está el calzador. Y la casa llena de microondas y de televisores de plasma, pero serían incapaces de encontrar un taco para colgar un cuadro ni aunque los amenazaran con un cúter.

En la caja de Ove hay una sección solo para los tacos. Se queda allí mirándolos como si fueran piezas de ajedrez. No le gusta precipitarse en las decisiones en que se ven implicados los tacos. Son cosas que requieren su tiempo. Cada taco es un proceso, cada uno tiene un ámbito de uso. La gente no tiene ya ningún respeto por lo funcional de toda la vida, ahora todo tiene que ser elegante y estar en el ordenador, pero Ove hace las cosas como hay que hacerlas.

«Ahora estarás tan tranquilo», eso le dijeron en el trabajo. Entraron en su despacho un lunes y le dijeron que no habían querido decírselo el viernes «para no arruinarle el fin de semana». «No te quejarás, ahora estarás tan tranquilo», le dijeron. ¿Qué sabrán ellos lo que es levantarse un martes y no tener ya ninguna función que cumplir? Con su internet y sus expresos, ¿qué sabrán ellos lo que significa asumir la responsabilidad de las cosas?

Ove mira al techo. Entorna los ojos. Es importante que el gancho quede centrado.

Y allí estaba, sumido en aquella reflexión existencial, cuando lo interrumpe un ruido despiadado. Un ruido que se parece bastante al que produciría un grandullón que estuviera dando marcha atrás con un coche japonés con remolque, rozando con él toda la fachada de la casa de Ove.

3

*Un hombre llamado Ove
da marcha atrás con un remolque*

Ove aparta las cortinas con estampado de flores verdes que su mujer llevaba años queriendo cambiar. Ve a una mujer de baja estatura y pelo negro, obviamente extranjera. Está fuera de sí y le hace gestos airados a un gigantón de la misma edad, un tío grandote encajado en un coche japonés enano con un remolque con el que va arañando la fachada de Ove.

El grandullón hace gestos y señales de lo más sutiles con los que parece querer transmitirle a la mujer que no es tan fácil como ella cree. La mujer a su vez parece querer responderle, con gestos para nada sutiles, que lo más probable es que se deba al hecho de que el grandullón es un cabeza hueca.

—Pero qué puñetas… —grita Ove por la ventana al ver que una de las ruedas del remolque está aplastando los setos.

Deja en el suelo la caja de lo que hay que tener. Cierra los puños. Unos segundos después, la puerta se abre de golpe, como si se hubiera abierto sola por miedo a que Ove la atravesara.

—¿Qué puñetas estáis haciendo? —le vocifera Ove a la mujer morena.

—Ya, eso mismo me pregunto yo —responde la mujer también a gritos.

Ove se queda desconcertado unos instantes. La mira furibundo. Ella lo mira con furia no menor.

—¡Por aquí no se puede circular en coche! ¿Es que no sabes leer los carteles suecos?

La mujer extranjera da un paso hacia él, y entonces Ove se da cuenta de que o está muy embarazada o tiene lo que él llamaría obesidad mórbida selectiva.

—¡Pero si no soy yo la que conduce!

Ove se la queda mirando en silencio unos segundos. Luego se vuelve hacia el grandullón rubio, que acaba de salir con dificultad del vehículo japonés y se disculpa haciendo un gesto con ambas manos. Lleva una chaqueta de punto y tiene el porte de una persona con falta de calcio.

—¿Y tú quién eres? —pregunta Ove.

—Yo soy el que conduce —responde el grandullón alegremente.

Debe de medir cerca de dos metros. Ove abriga una reserva instintiva hacia todo aquel que mide más de un metro ochenta y cinco. La experiencia le dice que, en esos casos, la sangre no recibe el impulso suficiente para llegar al cerebro.

—Ya. No me digas. Pues cualquiera lo diría —le suelta la mujer morena, que es aproximadamente medio metro más baja, al tiempo que le atiza al grandullón en el brazo con las dos manos.

—¿Y quién es esta? —pregunta Ove mirándola.

—Es mi mujer —responde amable el grandullón.

—No estés tan seguro de que siga siéndolo por mucho tiempo —ataja la mujer con tal ímpetu que la barriga sube y baja por sí sola.

—Es que no es tan fácil como pare... —trata de excusarse el grandullón, pero la mujer lo interrumpe enseguida.

—¡Te he dicho que A LA DERECHA! ¡Pero tú has seguido retrocediendo hacia LA IZQUIERDA! ¡Es que no me escuchas! ¡Nunca me escuchas!

Luego se deja caer con una buena andanada de lo que Ove adivina que debe de ser una exhibición del repertorio léxico ampliado de improperios en lengua árabe.

El grandullón rubio asiente sin decir nada con una sonrisa de una placidez indescriptible. Exactamente el tipo de sonrisa que hace que la gente decente sienta deseos de partirle la cara a un monje budista, piensa Ove.

—Bueno, mira, perdona. Ha sido un accidente, pero ya lo arreglaremos —le dice satisfecho a Ove cuando la mujer calla por fin.

Luego saca impertérrito una tabaquera redonda del bolsillo y se mete bajo el labio una pulgarada de tabaco como una pelota de balonmano. Da la impresión de ir a darle a Ove una palmada en la espalda.

Ove lo mira como si acabara de sentarse a hacer caca en el capó de su coche.

—¿Que lo resolveremos? ¡¡Estás encima de mi seto!!

El grandullón mira las ruedas del remolque.

—Ya, bueno, pero en realidad eso no es un seto, ¿no? —dice con una sonrisa despreocupada, antes de colocarse bien el tabaco con la punta de la lengua.

—¡Te digo que es un seto! —insiste Ove.

El grandullón asiente. Observa el suelo un instante. Mira a Ove como si creyera que le está tomando el pelo.

—Anda ya, hombre, si solo es tierra.

Ove arruga la frente con un único pliegue amenazador.

—Te-di-go-que-es-un-se-to.

El grandullón se rasca la cabeza dubitativo, y se le llena de picadura el flequillo enmarañado.

—Ya, pero no tienes nada plantado…

—A ti te tiene que dar igual lo que yo haga o deje de hacer con mi seto.

El vecino se apresura a darle la razón, con el claro deseo de no provocar más todavía a aquel hombre tan extraño. Entonces mira a su mujer, como esperando que ella acuda al rescate. Pero la mujer no parece tener intención de hacer nada parecido. El grandullón vuelve a mirar a Ove.

—Está embarazada, ya sabes. Las hormonas y todo eso…
—balbucea el grandullón sonriendo.

La embarazada no sonríe. Ove tampoco. La mujer se cruza de brazos. Ove se encaja las manos en el cinturón. Es evidente que el grandullón no sabe qué hacer con sus manazas, así que las balancea un tanto avergonzado adelante y atrás, como si las tuviera de tela y se agitaran al viento.

—Bueno, voy a moverme y lo intento otra vez —dice al fin, y sonríe de nuevo para apaciguar a Ove.

Ove lo mira sin intención apaciguadora.

—Está prohibido circular con vehículos en la zona. Hay carteles que lo indican.

El grandullón da un paso atrás y asiente. Se aleja a medio correr y mete como puede otra vez el cuerpo sobredimensionado en el coche japonés infradimensionado. «Madre mía», mascullan hastiados Ove y la embarazada casi al mismo tiempo. Lo cual hace que a Ove la mujer le caiga menos mal.

El grandullón avanza unos metros, Ove ve claramente que no ha enderezado bien el remolque. Luego, el grandullón empieza a recular otra vez. Se empotra directamente en el buzón de Ove, y hace una profunda abolladura en el latón verde, que se dobla por la mitad.

—Pero… qué… —consigue articular Ove entre dientes antes de abalanzarse hacia el coche y abrir la puerta de un tirón.

El grandullón vuelve a disculparse con un gesto.

—¡Fallo mío! ¡Fallo mío! *Sorry*, oye, no he visto el buzón por el retrovisor, ¿sabes? No es fácil lo del remolque, nunca sé a qué lado tengo que girar…

Ove arrea tal puñetazo al techo del coche que el grandullón da un salto en el asiento y se golpea la cabeza con el borde de la puerta. Ove se le acerca tanto que las palabras apenas han entrado en contacto con el aire cuando ya están en las vías auditivas del grandullón.

—¡Fuera del coche!

27

—¿Qué?

—¡Lo que has oído! ¡Fuera!

El grandullón lo mira un tanto asustado, pero sin terminar de atreverse a preguntar por qué. De modo que sale del coche y se queda al lado, como un escolar en el rincón de castigo. Ove señala el caminito que separa las casas adosadas y que desemboca en el cuarto de las bicicletas y en el aparcamiento.

—Vete a algún sitio donde no estorbes.

El grandullón asiente desconcertado.

—Madre mía. Una persona con el brazo amputado y con cataratas habría podido dar marcha atrás con el remolque más rápido que tú —protesta Ove, y se sienta en el coche.

¿Cómo es posible que haya gente que no sepa recular con un remolque?, se pregunta Ove. ¿Eh? ¿Tan difícil es sondear los principios de la derecha y la izquierda y luego hacer lo contrario? ¿Cómo se las arreglan esas personas en la vida en general?

Claro, y encima, cambio de marchas automático, constata Ove. Era de esperar. Estos chapuceros no quieren conducir sus coches, se dice Ove cuando pone la palanca en la posición de *drive*, y echa a andar. Lo que ellos querrían es que los coches fueran solos, como un robot. Ya no tienen ni que aprender a aparcar en fila, ¿y es lógico que le den el permiso de conducir a alguien que no sabe eso siquiera, eh? Ove piensa que no. Es un hombre muy escéptico y duda de que la gente que no sabe ni eso siquiera tenga derecho a votar en las elecciones generales.

Después de avanzar unos metros con el coche y de enderezar el remolque, tal y como hace la gente civilizada antes de aparcar un remolque, mete la marcha atrás. El coche japonés empieza a pitar enseguida con un sonido chillón. Ove mira airado a su alrededor.

—Pero qué demonios… ¿por qué demonios pitas? —pregunta Ove mirando furioso al salpicadero, y da un puñetazo al volante—. ¡Te digo que pares! —le vocifera amenazador a una luz roja que parpadea insistente.

En ese momento aparece al lado del coche el grandullón, que da unos golpecitos discretos en la ventanilla. Ove la baja y lo mira irritado.

—Es el sensor de marcha atrás —asegura.

—Sí, de eso ya me he dado cuenta —responde Ove.

El grandullón carraspea un poco.

—Es que este coche es un tanto especial, estaba pensando que, si quieres, podría explicarte las funciones y así...

Ove resopla.

—Oye, que no soy idiota.

El grandullón niega con vehemencia.

—No, no, claro.

Ove mira el salpicadero con inquina.

—Y ahora, ¿qué hace?

El grandullón asiente entusiasmado.

—Está midiendo cuánto le queda a la batería. Ya sabes, antes de que cambie del motor eléctrico al de gasolina. Es que... es un híbrido, ya sabes...

Ove no responde. Simplemente, sube la ventanilla. El grandullón se queda ahí plantado boquiabierto. Ove mira por el espejo lateral izquierdo. Luego mira por el derecho. Y luego da marcha atrás, con el coche japonés emitiendo aquel pitido de pánico, y mete el coche con el remolque perfectamente equidistante entre su casa y la casa del grandullón y la embarazada.

Sale del coche y le tira las llaves al propietario.

—Sensor de marcha atrás, asistente de aparcamiento y cámaras y otra basura por el estilo. Un hombre que necesita esas cosas para dar marcha atrás con un remolque no debería dar marcha atrás con un remolque ni la primera vez, joder.

El grandullón asiente encantado.

—Gracias por la ayuda —le responde, como si Ove no acabara de pasarse diez minutos insultándolo sin descanso.

—En realidad, no deberías dar marcha atrás ni con una cinta de casete —responde Ove al pasar.

La extranjera embarazada sigue de brazos cruzados, pero ya no parece tan enfadada.

—¡Gracias! —dice sonriendo a medias cuando Ove llega a su altura. Le da la impresión de que la mujer está aguantándose la risa.

Tiene los ojos castaños más grandes que Ove ha visto en su vida.

—En este vecindario no circulamos con el coche por las calles, así es y tenéis que aceptarlo, joder —responde.

La mujer parece haberse dado cuenta de que Ove pronuncia «acceptar» en lugar de «aceptar», pero no dice nada. Ove resopla, rodea el coche y se dirige a su casa.

A mitad del camino solado que discurre entre la casa y la caseta de las herramientas, se detiene. Arruga la nariz como suelen hacerlo los hombres de su edad, como si arrugaran todo el tronco al mismo tiempo. Luego se agacha, pega la cara a los adoquines del suelo, que él cambia metódica e invariablemente cada dos años, sea o no preciso. Olisquea otra vez. Asiente como para sí. Se levanta.

La embarazada de pelo negro y el grandullón lo observan.

—¡Pis! ¡Aquí hay pis por todas partes! —gruñe Ove.

Señala los adoquines.

—Vale… —dice la mujer de pelo negro.

—¡No, joder! De todo menos «vale» —responde Ove.

Luego entra en su casa y cierra la puerta.

Se deja caer en el taburete de la entrada y se queda allí un buen rato, hasta que se ha serenado lo suficiente como para concentrarse en otra cosa. «Dichosa mujer», piensa. ¿Qué han venido a hacer aquí ella y su familia, cuando ni siquiera saben leer un cartel aunque lo tengan delante de las narices? No se puede circular con el coche por la urbanización. Lo sabe todo el mundo.

Ove se levanta y cuelga la cazadora azul en el perchero, en

medio del mar de los abrigos de su mujer. Refunfuña otra vez, dice «Idiotas» dirigiéndose a la ventana cerrada, por si acaso. Luego se coloca en el centro de la sala de estar y se queda mirando al techo.

No sabe cuánto tiempo pasa así. Se ha perdido en sus recuerdos. Se desliza por ellos como por una bruma. Nunca ha sido el tipo de hombre que hace esas cosas, nunca se ha dedicado a soñar despierto, pero últimamente, algo se le ha torcido en la cabeza. Cada vez le cuesta más concentrarse. Y no le gusta nada de nada.

Cuando llaman a la puerta, es como si lo hubieran despertado violentamente de un plácido sueño. Se frota los ojos con fuerza, mira a su alrededor, como si temiera que alguien lo estuviera observando.

Vuelven a llamar a la puerta. Ove se da la vuelta y se la queda mirando como si debiera avergonzarse. Avanza unos pasos hacia la entrada y se da cuenta de que tiene el cuerpo rígido, como escayola seca. No sabe si los golpes provienen de los listones del suelo o de su propio cuerpo.

—¿Y qué es lo que pasa ahora? —le pregunta a la puerta antes de abrirla, como si la creyera capaz de responder—. ¿Qué es lo que pasa ahora? —repite al abrirla con tal rapidez que la niña de tres años sale volando hacia atrás con la corriente, se cae de culo y se queda atónita, sentada en el suelo.

A su lado hay una niña de siete años que parece aterrorizada. Las dos tienen el pelo negro como la noche. Y los ojos castaños más grandes que Ove ha visto en su vida.

—¿Qué pasa? —dice Ove.

La niña de siete años parece desconfiar. Le tiende un recipiente de plástico. Ove lo coge a regañadientes. Está caliente.

—¡Arroz! —exclama feliz la hermana pequeña, que se levanta ágilmente.

—Con azafrán. Y pollo —asegura la de siete años, mirándolo escéptica.

Ove las observa suspicaz.

—¿Habéis venido a venderme algo o qué?

La niña de siete años parece ofendida.

—Eh, que nosotras vivimos aquí.

Ove guarda silencio unos instantes. Luego asiente, dispuesto a aceptar aquella premisa como explicación.

—Ya.

La niña de tres años mueve la cabeza satisfecha y agita las mangas de la sudadera, que le queda un poco grande.

—Mamá dice que hambre.

Ove mira extrañado sin comprender la frase de la pequeña, que se balancea sin parar.

—¿Qué?

—Mi madre dice que te ha visto cara de hambre. Por eso te hemos traído la cena —explica la de siete años un tanto impaciente.

—Vamos, Nasanin —le dice luego a la hermana pequeña, y le coge la mano con resolución. Le lanza a Ove una mirada acusadora y se marcha.

Ove asoma la cabeza por la puerta a medio cerrar y se queda viendo cómo se alejan. Advierte que la mujer embarazada le sonríe desde el umbral de la puerta mientras las niñas entran en casa. La de tres años se vuelve y lo saluda con la mano. La embarazada lo saluda también. Ove cierra la puerta.

Allí está otra vez, en la entrada. Mirando atónito el recipiente de plástico caliente con pollo y arroz con azafrán como se mira un recipiente lleno de nitroglicerina. Luego va a la cocina y lo mete en el frigorífico. Y no es que él tenga por costumbre comerse cualquier cosa que unas niñas extranjeras le lleven a la puerta de su casa, pero en la casa de Ove la comida no se tira. Es una cuestión de principios.

Va a la sala de estar. Se mete las manos en los bolsillos. Mira al techo. Se queda allí un buen rato pensando en qué taco será el más adecuado para su propósito. Se queda allí mirando hasta que le duelen los ojos de tanto fijar la vista. Mira al suelo y echa un vistazo al abollado reloj de pulsera. Luego mira otra vez por la ventana y, de repente, se da cuenta de que se ha hecho de noche. Menea la cabeza resignado.

No puede ponerse a taladrar de noche, eso lo sabe cualquiera. Tendría que encender todas las luces, y a saber cuándo las apagarán. Y no hay que darles ese gusto a las compañías eléctricas, qué va. No se vayan a creer que piensa permitir que el contador siga marcando hasta que la factura suba y suba a miles de coronas. Que se olviden.

Ove recoge la caja de las cosas que conviene tener. La sube al gran descansillo del piso de arriba. Coge la llave del desván, que ha dejado abajo en su sitio, detrás del radiador del vestíbulo. Vuelve arriba y se empina para abrir la portezuela del desván. Despliega la escalera. Sube y deja la caja en su lugar, detrás de las sillas de la cocina que su mujer lo obligó a guardar so pretexto de que crujían demasiado. No crujían lo más mínimo. Ove sabe muy bien que aquello no fue sino una excusa, porque ella quería comprar sillas nuevas. Como si no hubiera en la vida nada más importante. Comprar sillas nuevas para la cocina, ir a comer al restaurante y cosas por el estilo.

Baja la escalera. Deja la llave del desván en su sitio, detrás del radiador del vestíbulo. «Ahora estarás tan tranquilo», eso le dijeron. Un montón de pijos de treinta y un años, que trabajan con ordenadores y no toman el café de toda la vida. Una sociedad totalmente nueva en la que nadie sabe dar marcha atrás con un remolque, y resulta que son ellos los que le dicen que él ya no es necesario. ¿Tiene eso alguna lógica?

Ove baja a la sala de estar. Pone la tele. No es que vea los programas, pero no puede pasarse las noches enteras sentado, mirando la pared como un idiota. Saca del frigorífico la comida extranjera y se la come con un tenedor directamente del recipiente de plástico.

Tiene cincuenta y nueve años. Es martes por la noche y ha anulado la suscripción al periódico. Ha apagado todas las luces.

Y ese gancho se tiene que quedar puesto mañana.

4

Un hombre llamado Ove no paga
una comisión de tres coronas

Ove le da las flores. Dos flores. Desde luego, la idea no era que fueran dos, alguna mesura hay que tener, pero se trataba de una cuestión de principios, le explica Ove. Así que fueron dos.

—Cuando no estás en casa, nada funciona —murmura, y da un puntapié a la tierra helada.

Su mujer no responde.

—Esta noche va a nevar —dice Ove.

En las noticias han dicho que no nevará, pero, como suele decir Ove, esa es la mejor forma de saber que eso será lo que suceda, precisamente. Así que se lo dice a su mujer. Ella no responde. Ove mete las manos en los bolsillos del pantalón azul y hace un gesto de asentimiento.

—Es antinatural andar solo por la casa día tras día cuando tú no estás. No hace falta que diga más. Es que no es forma de vivir.

Ella tampoco responde a eso.

Ove asiente y vuelve a patear la tierra. No comprende a la gente que desea que llegue la jubilación. ¿Cómo puede nadie pasarse la vida deseando que llegue el momento de ser super-fluo? ¿De ir por ahí siendo una carga para la sociedad? ¿Qué clase de hombre sueña con algo así? Quedarse en casa a esperar la muerte. O peor aún, que vengan a buscarte y te metan en una residencia porque ya no puedes valerte por ti solo. Ove no podía imaginar nada peor que depender de los demás para ir al baño. La mujer de Ove siempre se ríe retadora cuando le recuerda que, de todas las personas que conoce, él es el único que preferiría ser el que va en el ataúd antes que ser el que va en el coche de los servicios sociales. Y puede que sea verdad.

Por cierto que el dichoso gato estaba otra vez sentado prácticamente delante de su puerta aquella mañana. Si es que se puede llamar gato a esa birria.

Ove se había levantado a las seis menos cuarto. Preparó el café para los dos. Comprobó los radiadores de toda la casa para ver si su mujer había vuelto a subir la temperatura a escondidas. Como es lógico, estaban exactamente a la misma temperatura que el día anterior, pero los bajó un pelín. Por si acaso. Luego cogió la cazadora de la única de las seis perchas de la entrada que no tenía abrigos de su mujer. Y se fue a hacer la ronda de inspección. Apuntó las matrículas y comprobó las puertas de los garajes. Notó que ya empezaba a hacer frío. Ya iba siendo hora de cambiar la cazadora azul de otoño por el chaquetón azul de invierno.

Él siempre sabe cuándo va a nevar, porque su mujer empieza a dar la tabarra con que hay que subir la calefacción del dormitorio. Locuras, asegura Ove, todos los años lo mismo. Yo no pienso consentir que los directores de la compañía eléctrica se froten las manos solo porque ha dado la casualidad de que hemos cambiado de estación. Subir la temperatura cinco grados cuesta miles de coronas al año, Ove lo ha calculado. Así que, en invierno, lleva al sótano un generador diésel que tiene en el desván y que consiguió en un mercadillo a cambio de un gramófono antiguo. Y luego lo conecta a un calefactor para el coche que compró de oferta por treinta y nueve coronas. Cuando el generador ha calentado el calefactor, el calefactor funciona durante media hora con la batería que Ove le ha instalado, y entonces la mujer de Ove se lo puede poner bajo su lado de la cama cada media hora, hasta que se vayan a dormir. Aunque Ove le recuerda, naturalmente, que solo por eso no tiene que malgastar el calor. El diésel tampoco es gratis. Y la mujer de Ove hace lo que suele hacer. Asiente y le dice que lo más seguro es que tenga razón. Y luego se pasa el invierno subiendo la temperatura de los radiadores a escondidas, cuando él no la ve. Todos los años igual.

Ove vuelve a patear la tierra. Se está planteando si contarle a su mujer lo del gato. Estaba allí otra vez cuando volvió de la ronda de inspección. Ove lo miró. El gato miró a Ove. Ove lo señaló y le vociferó que se largara dando tales gritos que la voz rebotó entre las casas como una pelota loca. El gato siguió mirando a Ove unos instantes. Luego se levantó con toda la calma del mundo, como si quisiera dejar constancia de que no se iba porque Ove se lo hubiera ordenado, sino porque tenía cosas mejores que hacer. Y se alejó doblando la esquina de la caseta de las herramientas.

Ove decide no decirle nada del gato. Da por hecho que solo conseguirá irritarla por haber espantado al animal. Si por ella fuera, habrían tenido la casa llena de sacos de pulgas, con pelo y sin él.

Lleva el traje azul. Se ha abotonado la camisa hasta el cuello. Ella siempre le dice que deje suelto el último botón cuando no vaya a ponerse corbata, y él siempre le responde que «él no es ningún griego que se dedique a alquilar sillas de playa», y se abrocha el último botón diga ella lo que diga. Lleva el viejo reloj de pulsera abollado que su padre heredó de su padre el día que cumplió diecinueve años, y que Ove heredó de su padre cuando este murió unos días después de que Ove hubiera cumplido los dieciséis.

A la mujer de Ove le gusta ese traje. Siempre dice que está muy elegante con él. Ove, por su parte, piensa como cualquier persona sensata, claro, que solo los pijos se ponen traje los días laborables. Sin embargo, esa mañana ha pensado que podía hacer una excepción. Incluso se ha puesto los zapatos negros de vestir, después de cepillarlos con una cantidad razonable de crema.

Cuando cogió el chaquetón azul del perchero de la entrada antes de salir de casa, echó una última ojeada a la colección de abrigos de su mujer. Se preguntaba cómo una sola persona tan diminuta podía tener tantas prendas de abrigo. «Uno casi espera llegar a Narnia si las atraviesa», decía en broma una de las amigas de la mujer de Ove. La verdad era que Ove no tenía ni idea de a qué se refería, pero desde luego, era una cantidad espantosa de abrigos.

Salió de casa antes de que ningún vecino de la manzana se hubiese despertado. Fue caminando despacio hasta el aparcamiento. Abrió el garaje con la llave. Tenía un mando a distancia para la puerta, sí, pero nunca ha podido explicarse para qué sirve un chisme así, cuando cualquier persona normal puede abrir la puerta manualmente. Abrió el Saab, también con la llave. A él le ha ido bien toda la vida. No hay razón para cambiar. Se sentó al volante y giró el dial de la radio media vuelta hacia delante y media hacia atrás. Colocó bien todos los retrovisores, como hace siempre que coge el Saab. Como si algún vándalo tuviera por costumbre entrar en su coche y cambiar al tuntún los espejos y la radio.

Cuando salía del aparcamiento vio a la extranjera embarazada de la casa de al lado. Llevaba de la mano a la niña de tres años. El grandullón rubio iba a su lado. Al ver a Ove, lo saludaron efusivamente los tres. Ove no les devolvió el saludo. En un primer momento, había pensado pararse y leerle la cartilla a la mujer, advertirle que en aquel barrio no dejaban a los niños sueltos por el aparcamiento, como si fuera un parque municipal. Pero al final decidió que no tenía tiempo.

Así que se dirigió a la carretera que discurría junto a la urbanización, dejando atrás casa tras casa, todas iguales que la suya. Cuando Ove y su mujer se mudaron al barrio, solo había seis casas. Ahora había cientos. Antes estaban rodeados de bosque, pero ahora hay casas por todas partes. Y todas con préstamos bancarios, claro. Así es como lo hacen todo hoy en día. Todo lo compran a crédito y llevan coches eléctricos y contratan a un operario en cuanto tienen que cambiar una bombilla. Ponen suelos de tarima flotante y tienen chimeneas eléctricas y todo eso. Una sociedad entera incapaz de distinguir entre un buen taco para hormigón y una bofetada en la boca; al parecer, así tienen que ser las cosas ahora.

Le llevó catorce minutos ir a la floristería del centro comercial. Respetó todos los límites de velocidad, incluido el de la carretera con límite de cincuenta por la que todos los idiotas con corbata van a noventa. Claro que en sus barrios ponen letreros de NIÑOS JUGANDO y pasos elevados a diestro y siniestro, pero cuando circulan por entre las casas de los demás no parece importarles mucho, es lo que Ove le ha dicho a su mujer cada vez que han pasado por allí en los últimos diez años. Además, cada día es peor, suele añadir Ove. Por si acaso no lo hubiera oído antes.

No había recorrido más de dos kilómetros cuando un Mercedes negro se colocó a un metro de distancia detrás del Saab. Ove le hizo señas con las luces de los frenos tres veces. El Mercedes le respondió encendiendo las largas. Ove resopló mirando por el retrovisor. Como si todo el mundo tuviera obligación de salirse a la cuneta en cuanto a ellos se les ocurría que los límites de velocidad no estaban hechos para ellos, ¿no? Ove no se movió. El Mercedes volvió a encender las largas. Ove redujo la velocidad. El Mercedes le pitó. Ove volvió a reducir. El Mercedes pitó más fuerte. Ove redujo a veinte. Cuando se acercaban a la cima de un cambio de rasante, el Mercedes lo adelantó rugiendo. El hombre que lo conducía, de unos cuarenta años, con corbata y unos cables blancos colgándole de las orejas, le enseñó el dedo tieso por la ventanilla. Ove respondió como todos los hombres de cincuenta y nueve años con la debida educación: se dio unos golpecitos en la sien con el dedo índice. El hombre del Mercedes gritaba tanto que salpicó de saliva el interior de la ventanilla, pisó el acelerador y se esfumó.

Dos minutos después, Ove llegó a un semáforo en rojo. El Mercedes estaba el último de la fila. Ove puso las luces largas. Vio cómo el hombre giraba el cuello con tanta violencia que los cables blancos salían volando y se estrellaban contra el salpicadero. Ove asintió satisfecho.

El semáforo se puso verde. La cola no se movía. Ove tocó el claxon. No pasó nada. Ove meneó la cabeza. Sería alguna mujer, claro. O estarían arreglando la calzada. O sería un Audi. Al cabo de treinta segundos sin novedad, Ove puso la palanca de marchas en punto muerto, abrió la puerta y salió del Saab, que dejó con el motor en marcha. Se plantó en medio de la carretera y oteó la cabeza de la cola con los brazos en jarras. Más o menos como se habría puesto Superman si se hubiera quedado atascado en una caravana de coches.

El hombre del Mercedes tocó el claxon. «Idiota», pensó Ove. En ese momento, la cola empezó a moverse. Los coches que Ove tenía delante empezaron a avanzar. El coche que tenía detrás, un Volkswagen, empezó a pitar. El conductor le hacía a Ove señas de impaciencia. Ove le respondió mirándolo furibundo. Se sentó al volante tranquilamente y cerró la puerta del Saab. «Pues sí que tenemos prisa hoy», dijo en voz alta mirando al retrovisor, y empezó a conducir.

En el siguiente semáforo en rojo volvió a quedar detrás del Mercedes. Otra caravana. Ove miró el reloj y giró a la izquierda. En realidad, el camino al centro era más largo por allí, pero había menos semáforos. Y no es que Ove fuese un tacaño, pero todo el que tiene dos dedos de frente sabe que consumes menos combustible si te mantienes en movimiento que si estás parado. Y como suele decir la mujer de Ove: «Nada más adecuado para mantener el epitafio de Ove que decir "Sin duda, un hombre que ahorraba en combustible"».

Ove llegó al centro comercial por el oeste. Enseguida comprobó que solo había dos plazas libres en el aparcamiento. Qué harían el resto de las personas en un centro comercial un día laborable era algo que superaba su entendimiento. Pero era obvio, hoy en día la gente no tenía ningún trabajo al que acudir.

La mujer de Ove siempre empieza a suspirar en cuanto se acercan a un aparcamiento como aquel. Ove quiere aparcar cerca de la entrada. «Como si fuera una competición por ver quién se queda con el mejor puesto», suele decir cuando lo ve dar vueltas y vueltas y maldiciendo a todos los papanatas que le entorpecen el camino con sus coches extranjeros. A veces da seis o siete vueltas hasta que encuentra un buen sitio, y si al final tiene que rendirse y conformarse con una plaza veinte metros más allá, le dura el mal humor el resto del día. Su mujer nunca lo ha comprendido, pero claro, ella no comprende casi ninguna cuestión de principios.

En un primer momento, Ove pensó en dar también un par de vueltas para echar un vistazo. Pero entonces vio el Mercedes otra vez. Venía del sur. Así que el tío de la corbata y los cables en las orejas se dirigía al centro comercial. Ove no lo dudó un instante. Pisó el acelerador y se coló en el cruce. El Mercedes frenó en seco, empezó a pitar y lo siguió. Y comenzó la lucha.

Los indicadores que había a la salida del aparcamiento conducían el tráfico a la derecha, pero una vez allí, el Mercedes vio claramente las dos plazas libres, e intentó atajar por delante de Ove tomando el carril de la izquierda. Entonces Ove giró el volante como un rayo y le bloqueó el camino. Los dos hombres empezaron a perseguirse por el asfalto.

Ove vio en el retrovisor que un Toyota pequeño accedía al aparcamiento desde la carretera y se colocaba detrás de ellos; siguiendo los indicadores, recorría tranquilamente el carril describiendo una amplia curva a la derecha. Ove lo siguió con la mirada mientras se abalanzaba en sentido contrario con el

Mercedes pisándole los talones. Naturalmente, podría haber ocupado una de las plazas libres, aquella que se encontraba más cerca de la entrada, para dejar generosamente la otra al Mercedes. Pero ¿qué clase de victoria habría podido celebrar entonces?

Lo que hizo fue frenar atravesándose delante del primer hueco y quedarse allí clavado. El Mercedes empezó a pitar otra vez. El Toyota se acercaba por la derecha. El Mercedes lo vio y comprendió, aunque demasiado tarde, el diabólico plan de Ove. Tocaba el claxon desesperadamente, trataba de pasar por delante del Saab, pero no tenía la menor posibilidad. Ove ya le había indicado al Toyota que pasara a ocupar una de las plazas libres y, acto seguido, aparcó tranquilamente en la otra.

La ventanilla del Mercedes tenía tantas salpicaduras de saliva que a Ove le fue imposible divisar al conductor cuando el coche pasó a su lado. Salió del Saab con el gesto triunfal de un gladiador romano. Luego miró al Toyota.

—Vaya mierda —murmuró disgustado.

Se abrió la puerta del coche.

—¡Hombre, hola! —lo saludó el grandullón rubio alegremente, mientras salía del vehículo con dificultad.

Ove saludó con un gesto.

—¡Hola! —dijo la extranjera embarazada desde el otro lado del Toyota, antes de sacar a la niña de tres años.

Ove miraba al Mercedes con arrepentimiento.

—¡Gracias por guardarnos el sitio! Superamable —sonrió el grandullón.

Ove no respondió.

—¿Cómo te llamas? —preguntó enseguida la niña de tres años.

—Ove —respondió Ove.

—Yo me llamo Nasanin —dijo la pequeña alegremente.

Ove asintió sin más.

—Y yo me llamo Pat… —comenzó el grandullón.

Pero Ove ya se había dado media vuelta y había empezado a alejarse.

—Gracias por el aparcamiento —le gritó la extranjera embarazada.

Ove notó que estaba riéndose. Y no le gustó. Masculló un «Ya, ya» sin volverse y entró por las puertas giratorias del centro comercial. Dobló a la izquierda por la primera galería y miró atrás varias veces, como temiendo que los vecinos lo persiguieran, pero los vio girar a la derecha antes de perderlos de vista.

Ove se detuvo suspicaz delante de la tienda de alimentación. Repasó los carteles publicitarios con las ofertas de la semana. No es que tuviera intención de comprar jamón precisamente en aquel comercio, pero nunca está de más tener controlados los precios, según él. Si hay algo que Ove deteste en este mundo es, precisamente, que traten de engañarlo. La mujer de Ove siempre bromea diciendo que las tres palabras que su marido más odia en el mundo son «pilas no incluidas». Cuando ella lo cuenta se ríen todos. Todos, menos Ove.

Dejó la tienda de alimentación y se dirigió a la floristería. Y, naturalmente, se armó un «lío», como lo llama la mujer de Ove. O una «discusión», como el propio Ove insistía siempre en corregirla. Y es que Ove puso en el mostrador un cupón en el que se leía: 2 FLORES POR 50. Y dado que Ove solo quería una flor, le expuso a la cajera, cargado de razón, que, en rigor, debería poder llevarse una flor por veinticinco, que es la mitad de cincuenta. Sin embargo, la cajera, una joven de diecinueve años que no paraba de teclear en el móvil y que, obviamente, tenía el cerebro de chicle, no estuvo conforme. Se empeñaba en que una flor costaba treinta y nueve, y que «2 por 50» valía solo si se compraban dos. Y tuvieron que llamar al encargado de la tienda. A Ove le llevó quince minutos conseguir que apelara al sentido común y que reconociera que él tenía razón.

Aunque, en honor a la verdad, el encargado de la tienda

murmuró cabizbajo algo así como «Qué tío más pesado» y marcó veinticinco coronas con tal violencia que habría podido pensarse que era un fallo de la caja registradora. Pero a Ove le daba lo mismo, ni más ni menos. Él conocía muy bien las artimañas de los vendedores, que siempre trataban de engañarlo a uno. Y nadie engañaba a Ove impunemente. Lo que es, es.

Ove puso la tarjeta bancaria en el mostrador. El responsable de la tienda le hizo una señal condescendiente y le señaló un letrero donde se leía que EN COMPRAS INFERIORES A 50 CORONAS SE COBRARÁ UNA COMISIÓN DE 3 CORONAS. Y la cosa acabó como tenía que acabar.

Así que allí estaba Ove ahora, delante de su mujer, con dos flores. Porque era una cuestión de principios.

—De esas tres coronas puede ol-vi-dar-se —afirma Ove con la vista en la grava.

La mujer de Ove suele reñirle porque siempre tiene que ir armando líos por todo. Pero él piensa que lo que es, es. ¿Acaso es esa una postura ilógica en la vida?, le pregunta Ove a su mujer. Él piensa que no.

Levanta la vista y la mira.

—Seguro que estarás enfadada porque no vine ayer, tal y como te había prometido —murmura.

Ella no contesta.

—Pero es que el barrio se ha convertido en una casa de locos —dice en su defensa—. Un verdadero caos. Si hasta tengo que meterles el remolque marcha atrás, porque ellos no saben. Y tampoco puedes poner un gancho tranquilamente —continúa, como si ella hubiera reaccionado.

Ove carraspea.

—No podía poner el gancho cuando ya había anochecido, como comprenderás. Entonces no se sabe a qué hora vendrán y apagarán las luces. Y el contador de la luz no para. Eso no puede ser.

Ella no responde. Él da una patada a la tierra fría. Buscar las palabras. Vuelve a carraspear un poco.

—Cuando no estás en casa, nada va bien.

Ella no responde. Ove manosea las flores.

—Es antinatural andar solo por la casa día tras día cuando tú no estás. No hace falta que diga más. Es que no es forma de vivir.

Ella tampoco responde a eso. Él asiente. Le pone las flores delante, para que las vea.

—Son de color rosa, como a ti te gustan. Flores indemnes. En la tienda dicen que se llaman perennes, pero joder, ¿es que no voy a saber yo cómo se llaman? Al parecer, se marchitan con este frío, o eso me dijeron en la tienda, pero seguro que lo dicen solo para obligarte a comprar más.

Ove parece quedarse esperando su aprobación.

—Además, ponen azafrán en el arroz —dice en voz baja—. O sea, me refiero a los nuevos vecinos. Los extranjeros. Ponen azafrán en el arroz y cosas por el estilo. Para qué servirá eso, a saber. A mí me parece bien comer carne, patatas y salsa.

Nuevo silencio.

Se queda allí dando vueltas a la alianza en el dedo, buscando algo más que decir. Todavía le cuesta horrores ser él quien lleva la voz cantante en la conversación. Eso siempre era cosa de ella. Él se limitaba más bien a responder. Todavía sigue siendo una situación extraña para los dos. Finalmente, Ove se pone en cuclillas, desentierra el tallo de la rosa de la semana anterior, la pone con cuidado en la bolsa de plástico. Antes de plantar las flores nuevas, remueve a conciencia la tierra. Está congelada.

—Han vuelto a subir el precio de la electricidad, por cierto —la informa mientras se pone de pie.

Y se queda allí, con las manos en los bolsillos, mirándola.

Por último, apoya la mano sobre la gran piedra, y la acaricia suavemente de un lado a otro. Como si fuera la mejilla de su mujer.

—Te echo de menos —susurra Ove.

Seis meses hace que murió. Y Ove sigue recorriendo la casa dos veces al día para comprobar que no ha subido la temperatura a escondidas.

5

Un hombre llamado Ove

Ove sabía muy bien que los amigos de ella no se explicaban cómo pudo casarse con él. Y no se lo reprochaba, la verdad.

La gente decía que él era arisco. Tal vez tuvieran razón, no estaba seguro. Nunca se había parado a pensarlo. La gente también lo llamaba «asocial», y Ove suponía que eso significaba que no le gustaba mucho la gente. Y, bueno, con eso sí que podía estar de acuerdo. Por lo general, la gente no estaba en su sano juicio.

Ove no era muy aficionado a charlar sin más. Y se había dado cuenta de que hoy en día eso era un defecto de carácter. Ahora había que ser capaz de charlar sobre cualquier cosa con cualquier cabeza hueca que se cruzara con uno, solo porque eso era «agradable». Ove no sabía cómo se hacía. Quizá se debiera a su educación. Quizá a los hombres de su generación no los habían preparado lo bastante bien para un mundo en el que todos decían que iban a hacer cosas, pero en el que no parecía tener ningún valor hacerlas de verdad. Ahora la gente se plantaba delante de sus casas, recién reformadas, y alardeaban como si las hubieran construido ellos mismos, aunque nunca hubieran sostenido en la mano un destornillador. Y ni por un momento trataban de fingir que fuera de otro modo, ¡alardeaban de ello! Al parecer, ser capaz de poner uno mismo un listón de madera como es debido o de reparar humedades o de cambiar los neumáticos de invierno no tenía ya ningún valor. Poder hacer algo de verdad, eso ya no valía nada. Y si ahora podía uno comprarlo todo, ¿qué valor tenían las cosas? ¿Qué valor tenía un hombre?

Ove comprendía perfectamente que los amigos de su mujer no comprendieran por qué ella se levantaba un día tras otro dispuesta a vivir con él voluntariamente. Ove tampoco lo comprendía. Él le hacía una librería y ella la llenaba de libros de gente que escribía páginas enteras sobre sentimientos. Ove no entendía aquello que no era capaz de ver y tocar. El hormigón y el cemento. El vidrio y el acero. Las herramientas. Cosas que se podían calcular. Comprendía los ángulos rectos y las instrucciones claras. Los modelos de construcción y los planos. Cosas que se pudieran dibujar en un papel. Él era un hombre en blanco y negro.

Y ella era el color. Todo el color de Ove.

Lo único que había amado en la vida, antes de verla a ella, eran las cifras. Salvo eso, no tiene ningún recuerdo concreto de su infancia. Ni lo acosaban ni era un acosador, no era bueno en los deportes, pero tampoco malo. Nunca estuvo en el centro, pero tampoco fuera, era uno de esos que, simplemente, estaban ahí. Y tampoco recordaba demasiado de la adolescencia, nunca ha sido de esos hombres que van por la vida almacenando recuerdos en la memoria sin necesidad. Recuerda que era bastante feliz, y que luego llegaron unos años en los que dejó de serlo.

Y recuerda las cifras que le llenaban la cabeza. Recuerda cómo solía añorar las clases de matemáticas en la escuela. Para otros era un suplicio, quizá, pero para él no. No sabe por qué.

Y tampoco se lo pregunta. Nunca se ha explicado que haya que andar dando vueltas a por qué las cosas son como son. Uno es quien es y hace lo que puede, y con eso basta, piensa Ove.

Tenía siete años cuando a su madre le reventaron los pulmones una mañana de agosto. Trabajaba en una fábrica de productos químicos. Se conoce que por aquel entonces no se sabía mucho sobre problemas respiratorios y seguridad, comprendió Ove con el tiempo. Además, también fumaba a todas horas. Es el recuerdo más claro que tiene de ella, siempre sentada junto a la ventana de la cocina de la casita donde vivían, a las afueras de la ciudad, siempre envuelta en una nube vaporosa a su alrededor, mirando al cielo todos los sábados por la mañana. Y que a veces cantaba, y que Ove se sentaba bajo la ventana con el libro de matemáticas en las rodillas y la escuchaba, eso también lo recuerda. Naturalmente, tenía la voz ronca y algún que otro tono sonaba más desafinado de la cuenta aquí y allá, pero recuerda que a él le gustaba de todos modos.

El padre de Ove trabajaba en el ferrocarril. Tenía las palmas de las manos como una piel de toro labrada a cuchillo, y en la cara, arrugas tan profundas que eran canales por los que el sudor le corría hasta el pecho cuando hacía algún esfuerzo. Tenía el pelo lacio y el cuerpo menudo, pero unos brazos de músculos tan afilados como si los hubieran tallado en roca maciza. Una vez, cuando Ove era pequeño, sus padres lo llevaron a una gran fiesta en casa de unos compañeros de trabajo del padre. Cuando ya llevaba varias cervezas, los demás invitados lo retaron a echar un pulso. Ove no había visto nunca a hombres tan corpulentos como aquellos que, cual guerreros nórdicos, se fueron sentando a horcajadas en el banco de madera, enfrente de su padre. Algunos pesarían doscientos kilos. Su padre les ganó a todos. Cuando volvían a casa aquella noche, le pasó el brazo por los hombros a Ove y le dijo: «Solo un zote cree que el volumen y la fuerza son lo mismo, Ove, no lo olvides». Y Ove no lo olvidó nunca.

Su padre nunca le levantó la mano a nadie. Ni a Ove ni a ninguna otra persona. Algunos compañeros de la clase de Ove iban a veces a la escuela con cardenales y moretones de azotes con la correa, cuando se portaban mal. Pero Ove nunca. «En esta familia no recurrimos a los golpes —solía afirmar el padre—. Ni entre nosotros ni con los demás.»

Era un hombre muy apreciado en la estación. Taciturno, pero buena persona. Había incluso quienes aseguraban que era «demasiado buena persona». Ove recuerda que, de niño, no podía comprender que eso pudiera ser algo negativo.

Luego murió su madre. Y su padre se volvió más taciturno si cabe. Como si ella se hubiese llevado consigo las pocas palabras con las que él contaba.

Así que Ove y su padre nunca hablaron mucho que se diga, pero disfrutaban de la compañía mutua. Se sentían a gusto sentados cada uno a un lado de la mesa, en silencio. Y tenían con qué entretenerse. Tenían una familia de pájaros que vivía en un árbol medio podrido, detrás de la casa, y les daban de comer cada dos días. Ove comprendió que lo de cada dos días era importante. Nunca averiguó por qué, pero tampoco sentía la necesidad de comprenderlo absolutamente todo.

Por las noches comían salchichas y patatas. Luego jugaban a las cartas. Nunca tuvieron mucho, pero siempre tenían suficiente.

Las únicas palabras del padre que la madre no pareció interesada en llevarse al morir eran las que trataban de motores. Sobre eso sí podía pasarse el padre hablando horas y horas. «Los motores siempre te dan lo que te mereces —decía—. Si los tratas con respeto, te otorgan la libertad, si te comportas como un cerdo, te la quitan.»

Durante mucho tiempo, no tuvo ningún vehículo, pero cuando los jefes y los directores de la estación empezaron a comprarse coches allá por los años cuarenta y cincuenta, no tardó en difundirse en las oficinas el rumor de que con aquel hombre de pocas palabras que trabajaba en la estación valía la pena estar a bien. El padre de Ove no terminó la escuela, y no entendía nada de las matemáticas de los libros de Ove, pero sí sabía de motores.

Cuando la hija del director de la estación iba a casarse y se estropeó el coche que debía llevar a los recién casados desde la iglesia con pompa y boato, lo llamaron a él. El padre de Ove llegó en bicicleta con una caja de herramientas tan pesada bajo el brazo que, cuando se bajó de la bici, hicieron falta dos hombres para levantarla. Y, cualquiera que fuera el problema cuando él llegó, había dejado de ser un problema cuando se marchó en la bicicleta. La mujer del director lo invitó al banquete de bodas, pero el padre de Ove le explicó en voz baja que no era apropiado invitar a la mesa de gente tan elegante a alguien que, como él, tenía en las manos y bajo el brazo manchas de grasa tan profundas que parecían formar parte del pigmento natural de su piel. Sin embargo, sí aceptaba una bolsa de panecillos y un poco de carne para su hijo. Ove acababa de cumplir ocho años. Cuando su padre puso la mesa para la cena aquella noche, el chico se imaginó que así debían de comer los reyes.

Unos meses después, el director llamó otra vez al padre de Ove. En el aparcamiento de las oficinas había un viejo Saab 92, muy deteriorado. El primer turismo fabricado por Saab. De un modelo que había dejado de producirse desde que sacaron al mercado el Saab 93, con multitud de mejoras. El padre de Ove reconoció a la perfección el vehículo de tracción delantera y el motor transversal, que sonaba como una cafetera. Había sufrido un accidente, le explicó el director pasando el pulgar por los tirantes que asomaban bajo la chaqueta. La carrocería color verde botella estaba totalmente abollada y el estado del motor no podía ser más deplorable, el padre de Ove estaba de acuerdo. Pero sacó un pequeño destornillador que llevaba en el bolsillo del mono y, tras haber inspeccionado el coche unos instantes, constató que bueno, con algo de tiempo y cariño y las herramientas adecuadas, podría ponerlo a funcionar otra vez.

—¿De quién es? —preguntó mientras se ponía de pie y se limpiaba la grasa de las manos con un trapo.

—Era de un pariente mío —dijo el director dándole la llave que había sacado del bolsillo del pantalón—. Y ahora es tuyo.

El director le dio una palmadita en la espalda, dio media vuelta y entró otra vez en el despacho. Y allí se quedó el padre de Ove, plantado en la explanada, conteniendo la respiración. Aquella noche se lo contó a su hijo, que lo miraba con los ojos como platos, y le mostró una y otra vez todo lo que había que saber de aquel prodigio que ahora tenían en el jardín. Se pasó la mitad de la noche sentado al volante con el niño en el regazo explicándole cómo funcionaba el mecanismo. Lo sabía todo acerca de cada tornillo y cada manguito. Ove nunca había visto a un hombre más orgulloso que su padre aquella noche. Tenía ocho años, y aquella noche decidió que jamás tendría un coche que no fuera Saab.

Los sábados que el padre no trabajaba en la estación se iba con Ove al jardín, abría el capó y le enseñaba cómo se llamaba cada pieza y para qué servía. Los domingos iban a la iglesia. No porque tuvieran una relación muy estrecha con Dios, sino porque la madre de Ove era muy cuidadosa con eso. Así que se sentaban en el último banco y se quedaban mirando las manchas del suelo hasta que terminaba el oficio. Y, en honor a la verdad, los dos dedicaban el tiempo a pensar en lo mucho que la echaban de menos a ella, más que a pensar en si echaban de menos a Dios. El tiempo que pasaban allí era de su madre, por así decirlo, aunque ya no estuviera con ellos. Luego Ove y su padre daban una vuelta en el Saab e iban al campo. Para Ove era el momento favorito de la semana.

A fin de evitar que se quedara solo en casa sin nada que hacer cuando no tenía clase, aquel mismo año empezó a acompañar al padre al trabajo en la estación. Era un trabajo sucio y estaba mal pagado, pero, como el padre solía decir, era «un trabajo honrado, y eso también tenía su valor».

A Ove le gustaban todos los hombres del ferrocarril menos Tom. Era un hombre alto y ruidoso con los puños tan grandes como la plataforma de un camión y cuyos ojos parecían andar siempre buscando algún animal indefenso al que dar una patada.

Cuando Ove tenía nueve años, el padre le mandó un día a que ayudara a Tom a limpiar un vagón viejo y estropeado. Presa de una alegría repentina, Tom cogió del suelo un maletín que algún pasajero se había dejado allí olvidado con las prisas. Se había caído del estante de las maletas y el contenido se había esparcido por el suelo, de modo que Tom se puso a cuatro patas y se apresuró a recoger todo lo que encontró.

—Lo que encontramos nos lo quedamos —le dijo a Ove sonriente y con un destello en los ojos que provocó en él un escalofrío, como si una miríada de insectos le corrieran bajo la piel.

Tom le dio tal golpe en la espalda que le hizo daño en el omóplato. Ove no dijo nada. Ya salían cuando el niño tropezó con una billetera. Era de una piel tan flexible que, al cogerla entre los dedos rasposos, le pareció de algodón. Y no estaba sujeta con una goma, como hacía su padre con su vieja cartera, para evitar que se cayera en pedazos. Esta tenía un brochecito de plata que hizo clic al abrirla. Contenía más de seis mil coronas. Una fortuna para cualquiera en aquella época.

Tom la vio y trató de arrebatársela a Ove. Pero, imbuido de una rebeldía instintiva, él se resistió. Notó la sorpresa de Tom ante su actitud y, con el rabillo del ojo, alcanzó a distinguir que aquel hombre enorme cerraba el puño. Ove comprendió que no conseguiría escapar, así que cerró los ojos y se aferró a la cartera con todas sus fuerzas dispuesto a recibir el golpe.

Ninguno de los dos se percató de la presencia del padre de Ove hasta que no se interpuso entre ambos. Tom le clavó la mirada un instante, respirando con tanta ansiedad que le nacían gruñidos de la garganta. Pero el padre no se movió. Y al final, Tom bajó el puño y dio un paso atrás.

—Lo que encontramos nos lo quedamos; así ha sido siempre —masculló dirigiéndose al padre de Ove y señalando la billetera.

—Eso lo decide el que se lo encuentra —respondió el padre de Ove sin bajar la vista un milímetro.

A Tom se le ensombreció la mirada, pero dio otro paso atrás, aún con el maletín en la mano. Llevaba toda la vida trabajando en las vías, pero Ove jamás oyó a los demás hombres nada bueno de él. Era falso y malvado, eso fue lo que siempre les oyó decir en las fiestas, después de unas cervezas. Sin embargo, nunca se lo oyó decir a su padre. «Cuatro hijos y una mujer enferma —les recordaba el padre a los compañeros mirándolos a los ojos—. Hombres mejores que Tom se volverían peores que él con una situación así.» Y entonces los compañeros cambiaban de tema.

El padre señaló la cartera que Ove tenía en la mano.

—Tú decides —le dijo.

Ove clavó la vista en el suelo y notó cómo el fuego de los ojos de Tom le horadaba la cabeza. Al cabo de unos instantes, declaró con voz baja pero firme que, seguramente, lo mejor que podía hacer era dejarlo en la sección de objetos perdidos. El padre asintió sin decir nada, cogió a Ove de la mano y fue la media hora de camino por las vías hasta la oficina sin decir una sola palabra. Ove oía a Tom gritar a su espalda, con la voz empañada de fría rabia. No olvidaría aquellos gritos jamás.

La mujer de la sección de objetos perdidos no daba crédito a sus ojos cuando le pusieron la cartera en el mostrador.

—¿Y dices que estaba en el suelo? ¿No habéis encontrado ninguna maleta ni nada más? —preguntó.

Ove miró dubitativo a su padre, pero él seguía en silencio, así que Ove lo imitó.

La mujer del mostrador pareció conformarse con el silencio por respuesta.

—Muy pocas personas habrían devuelto tanto dinero —dijo sonriéndole a Ove.

—Muy pocas tienen sentido común —dijo el padre secamente, cogió a Ove de la mano, se dio media vuelta y se encaminó al trabajo.

Cuando llevaban caminando junto a las vías unos doscientos metros, Ove soltó una tosecita, se armó de valor y le preguntó a su padre por qué no habían dicho nada del maletín que se había encontrado Tom.

—Nosotros no somos de los que van contando lo que hacen los demás —respondió el padre. Ove asintió. Continuaron en silencio.

—Pues yo estaba pensando en quedarme con el dinero —susurró Ove al final, apretando un poco más la mano del padre, como si temiera que lo soltara.

—Lo sé —dijo el padre, y le correspondió apretando un poco también.

—Pero sé que tú lo habrías devuelto, y que los que son como Tom no lo devuelven —dijo Ove.

El padre asintió. Y no volvieron a hablar del tema.

De haber sido el tipo de hombre que se dedica a meditar sobre cómo y cuándo había llegado a ser quien era, tal vez habría sacado la conclusión de que aquel día fue cuando aprendió que lo que es, es. Pero él no era muy dado a cavilaciones. Se contentaba con recordar que aquel día decidió ser distinto de su padre en tan pocos aspectos como fuera posible.

Acababa de cumplir dieciséis años cuando el padre murió. Un vagón desbocado por la vía. Y no le quedó a Ove mucho más que un Saab, una casa ruinosa a unos kilómetros del centro y el viejo reloj de pulsera abollado. Nunca supo explicarse qué ocurrió con él aquel día, pero dejó de estar alegre. Y, a partir de entonces, se pasó varios años sin estar alegre.

En el entierro, el pastor quiso comentarle algo de una casa de acogida, pero a Ove no lo habían educado para aceptar limosnas, le explicó enseguida al pastor. Además, le dejó claro que, a partir de entonces y para un futuro indefinido, no tenía que molestarse en reservarle ningún sitio en los bancos de la iglesia para las misas de los domingos. No porque Ove no creyera en Dios, le dijo al pastor, sino porque pensaba que el tal Dios debía de ser un bruto.

Al día siguiente fue a la estación, a la oficina de nóminas del trabajo de su padre, y devolvió el dinero que sobraba del salario del mes. Ni que decir tiene que las señoras de la oficina no entendían una palabra, así que Ove se armó de paciencia y les explicó que su padre había muerto el día 16. Y que por tanto, como seguramente comprenderían, no podían esperar que fuese a trabajar los catorce días restantes de ese mes. Y dado que el padre cobraba por adelantado, Ove había acudido a devolver la diferencia.

Las señoras le pidieron vacilantes que se sentara a esperar un momento, y eso hizo Ove. Al cabo de un cuarto de hora llegó el director, que se quedó mirando a aquel adolescente tan peculiar que aguardaba en el pasillo sentado en una silla de madera, con el sobre de la nómina del padre fallecido en las manos. El director sabía perfectamente quién era aquel muchacho. Y, una vez que se hubo convencido de que no había forma de hacer que el joven se quedara con un dinero al que, según él, su padre no tenía derecho, el hombre no vio otra salida que ofrecerle allí mismo a Ove que hiciera el trabajo hasta final de mes, de modo que se ganara la cantidad que pretendía devolver. A Ove le pareció aceptable y comunicó en la escuela que faltaría las dos semanas siguientes. Nunca volvió.

Se quedó trabajando allí cinco años. Luego llegó la mañana en que se subió a un tren y la vio por primera vez, la primera vez que pudo reír desde la muerte de su padre. Y a partir de aquel día, la vida le cambió por completo.

Porque la gente decía que Ove siempre veía el mundo en blanco y negro. Y ella era el color. Todo el color de Ove.

6

*Un hombre llamado Ove y una bicicleta
que tiene que estar donde tienen que estar
las bicicletas*

Lo único que quiere Ove, la verdad, es poder morir en paz. ¿Es eso mucho pedir? Ove piensa que no. Claro, debería haber dejado resuelto ese asunto seis meses atrás. Inmediatamente después del entierro de su mujer. Ahora lo reconoce. Pero entonces pensó que eso no se hacía. Tenía un trabajo del que ocuparse. ¿Y qué pasaría si la gente se quitara la vida y dejara de ir al trabajo a troche y moche?

Así que su mujer murió un viernes, la enterraron el domingo y Ove fue al trabajo el lunes. Porque era lo que había que hacer. Y al cabo de seis meses, llegaron los jefes un lunes y, ¡zas!, le dijeron que no habían querido comunicárselo el viernes para no «arruinarle el fin de semana». Y allí estaba aquel martes, dándole aceite a la encimera de la cocina.

Así que lo había preparado todo directamente el lunes, a la hora del almuerzo. Pagó a la funeraria y se aseguró un lugar al lado de ella en el cementerio. Llamó al abogado, redactó una carta con instrucciones claras, y la dejó en un sobre con todos los recibos importantes, el contrato de compra de la casa y el historial de revisiones del Saab. Dejó el sobre en el bolsillo interior de la chaqueta. Apagó todas las luces y pagó todas las facturas. No tenía préstamos. Ni deudas. Nadie tendría que ir atando cabos después. Ove ha fregado la taza de café y ha cancelado la suscripción al periódico. Está listo.

Y lo único que quiere es morir en paz, se dice allí sentado en el Saab, mientras mira por la puerta abierta del garaje. Si pudiera evitar a los vecinos, quizá podría salir ahora mismo, por la mañana.

Ve al joven con sobrepeso que vive en la casa contigua pasar por delante de la puerta arrastrándose por el aparcamiento. No es que a Ove le disguste la gente con sobrepeso. Desde luego que no. La gente puede tener la pinta que quiera. Es solo que nunca los ha comprendido. No comprende cómo se hace. Porque ¿cuánto puede comer una persona? ¿Cómo consiguen llegar a ser dos personas en una? Implica cierto grado de voluntad, en opinión de Ove.

El joven lo ha visto. Lo saluda risueño. Ove corresponde con un gesto reservado. El joven sigue allí, saludando con tal ímpetu que la grasa del pecho le baila debajo de la camiseta. Ove suele decir que no conoce a nadie más que parezca una manada entera cuando asalta una fuente de patatas fritas, aunque la asalte solo, pero la mujer de Ove protesta siempre, porque esas cosas no se dicen.

O protestaba. Siempre protestaba.

A ella, a la mujer de Ove, le gustaba el joven con sobrepeso. Desde que murió su madre, ella iba a su casa una vez por semana con fiambreras de comida. «Para que coma algo casero de vez en cuando», decía. Ove comentaba entonces que nunca les devolvía las fiambreras, y añadía que, seguramente, el tío no distinguía entre la fiambrera y la comida. Pero la mujer de Ove le decía entonces que lo dejase ya. Y él lo dejaba.

Ove espera hasta haber perdido de vista al devorador de fiambreras, y sale del Saab. Tira tres veces del picaporte. Sale y cierra la puerta del garaje. Tira tres veces del picaporte.

Toma la calle que sube por entre las casas. Se detiene delante del cuarto de las bicicletas. Hay una apoyada en la pared. Otra vez. Y precisamente debajo del letrero que dice que precisamente ahí está prohibido aparcar bicicletas.

Ove la coge. Tiene la rueda delantera pinchada. Abre el cuarto de las bicicletas y la mete con cuidado entre las demás. Cierra la puerta y acaba de tirar tres veces cuando oye una voz de púber añejo que le suelta al oído:

—Pero ¿qué coño haces?

Ove se da la vuelta y se encuentra de frente con el mocoso, que está a unos metros.

—Colocar la bicicleta en el cuarto de las bicicletas.

—Pero hombre, ¡no puedes hacer eso! —protesta el mocoso.

Tendrá dieciocho, sospecha Ove al verlo más de cerca. O sea, un gamberro más que un mocoso, para ser precisos.

—Claro que puedo.

—Pero ¡si iba a arreglarla! —exclama el gamberro, y se le quiebra la voz en los tonos altos, como un altavoz viejo que se acopla.

—Es una bicicleta de señora —dice Ove.

—Sí —afirma el gamberro impaciente, como si eso no fuera relevante.

—Entonces no será tuya —asegura Ove.

—Noooooo —se lamenta el gamberro con un gesto de desesperación.

—Pues eso —concluye Ove, y se mete las manos en los bolsillos del pantalón, dando a entender que acaban de zanjar el asunto.

Se hace un silencio cargado de tensión. El gamberro mira a Ove como si pensara que es más tonto de la cuenta. Ove, por su parte, mira al gamberro como si su existencia fuera un gran despilfarro de oxígeno. Detrás del gamberro, ahora lo veía, hay otro gamberro. Más gamberro que el otro, y con los ojos llenos de tizne. El otro gamberro le tira discretamente al primero de la cazadora y le murmura no sé qué de que «nada de armar bronca». El primer gamberro da una patada a la nieve, un tanto mosqueado. Como si la nieve tuviera la culpa.

—Es de mi novia —explica al fin.

Lo dice con más resignación que enfado. Lleva unas zapatillas de deporte demasiado grandes y unos vaqueros demasiado pequeños, observa Ove. Y la cazadora tapándole la barbilla, para protegerse del frío. La cara demacrada y cubierta de pelusa toda llena de puntos negros y un peinado que daba la sensación de que lo hubieran agarrado por el pelo para salvarlo de ahogarse en un tonel de pegamento.

—¿Y dónde vive tu novia? —pregunta Ove con tono exigente.

El gamberro estira el brazo como si le hubieran disparado una flecha anestesiante, y señala la última casa de la calle de Ove. En la que viven con sus hijas los comunistas que promovieron la aprobación de la reforma de clasificación de residuos. Ove asiente.

—Entonces puede venir a buscarla —dice Ove.

Con la yema de los dedos, da unos golpecitos en el cartel que prohíbe aparcar bicicletas allí fuera. Se da media vuelta y echa a andar hacia su casa.

—¡Qué tío más cabrón! —suelta el gamberro a su espalda.

—¡Chis! —se oye decir al amigo del gamberro, el de los ojos pintados de negro.

Ove no replica.

Pasa por delante del letrero que prohíbe claramente la circulación de vehículos en el vecindario. El mismo que la extranjera embarazada no supo leer, pese a que Ove sabe perfectamente que es imposible no verlo. Y lo sabe porque fue él quien colgó ese letrero. Camina disgustado por la calle y, por cómo va pisando el suelo, se diría que pretende alisar el asfalto. Como si no tuvieran bastante con todos los chiflados que viven en el barrio, se dice. Como si el barrio entero no estuviera convirtiéndose ya en un obstáculo molesto para la evolución. El pijo del Audi y la pazguata de la rubia que viven enfrente de la casa de Ove, y al final de la hilera, la familia esa comunista cuyas hijas adolescentes llevan el pelo teñido de rojo y los pantalones cortos por encima de los largos, y que parecen mapaches invertidos. Bueno, naturalmente, ahora estarán de vacaciones en Tailandia, por lo que se ve, pero aun así.

En la casa contigua a la de Ove vive el joven de veinticinco años de edad y casi una tonelada de peso. Y lleva el pelo largo, como una mujer, y camisetas raras. Vivía con su madre, hasta que ella murió hace unos años de alguna enfermedad. Por lo visto, se llama Jimmy, según le dijo su mujer. Ove no sabe en qué trabaja, pero seguro que en algo delictivo. O quizá sea catador de beicon.

En la casa del final de la calle, en la acera de Ove, viven Rune y su mujer. Y no es que tuviera motivos para llamar enemigo a Rune. O bueno, sí, casi exactamente eso es. Todo lo que se ha ido a la mierda en la comunidad de propietarios empezó con Rune. Él y Anita, su mujer, se mudaron al barrio el mismo día que Ove y la suya. Por aquel entonces, Rune tenía un Volvo, pero luego se compró un BMW. Y eso se caía por su propio peso, con una persona que se comportaba así no era posible razonar, según Ove.

Además, Rune fue el artífice del golpe de Estado que acabó con la destitución de Ove de la presidencia de la junta. Y no hay más que ver cómo está el barrio ahora. Las facturas de la luz han subido y las bicicletas no están en su sitio y la gente va marcha atrás con el remolque en plena urbanización. A pesar de que hay letreros en los que se anuncia *meridianamente* que está prohibido. Ove avisó de todo eso, pero claro, nadie le hizo caso. Y desde entonces, no ha puesto el pie en una sola de las reuniones de la comunidad de propietarios.

Hace un gesto con la boca, como si pensara en escupir cada vez que pronuncia la palabra «reunión de la comunidad de propietarios». Como si fuera una palabra soez.

Está a quince metros del buzón abollado de su casa cuando ve a la pazguata de la rubia. En un primer momento, no comprende qué es lo que está haciendo. La ve en la calle tambaleándose sobre unos tacones altísimos y gesticulando histérica hacia la fachada de la casa de Ove. Esa cosa diminuta que siempre se mea en las baldosas de Ove no para de dar vueltas ladrando a su alrededor. Ove ni siquiera está seguro de que sea un perro. Más bien parece una bota de pelo con ojos.

La pazguata de la rubia vocifera mirando hacia la casa de Ove, con tal ímpetu que las gafas de sol se le resbalan hasta la punta de la nariz. La bota de pelo ladra más alto. «Pues vaya, está claro que a esa bruja se le ha ido la cabeza», piensa Ove, y se detiene precavido a unos metros a su espalda. Y entonces ve que no está señalando la fachada. Está tirando piedras. Y no contra la fachada, sino al gato.

El animal está encogido en un rincón, detrás de la caseta de Ove. Y tiene unas manchitas de sangre en el pelaje. O en lo que le queda del pelaje. La bota de pelo enseña los dientes. El gato le ruge.

—¡No te atrevas a rugirle a Prince! —chilla la pazguata de la rubia y coge otra piedra del seto de Ove y la lanza contra el gato.

El felino se aparta de un salto. La piedra da en el vierteaguas de la ventana.

La pazguata de la rubia coge otra piedra y se prepara para lanzarla. Ove da un par de zancadas raudas y se le acerca tanto por detrás que, seguramente, la mujer nota su respiración.

—¡Si vuelves a tirar otra piedra a mi parcela, te tiro yo a ti a la tuya!

Ella se da la vuelta. Sus miradas se cruzan. Ove tiene las manos en los bolsillos, ella le hace un juego de puños en la cara, como si estuviera apartando dos moscas como dos microondas de grandes. Ove ni siquiera se digna pestañear.

—¡Ese animal repugnante le ha arañado a Prince! —le suelta con los ojos desorbitados de ira.

Ove mira a la bota de pelo. El animal le gruñe. Ove mira al gato, que está delante de su casa, ensangrentado y maltrecho, pero con la cabeza levantada con un gesto rebelde.

—Está sangrando, así que parece que la cosa ha terminado en empate —dice Ove.

—¡Y una mierda! ¡Pienso matar a ese bicho! —vocifera la pazguata de la rubia.

—Pues no, no lo vas a matar —responde Ove fríamente.

La pazguata adopta una expresión amenazante.

—¡Seguro que está plagado de enfermedades asquerosas, rabia y todo lo habido y por haber!

Ove mira al gato. Mira a la pazguata. Asiente.

—Igual que tú, seguramente, y no por eso te tiramos piedras.

A la pazguata le tiembla la boca. Se encaja bien las gafas de sol.

—¡Ten cuidado con lo que dices! —le advierte.

Ove asiente. Señala a la bota de pelo. La bota de pelo trata de morderle la pierna, pero Ove reacciona como un rayo dando un zapatazo en el suelo y el animal se aparta en el último segundo.

—Por la urbanización tienes que llevar a esa cosa atada —dice Ove.

La rubia se aparta muy digna el pelo teñido de rubio y sopla por la nariz con tal energía que Ove cree que se le van a salir los mocos por uno de los agujeros.

—¿Y ese, qué, eh? —le grita mirando al gato.

—Tú con ese no tienes nada que ver —responde Ove.

La rubia lo observa como solo pueden hacerlo las personas que se sienten claramente superiores pero, al mismo tiempo, profundamente humilladas. La bota de pelo vuelve a enseñar los dientes, con un gruñido mudo.

—¿Te has creído que eres el dueño de la calle o qué, so retrasado mental? —dice la mujer.

Ove no se inmuta, señala tranquilamente a la bota de pelo.

—La próxima vez que se mee en mis adoquines, lo electrifico.

—¡Qué coño dices, Prince no se ha meado en esa mierda de adoquines! —escupe la mujer, y da dos pasos al frente con el puño en alto.

Ove no se mueve del sitio. Ella se detiene. Parece que esté hiperventilando. Luego, da la impresión de apelar al sentido común que quizá tenga, por limitado que sea.

—Vamos, Prince —dice con un gesto de la mano.

Después señala a Ove con el dedo índice.

—Se lo pienso contar a Anders, y te vas a arrepentir.

—Dile al tal Anders que deje de menear el culo delante de mi ventana —responde Ove.

—Retrasado mental de mierda —le suelta la mujer, y se dirige al aparcamiento.

—¡Y que tiene una basura de coche! —añade Ove.

Ella le hace un gesto cuyo significado él ignora, aunque lo intuye. Luego se esfuma con la bota de pelo en dirección a la casa del tal Anders.

Ove gira a la altura de la caseta de su jardín. Ve las salpicaduras de pis de perro en los adoquines de la esquina del seto. Si no hubiera tenido cosas más importantes que hacer aquella tarde, habría ido en busca de la bota de pelo para hacer un felpudo con él. Pero resulta que sí tiene otras cosas que hacer. Así que entra en la caseta, coge el taladro y una caja de brocas.

Al salir, ve que el gato sigue allí, y que lo está mirando.

—Ya puedes largarte —le dice Ove.

El animal no se inmuta. Ove menea la cabeza con resignación.

—¡Oye, que yo no soy amigo tuyo!

El gato no se mueve. Ove lo espanta con los brazos.

—Madre mía, birria de gato… Que me haya puesto de tu parte cuando esa bruja te estaba tirando piedras no significa que me gustes más que a la pazguata.

Señala la casa del tal Anders.

—Y que sepas que tampoco ha sido para tanto.

El gato parece estar sopesando sus palabras. Ove señala la calle.

—¡Largo!

El gato se lame tranquilamente las manchas de sangre del pelaje. Mira a Ove como si aquello fuera una negociación y él estuviera considerando una oferta. Luego se levanta despacio, se aleja y desaparece a la vuelta de la esquina de la caseta. Ove se queda mirándolo. Entra en la casa y cierra de un portazo.

Porque ya está bien, hombre. Ove tiene que morir.

7

Un hombre llamado Ove hace un agujero
y cuelga un gancho

Ove se ha puesto los pantalones del traje y la camisa de vestir. Extiende el plástico en el suelo con sumo cuidado, como si estuviera cubriendo una valiosa obra de arte. Y no es que el suelo sea nuevo, precisamente, pero es que no hace ni dos años que lo lijó. Y en realidad, no es por él por quien ha puesto el plástico. Está seguro de que quien se ahorca no deja mucho rastro de sangre, y en realidad, tampoco le importa demasiado el polvo que caiga al abrir el agujero. Ni que se queden las marcas cuando le dé la patada al taburete. Además, les ha puesto protectores adhesivos a las patas, así que no deberían quedar arañazos. No, no es por eso por lo que Ove está extendiendo el plástico tan meticulosamente en el suelo del vestíbulo, el salón y buena parte de la cocina, como si pensara llenar la casa de agua.

Pero se figura que, antes incluso de que la ambulancia haya retirado el cadáver, entrará toda una manada de agentes inmobiliarios pijos. Y esos cerdos no van a corretear por la casa arañando el suelo de Ove con los zapatos. Ni por encima ni por debajo de su cadáver. Eso, que lo sepan.

Coloca el taburete en medio de la habitación. Tiene manchas de al menos siete colores distintos. La mujer de Ove decidió que podía ir pintando la casa a razón de una habitación cada seis meses. O, para ser exactos, se le ocurrió que le gustaría cambiar el color de una de las habitaciones cada seis meses. Y así se lo dijo a Ove, que respondió que ya podía irse olvidando. Su mujer llamó entonces a un pintor para que le hiciera un presupuesto. Y le contó a Ove lo que iba a pagarle al pintor. Y entonces Ove fue a buscar el taburete que usaba para pintar.

Cuando uno pierde a un ser querido, echa de menos las cosas más extrañas. Las pequeñas cosas. Las sonrisas. La manera que tiene de darse la vuelta en la cama mientras duerme. Y pintar la habitación a su gusto.

Ove va a buscar la caja de brocas. Es el elemento más importante a la hora de hacer un agujero. No es el taladro, sino la broca. Es como lo de que el coche tenga buenos neumáticos, en lugar de frenos de cerámica y chorradas por el estilo. Eso lo sabe todo el que sabe algo. Ove se coloca en el centro de la habitación y calibra la distancia. Luego examina la caja de brocas igual que un cirujano el instrumental quirúrgico. Elige una, la pone en el taladro, aprieta un poco el botón y el taladro suelta un gruñido. Menea la cabeza dudoso, no, no le parece la adecuada, cambia de broca. Repite la operación cuatro veces, hasta que queda satisfecho, y recorre la sala de estar con el taladro colgándole en la mano, como si fuera un revólver gigante.

Vuelve al centro de la habitación y mira al techo. Comprende que tiene que medir bien antes de empezar a taladrar. Para que el agujero esté centrado. Ove piensa que no hay nada peor que la gente que se pone a hacer agujeros así, al tuntún.

De modo que va en busca de una cinta métrica. Toma la medida desde las cuatro esquinas. Por dos veces, para mayor seguridad. Marca con una cruz el centro exacto del techo.

Se baja del taburete. Da una vuelta para comprobar que el plástico está bien extendido. Abre la puerta, para que no tengan que forzarla cuando vayan a recogerlo. Es una buena puerta. Todavía durará muchos años.

Se pone la chaqueta y comprueba que el sobre sigue en el bolsillo interior.

Finalmente, gira la foto que hay en el poyete de la ventana, de modo que su mujer quede mirando hacia fuera, en dirección a la caseta. No quiere que lo vea mientras lo hace, pero tampoco se atreve a colocarla boca abajo. Ella se ponía furiosa cuando iban a algún sitio sin vistas. «Necesitaba poder ver algo vivo», decía siempre. Así que la pone mirando al cobertizo. Piensa que la birria esa de gato a lo mejor vuelve a pasar. A su mujer le gusta el gato.

Va en busca del taladro, coge el gancho, se sube al taburete y empieza a taladrar. La primera vez que llaman a la puerta da por hecho que ha oído mal, y por eso no hace caso. La segunda vez, comprende que de verdad hay alguien llamando a la puerta, y por eso no hace caso.

La tercera vez, Ove interrumpe la operación y observa la puerta irritado. Como si solo con desearlo pudiera convencer a quienquiera que esté llamando de que tiene que largarse. Funciona solo regular. Es obvio que la persona en cuestión cree que la única explicación racional de que no le haya abierto la primera vez es que no haya oído el timbre.

Ove se baja del taburete, cruza la sala de estar pisando el plástico y llega al vestíbulo. ¿Tan difícil tiene que ser quitarse la vida sin que lo incordien a uno, eh? Él piensa que no debería.

—¿Sí? —dice Ove al mismo tiempo que abre la puerta de un tirón.

El grandullón se las arregla para apartar la cabezota por los pelos antes de que le dé con ella en la cara.

—¡Hola! —exclama la extranjera embarazada que está a su lado, medio metro más cerca del suelo que él.

Ove mira al grandullón y luego baja la vista para mirarla a ella. El grandullón está concentrado en palparse la cara para comprobar que todos los componentes saledizos siguen en su sitio.

—Esto es para ti —dice la embarazada con tono amable, y le planta en la mano una fiambrera.

Ove la mira escéptico.

—Son galletas —aclara la mujer con entusiasmo.

Ove asiente despacio, como confirmándolo.

—Qué elegante vas —le dice sonriente.

Ove vuelve a asentir.

Y se quedan allí plantados los tres como esperando a que alguien diga algo.

Al final la mujer mira al grandullón y mueve la cabeza impaciente.

—Pero cariño, ¿por qué no haces el favor de dejar de toquetearte la cara? —le dice en voz baja y le da un codazo en el costado.

El grandullón levanta la vista, la mira a los ojos y asiente. Mira a Ove. Ove mira a la embarazada. El grandullón señala la fiambrera y se le ilumina la cara.

—Es que es iraní, ya sabes. A donde quiera que van, llevan comida.

Ove lo mira inexpresivo. Parece que el grandullón vacila.

—Y ya sabes… Por eso encajo tan bien con los iraníes. A ellos les gusta cocinar y a mí me gusta… —balbucea con una sonrisa más amplia de la cuenta.

Se calla. Ove lo mira con un desinterés espectacular.

—… comer —remata el grandullón.

Casi parece a punto de preguntarle que si lo ha pillado. Pero entonces mira a la extranjera embarazada y al final decide que no sería buena idea.

Ove deja de prestarle atención y se vuelve hacia ella con la expresión cansina de quien acaba de ver a un niño que ha comido demasiados dulces.

—¿Sí? —dice otra vez.

La mujer se yergue y se pone las manos en la barriga.

—Es que queríamos presentarnos, porque como vamos a ser vecinos —le dice con una sonrisa.

Ove asiente con un movimiento breve y conciso.

—De acuerdo. Pues muy buenas.

Trata de cerrar la puerta. Ella se lo impide con el brazo.

—Y también queríamos darte las gracias por meter el remolque marcha atrás. Fue muy amable por tu parte.

Ove suelta un gruñido. Muy a su pesar, abre la puerta del todo otra vez.

—No creo que haya que dar las gracias por una cosa así.

—Pues claro que sí, de lo más amable —insiste ella.

Ove mira al marido con escasa admiración.

—Quiero decir que no habría que dar las gracias por una cosa así, porque cualquier adulto debería ser capaz de meter el remolque marcha atrás.

El grandullón se lo queda mirando con cara de no estar muy seguro de que aquello sea un insulto. Ove decide no echarle una mano. Da un paso atrás e intenta cerrar la puerta otra vez.

—¡Yo me llamo Parvaneh! —dice la extranjera embarazada, y pone un pie en el umbral.

Ove clava la mirada en el pie, y luego en la cara a la que va unido. Como si le costara asimilar que eso es lo que acaba de hacer.

—Y yo me llamo Patrick —dice el grandullón.

Ni Ove ni Parvaneh le hacen el menor caso.

—¿Y tú eres siempre así de antipático? —pregunta Parvaneh con verdadero interés.

Ove parece ofendido.

—Yo qué coño voy a ser antipático.

—Un poco antipático sí eres.

—Qué va.

—Claro, claro. Tus palabras son abrazos, de verdad —responde la mujer con un tono que hace sospechar a Ove que no es eso lo que piensa.

Suelta un instante el picaporte de la puerta. Echa una ojeada a la caja de galletas que tiene en la mano.

—O sea, galletas árabes, ¿no? ¿Y eso está bueno? —pregunta Ove refunfuñando.

—Persas —lo corrige ella.

—¿Qué?

—Soy de Irán. Los iraníes somos persas —le explica la mujer.

—¿Como las alfombras?

—Sí.

—Pues vaya —responde Ove.

La risa de la mujer lo apabulla. Como si fuera una risa carbonatada y alguien la hubiera vertido demasiado rápido y las burbujas se estuviesen desbordando por todas partes. No encaja para nada en medio de tanto cemento y de las hileras de parcelas cuadriculadas. Es una risa chillona y escandalosa que no se amolda ni a reglas ni a prescripciones.

Ove da un paso atrás. El pie se le engancha en la cinta adhesiva del umbral. Cuando trata de despegárselo con un zapatazo de mal genio, arranca la esquina del plástico. Y al intentar deshacerse de la cinta y del plástico, se le va el pie hacia atrás y arranca un trozo de plástico más grande todavía. Furioso, recupera el equilibrio. Se queda allí plantado en el umbral y procura serenarse. Coge el picaporte otra vez y mira al grandullón con la idea de cambiar de tema.

—¿Y tú a qué te dedicas?

El grandullón se encoge de hombros y le sonríe atolondrado.

—¡Soy asesor informático!

Ove y Parvaneh menean la cabeza con tal coordinación que podrían haber pertenecido a un equipo de natación sincronizada. Y, muy en contra de su voluntad y durante unos segundos, a Ove le disgusta la mujer un pelín menos.

El grandullón parece no darse cuenta, y se queda mirando con curiosidad el taladro que Ove lleva bien agarrado en la mano con cierta indiferencia natural, igual que los rebeldes africanos sujetan las armas automáticas mientras los periodistas occidentales los entrevistan inmediatamente antes de que asalten el palacio gubernamental. Cuando el grandullón termina de observarlo se inclina un poco y echa una ojeada al interior de la casa de Ove.

—¿Qué estás haciendo?

Ove lo mira como se mira a quien acaba de preguntarle «¿Qué estás haciendo?» a un hombre que tiene un taladro en la mano.

—Estoy haciendo un agujero.

Parvaneh mira al marido con desesperación, y de no ser porque la barriga de la mujer revela que, a pesar de todo, es la tercera vez que contribuye voluntariamente a la continuidad de la composición genética del grandullón, a Ove le habría parecido hasta simpático el gesto.

—Ah —dice el grandullón.

Luego vuelve a inclinarse y ve el plástico que cubre cuidadosamente el suelo del salón. Se le ilumina la cara, y sonríe mirando a Ove.

—¡Dan ganas de creer que vas a matar a alguien!

Ove se lo queda mirando en silencio. El grandullón carraspea más bien vacilante.

—O sea, parece un capítulo de *Dexter* —dice con una sonrisa ni de lejos tan segura como la de antes—. Es una serie de televisión sobre un tío que mata a gente —dice el grandullón en voz baja clavando el zapato entre los adoquines del caminito que lleva hasta la puerta de la casa de Ove.

Ove niega con un gesto. No queda del todo claro qué parte de lo que el grandullón acaba de decir está negando.

—Tengo cosas que hacer —le dice secamente a Parvaneh, y se agarra aún con más fuerza al picaporte.

Parvaneh le da un codazo al grandullón. Este se arma de valor, mira de reojo a Parvaneh y luego a Ove con la expresión de quien espera que el mundo entero le dispare en cualquier momento con un tirachinas.

—Bueno, sí, es que en realidad veníamos porque necesito que me prestes unas cosillas…

Ove enarca las cejas.

—¿Y qué cosillas son esas?

El grandullón carraspea un poco.

—Una escalera y una llave Alien.

—Querrás decir una llave Allen, ¿no?

Parvaneh asiente. El grandullón parece extrañado.

—Se llama llave Alien, ¿no?

—Llave Allen —lo corrigen Parvaneh y Ove al mismo tiempo.

Parvaneh asiente entusiasmada y señala a Ove con un gesto de triunfo.

—¡Lo que yo decía!

El grandullón replica algo tan bajito que apenas se oye.

—Y tú, «Que noooo, que se llama llave Alien» —le dice Parvaneh con unas risitas.

El grandullón parece un tanto abochornado.

—Bueno, pero no lo dije con ese tono.

—¡Pues claro que sí!

—¡Claro que no!

—¡Claro que SÍ!

—¡Claro que NO!

Ove va posando la mirada primero en uno, luego en el otro, como un perro enorme mirando a dos ratones que no lo dejan dormir.

—Claro que sí —dice uno de los ratones.

—Eso lo dirás tú —dice el otro.

—¡Lo dice todo el mundo!

—¡Todo el mundo no tiene razón a todas horas!

—¿Lo miramos en Google?

—¡Claro! ¡Míralo en Google, míralo en la *Wikipedia*!

—Pues dame tu teléfono.

—¡Usa el tuyo!

—¡Venga! ¡Si no lo tengo aquí!

—¡Pues mala suerte!

Ove mira al uno. Luego al otro. La discusión continúa. Como si fueran dos ollas a presión estropeadas zumbando al mismo tiempo.

—¡Madre mía! —dice por lo bajo.

Parvaneh empieza a imitar a un insecto volador, o al menos eso cree Ove. Emite un zumbido entrecortado con los labios para irritar al grandullón. Y surte efecto. Tanto en el grandullón como en Ove.

Ove se rinde. Entra en la casa, se quita la chaqueta, suelta el taladro, se pone los zuecos y pasa por delante de los dos para ir a la caseta. Está casi seguro de que ninguno se ha dado cuenta. Mientras va sacando la escalera, oye que siguen discutiendo.

—¡Pero, Patrick, ayúdale, hombre! —exclama Parvaneh.

El grandullón coge la escalera con movimientos torpes. Ove lo observa como si fuera un ciego sentado al volante de un autobús. Y entonces, se percata de que otra persona ha invadido su parcela en su ausencia.

Anita, la mujer de Rune, la de la otra punta de la calle, está al lado de Parvaneh y contempla el espectáculo con benevolencia. Ove decide que la única postura racional es la de hacer como si tal cosa. Tiene la sensación de que, de lo contrario, la animará más todavía. Le da al grandullón una caja cilíndrica llena de llaves Allen perfectamente ordenadas.

—¡Huy! ¡Cuántas llaves! —dice el grandullón mirando la caja un tanto inseguro.

—¿Qué tamaño es el que quieres? —pregunta Ove.

El grandullón lo mira con cara de no poder controlar el impulso de decir lo que está pensando.

—El tamaño… ¿normal?

Ove se lo queda mirando un rato largo, largo, muy largo.

—¿Y para qué lo quieres? —le dice al final.

—Para montar un escritorio de Ikea que desmontamos

cuando íbamos a mudarnos. Y luego, se me olvidó dónde había puesto la llave Alien —responde el grandullón sin asomo de vergüenza.

Ove mira la escalera. Mira al grandullón.

—Ya, y ahora has instalado el escritorio en el tejado de la casa, ¿no?

El grandullón se ríe y menea la cabeza.

—Ah, ya entiendo... No, no. La escalera la necesito porque la ventana de la segunda planta se ha quedado encajada. No se puede abrir.

Añade la última frase como si, de no hacerlo, a Ove le hubiera costado comprender el sentido de la palabra «encajada».

—Ya, así que vas a intentar abrirla desde fuera, ¿no? —pregunta Ove.

El grandullón asiente. Ove parece tener intención de ir a decir algo más, pero luego se arrepiente. Se vuelve hacia Parvaneh.

—¿Y tú por qué has venido?

—Apoyo moral —responde con tono alegre.

Ove no parece muy convencido. El grandullón tampoco.

La mirada de Ove se desliza involuntariamente hacia la mujer de Rune. Sigue allí. Le da la impresión de que hiciera muchos años desde la última vez que la vio. O, por lo menos, desde la última vez que la miró.

Se ha entretenido en hacerse vieja. Parece que todo el mundo se ha entretenido en hacerse viejo a espaldas de Ove.

—¿Sí? —dice Ove.

La mujer de Rune sonríe dulcemente y se pone las manos en las caderas.

—Verás, Ove, ya sabes que a mí no me gusta molestarte con estas cosas, pero es que los radiadores de la casa... que no se calientan —dice, y les va sonriendo por orden uno a uno. Primero a Ove, luego al grandullón y luego a Parvaneh.

Parvaneh y el grandullón le devuelven la sonrisa. Ove mira el reloj abollado.

—¿Es que en este barrio ya nadie tiene un trabajo en el que estar a estas horas? —pregunta.

—Yo estoy jubilada —responde la mujer de Rune como pidiendo perdón.

—Yo estoy de baja maternal —dice Parvaneh dándose una palmadita enérgica en la barriga.

—¡Y yo soy asesor informático!

Ove y Parvaneh vuelven a asentir con un movimiento sincronizado.

La mujer de Rune ataca de nuevo.

—El caso es que yo creo que a los radiadores les pasa algo.

—¿Los has purgado? —pregunta Ove.

Ella niega con la cabeza con una expresión de extrañeza en la cara.

—¿Tú crees que es por eso?

Ove hace un gesto de desesperación.

—¡Pero, Ove! —le grita Parvaneh como una maestra estricta.

Ove la mira furioso. Ella le devuelve la mirada.

—No seas tan desagradable —le ordena.

—¡Que yo no soy desagradable, joder!

Parvaneh le sostiene la mirada. Él suelta un gruñido y se vuelve al umbral de la puerta. Que ya está bien, hombre por Dios, piensa Ove. Lo único que él quiere es morir. ¿Por qué no lo respetan esos chiflados?

Parvaneh le pone a la mujer de Rune la mano en el brazo con un gesto alentador.

—Seguro que Ove puede ayudarte con los radiadores.

—Me harías un grandísimo favor, Ove —dice enseguida la mujer de Rune y se le ilumina la cara.

Ove se mete la mano en los bolsillos y le da con el pie al plástico que ha quedado suelto cerca del umbral.

—¿Es que tu marido no puede arreglar sus propios radiadores?

La mujer de Rune responde con tristeza.

—Qué va, Rune ha estado muy enfermo últimamente, ¿sabes? Dicen que es Alzheimer. Bueno, está ausente la mayor parte del tiempo, ya me entiendes. Y, además, va en silla de ruedas. Ha sido muy duro…

Ove cae de pronto. Como si hubiera recordado algo que su mujer le ha contado miles de veces pero que él siempre ha terminado olvidando.

—Ya, ya, ya —dice impaciente.

Parvaneh le clava la mirada.

—¡Pero, hombre, Ove, compórtate!

Ove le lanza una mirada fugaz como si pensara replicar, pero baja la vista al suelo.

—¿No puedes ir a hurgar los radiadores, Ove? No es mucha molestia, ¿no? —dice Parvaneh, y cruza los brazos con resolución encima de la barriga.

Ove menea la cabeza.

—Los radiadores no se hurgan, por Dios, se purgan.

Levanta la vista y los observa a los tres.

—¿Vosotros tampoco habéis purgado nunca los radiadores?

—No —responde Parvaneh impertérrita.

La mujer de Rune mira un tanto ansiosa al grandullón.

—Yo no tengo ni idea de lo que habláis —le dice el grandullón con toda tranquilidad.

La mujer de Rune asiente resignada. Vuelve a mirar a Ove.

—Me harías un grandísimo favor, Ove, si no es mucha molestia…

Ove sigue con la vista clavada en el suelo.

—En eso habría que haber pensado antes de dar el golpe de Estado en la comunidad de propietarios —dice en voz baja como si las palabras hubieran ido surgiendo distribuidas entre una serie de tosecillas discretas.

—¿Qué? —dice Parvaneh.

La mujer de Rune carraspea un poco.

—Pero, Ove, por favor, aquello qué iba a ser un golpe de Estado, hombre...

—Pues claro que sí —responde Ove enfurruñado.

La mujer de Rune mira a Parvaneh con una sonrisa apagada.

—Verás, es que Rune y Ove no siempre han estado de acuerdo en todo. Antes de caer enfermo, Rune era el presidente de la comunidad de propietarios. Y antes era Ove. Y cuando eligieron a Rune presidente, digamos que se produjo algo así como una controversia entre los dos.

Ove levanta la vista y la señala con un dedo acusador.

—¡Un golpe de Estado! ¡Eso es lo que fue!

La mujer de Rune se dirige a Parvaneh.

—Sí, bueno, es que antes de la reunión Rune estuvo recogiendo votos para su propuesta de cambiar el sistema de calefacción de todas las casas, y Ove pens...

—¿Y qué coño sabe Rune de sistemas de calefacción, eh? —pregunta Ove con rabia, pero al ver la mirada de Parvaneh se aviene a no continuar con esa argumentación.

La mujer de Rune asiente.

—Sí, sí, seguro que tienes razón, Ove. Pero el caso es que ahora está muy enfermo... Así que ya no tiene ninguna importancia.

Empieza a temblarle la boca, pero al final se serena, se pone derecha y carraspea un poco.

—La gente esa de asuntos sociales dice que me lo van a quitar y que lo van a meter en una residencia —explica.

Ove se mete otra vez las manos en los bolsillos y da un paso resuelto hacia atrás en el umbral. Ya ha oído bastante.

Entre tanto, el grandullón decide que ya es hora de cambiar de tema, para descargar el ambiente, y señala el suelo de la entrada de Ove.

—¿Qué es eso?

Ove se da la vuelta y mira el trozo de suelo que ha quedado sin plástico.

—Parece que hubiera... huellas de neumático en el suelo. ¿Es que montas en bicicleta dentro de la casa? —dice el grandullón.

Parvaneh sigue con la mirada expectante a Ove, que da otro paso atrás hacia la entrada para que el grandullón no pueda ver.

—No es nada.

—Pues se ve perfectamen... —trata de decir el grandullón desconcertado.

—Fue Sonja, la mujer de Ove, era... —lo interrumpe amablemente la mujer de Rune, pero apenas ha dicho el nombre de Sonja cuando Ove la interrumpe a su vez dándose la vuelta con una furia incontenida en los ojos:

—¡Ya está bien! ¡Cierra el PICO!

Se callan los cuatro casi igual de extrañados. A Ove le tiemblan las manos cuando entra en el vestíbulo y cierra de un portazo.

Fuera oye la voz dulce de Parvaneh que le pregunta a la mujer de Rune «¿Qué le ha pasado?». Luego le llega la de la mujer de Rune, que busca un poco nerviosa las palabras adecuadas y de repente exclama: «Nada, nada, será mejor que me vaya a casa. Lo de la mujer de Ove... Bah, no es nada. Las viejas como yo que hablamos mucho, ya sabes...».

Ove oye cómo se ríe con una risa forzada y luego se aleja nerviosa con paso cansino y desaparece doblando la esquina de la caseta. Momentos después se marchan también la embarazada y el grandullón.

Y lo único que queda es el silencio en el vestíbulo de Ove.

Se sienta abatido en el taburete y respira apesadumbrado. Le tiemblan las manos como si estuviera en un agujero en el hielo. Le falta la respiración. Últimamente le pasa con más frecuencia. Tiene que respirar en busca de aire como un pez al que hubieran sacado de la pecera. El médico de la empresa le dijo que es crónico, que debe evitar alterarse. Para él es fácil decirlo.

«Qué bien que puedas dedicarte a descansar —le dijeron los jefes—. Como te falla un poco el corazón y eso.» Le dijeron que era una prejubilación, pero, en realidad, podrían haberlo llamado por su nombre, pensó Ove. «Desmantelamiento.» Un tercio de siglo en el mismo puesto de trabajo y lo reducen a eso: «A un fallo».

Ove no está seguro de cuánto tiempo se ha pasado en el taburete con el taladro en la mano y el corazón aporreándole tan fuerte en el pecho que le resuena en la cabeza. En la pared, junto a la puerta de la casa, hay una foto de Ove y Sonja, su mujer. Es de hace unos cuarenta años. De aquella vez que hicieron un viaje a España en autobús. Ella lleva un vestido rojo, está morena y tiene cara de felicidad. Ove está a su lado cogiéndole la mano. Se queda allí sentado por lo menos una hora sin hacer otra cosa que mirar la foto. De todo lo que creía que echaría de menos de su mujer, lo que más le gustaría poder hacer otra vez de verdad es precisamente eso. Cogerla de la mano. Esa forma que tenía de doblar el dedo índice en la palma de su mano como escondiéndolo en el hueco. Y cuando ella le cogía la mano así, para Ove no había nada imposible en el mundo. De todas las cosas que podría echar de menos, eso es lo que más añora.

Se levanta despacio. Va al salón. Sube los peldaños de la escalera. Y por fin hace el agujero. Baja de la escalera y observa el resultado.

Vuelve al vestíbulo y se pone la chaqueta del traje. Comprueba que el sobre sigue en el bolsillo. Tiene cincuenta y nueve años. Ha apagado todas las luces. Ha fregado la taza de café. Ha colgado un gancho en el salón. Está listo.

Coge la cuerda del perchero de la entrada, pasa el dorso de la mano con delicadeza por los abrigos de ella por última vez.

Luego va al salón, hace un nudo corredizo alrededor del gancho, se sube al taburete, se pone la cuerda en el cuello. Le da una patada al taburete.

Cierra los ojos y nota la soga apretándole la garganta como las fauces de una fiera salvaje.

8

Un hombre llamado Ove
y las viejas huellas de su padre

Ella creía en el destino. Que todos los caminos que uno recorre en la vida «lo conducen de un modo u otro a aquello para lo que está predestinado». Como es natural, Ove siempre respondía con un murmullo inaudible mientras se concentraba en apretar un tornillo o algo así cuando ya empezaba a dar la tabarra con ese tema. Pero nunca la contradijo. Puede que para ella aquello fuera «algo» importante, él no se metía en esas cosas. Pero para él se trataba de «alguien» importante.

Quedarse huérfano a los dieciséis años es poco común. Perder a la familia antes de haber podido formar otra con la que sustituirla. Es una clase de soledad muy singular.

Ove trabajó aquellas dos semanas en las vías de la estación. Trabajaba duro y cumpliendo con su deber. Y descubrió con sorpresa que le gustaba. Poder llevar a cabo una tarea suponía una liberación. Hacer cosas con las manos y ver los resultados. Era cierto que a Ove nunca le había disgustado el colegio, pero tampoco se explicaba para qué servía exactamente. Le gustaban las matemáticas, pero en esa materia ya le llevaba a sus compañeros de clase dos cursos de ventaja. Y en honor a la verdad, las demás asignaturas no le importaban demasiado. Además, aquello era algo totalmente distinto. Algo que le iba mucho mejor.

Cuando acabó su turno el último día, iba serio y abatido. No solo porque ahora tendría que volver a la escuela, sino porque hasta ese momento no había caído en la cuenta de que no sabía de qué iba a vivir. Su padre hacía bien muchas cosas, desde luego, pero no le había dejado más herencia que una casa ruinosa, un Saab viejo y un reloj abollado. Y lo de las limosnas de la iglesia ni se lo planteaba, eso ya podía tenerlo claro el mismísimo Dios. Lo dijo incluso alto y claro en los vestuarios, quizá no tanto para sí como para Dios.

—¡Si te vas a llevar a mi madre y a mi padre te puedes guardar tu dinero! —gritó mirando al techo.

Luego recogió sus cosas y se fue. Y si era Dios o si era otro el que escuchaba, él nunca lo supo. Pero cuando salió de los vestuarios lo estaba esperando un hombre del despacho del director.

—¿Ove? —preguntó.

Ove asintió.

—De parte del director, que sepas que has hecho un buen trabajo estas semanas —dijo el hombre sin más preámbulo.

—Gracias —dijo Ove, y echó a andar.

El hombre lo cogió del brazo. Ove se detuvo.

—El director se pregunta si podrías plantearte seguir aquí haciéndolo igual de bien.

Ove se quedó callado mirando al hombre. Seguramente por ver si aquello era una broma o algo así. Luego asintió despacio.

Cuando se había alejado unos pasos, el hombre le dijo en voz alta:

—¡Dice el director que eres exactamente igual que tu padre!

Ove no se dio la vuelta. Pero cuando se marchó iba más erguido.

Y así fue como se quedó con el antiguo trabajo de su padre. Trabajó duro, nunca se quejó, nunca se puso enfermo. Y bien es verdad que los compañeros de turno de más edad pensaban que era reservado y un poco raro de vez en cuando, no quería ir con ellos a tomarse una cerveza después del trabajo y ni siquiera parecían interesarle mucho las mujeres, y solo eso ya era más raro de lo normal. Pero era digno hijo de su padre y ninguno tuvo nunca ningún desacuerdo con él. Si le pedían que cortara leña, la cortaba; si le pedían que les cubriera el turno, lo hacía sin refunfuñar. Con el tiempo casi todos sus compañeros llegaron a deberle algún que otro favor. Así que lo aceptaban.

Además, la noche que el viejo camión que utilizaban para moverse a lo largo de las vías se estropeó a veinte kilómetros del centro en el peor diluvio del año, Ove consiguió arreglarlo con tan solo un destornillador y medio rollo de cinta aislante. Y a partir de aquel momento, por lo que a los hombres de la estación se refería, fue uno más.

Por las noches Ove se hacía salchichas y patatas cocidas. Se sentaba a la mesa de la cocina y se dedicaba a mirar por la ventana. Y revolvía la comida en el plato. Al final se levantaba, cogía el plato, salía y se sentaba a comer en el Saab.

Al día siguiente volvía al trabajo; y en eso se convirtió su vida. Valoraba las rutinas. Le gustaba saber en todo momento lo que podía esperar. Después de la muerte de su padre, empezó a distinguir cada vez más entre la gente que hacía lo que debía y la gente que no. Entre la gente que hacía cosas y la gente que decía que iba a hacerlas. Así que Ove hablaba cada vez menos y hacía cada vez más.

No tenía amigos. Pero tampoco tenía enemigos declarados. O por lo menos ninguno aparte de Tom, que, cuando ascendió a capataz, hizo todo lo posible por amargarle la vida a Ove cada vez que se le presentaba la ocasión. Le encomendaba las tareas más sucias y más duras, le gritaba, le ponía la zancadilla a la hora del desayuno, lo mandaba a trabajar debajo de los vagones y los echaba a rodar mientras que Ove yacía indefenso en la vía. Cuando Ove se apartaba de allí rodando muerto de miedo, Tom se burlaba de él y gritaba: «¡Ten cuidado, o acabarás como tu padre!».

Ove bajaba la cabeza y cerraba el pico. No tenía ningún sentido provocar a un hombre que era el doble de grande que él. Iba al trabajo todos los días y hacía lo que tenía que hacer, eso era suficiente para su padre, así que bien podía ser suficiente para él, se decía. Los demás compañeros aprendieron a apreciarlo por eso. «El que habla poco dice pocas tonterías, eso decía tu padre», le dijo una tarde uno de los colegas de más edad cuando estaban en las vías. Y Ove asintió. Estaba la gente que entendía aquello y la gente que no.

Y también estaba quien era capaz de comprender lo que Ove hizo aquel día en el despacho del director, y quien no lo era.

Hacía prácticamente dos años del entierro del padre. Ove acababa de cumplir dieciocho y a Tom lo pillaron por robar dinero de la caja de los billetes de uno de los trenes. La verdad era que salvo Ove, nadie lo había visto cogerlo, pero cuando el dinero desapareció, ellos dos eran los únicos que se encontraban en el vagón. Y tal y como un hombre muy serio del despacho del director le explicó a Ove cuando a él y a Tom les ordenaron que se presentaran allí, nadie en el mundo pensaría que Ove era el culpable. Y, de hecho, no lo era.

Le dijeron que se sentara en una silla en el pasillo, junto a la puerta del despacho del director. Se quedó allí con la mirada clavada en el suelo durante quince minutos, hasta que se abrió la puerta. Y salió Tom resuelto, con los puños bien apretados y la piel emblanquecida hasta el codo por la falta de circulación, buscando ansioso la mirada de Ove. Él seguía mirando al suelo, incluso cuando lo hicieron pasar al despacho del director.

Varios hombres muy serios, vestidos de traje, lo aguardaban dentro. El director iba de un lado a otro detrás de su escritorio, demasiado enfadado para quedarse quieto, a juzgar por el color de la cara.

—Siéntate, Ove, por favor —dijo al fin uno de los hombres trajeados.

Ove lo miró a la cara, sabía quién era. Su padre le arregló el coche una vez. Un Opel Manta de color azul. El del motor grande. Le sonrió a Ove con amabilidad y le señaló una silla que había en el centro. Como dándole a entender que estaba entre amigos y que podía relajarse.

Ove negó con un gesto. El hombre del Opel Manta asintió comprensivo.

—Bueno, Ove, esto es un puro formalismo. Aquí nadie cree que tú te hayas llevado ese dinero. Lo único que queremos es que nos cuentes quién ha sido.

Ove bajó la vista. Transcurrió medio minuto.

—¿Ove? —dijo el hombre del Opel Manta.

Ove no respondió. Hasta que la voz potente del director rompió el silencio por fin, cargada de impaciencia.

—¡Responde a la pregunta, Ove!

Ove seguía en silencio mirando al suelo. A los hombres de traje que lo rodeaban les cambió la expresión de la cara, que pasó de la convicción a un ligero desconcierto.

—Ove… ¿no comprendes que tienes que contestar? ¿Fuiste tú quien cogió el dinero? —dijo el hombre del Opel Manta.

—No —respondió Ove con voz firme.

—Entonces, ¿quién fue?

Ove seguía sin hablar.

—¡Responde a la pregunta! —ordenó el director.

Ove levantó la vista, bien erguido.

—Yo no soy de los que van contando lo que han hecho los demás —dijo.

La habitación se quedó en silencio varios minutos.

—Ove… comprenderás que si no nos cuentas quién ha sido y que si tenemos uno o varios testimonios de personas según las cuales has sido tú, no nos quedará más remedio que suponer que has sido tú —dijo el hombre del Opel Manta sin la amabilidad de antes.

Ove asintió. Pero no dijo nada más. El director lo observaba como quien trata de descubrir a un tramposo en una partida de cartas. Ove no se inmutó. El director asintió muy serio.

—Entonces puedes irte.

Y Ove se fue.

Quince minutos antes, en el despacho del director, Tom había inculpado a Ove. Por la tarde, de repente, aparecieron además dos jóvenes del turno de Tom, deseosos, como es habitual en los jóvenes, de ganarse la aprobación de un compañero de más edad, y aseguraron que habían visto con sus propios ojos cómo Ove cogía el dinero. Si Ove hubiera acusado a Tom, habría sido su palabra contra la de él. Pero ahora era la palabra de ellos tres contra su silencio. De modo que, la mañana siguiente, el capataz le ordenó que vaciara su taquilla y se personara en el despacho del director.

Encontró a Tom riéndose en el vestuario, riéndose burlón cuando él se iba.

—Ladrón —le susurró Tom.

Ove pasó a su lado sin levantar la vista.

—¡Ladrón, ladrón, ladrón! —coreó risueño en el vestuario uno de los compañeros jóvenes que había testificado contra Ove, hasta que uno de los hombres de más edad en el turno, que fue buen amigo del padre de Ove, le atizó en la oreja para hacerlo callar.

—¡LADRÓN! —gritó Tom con descaro, más alto todavía, de modo que aquella palabra quedó resonándole a Ove en la cabeza durante varios días.

Ove salió al fresco de la calle sin volver la vista. Respiró hondo. Estaba furioso, pero no porque lo llamaran ladrón. Él nunca sería de esa clase de hombres que se preocupaban de lo que dijeran los demás. Pero la vergüenza de haber perdido un trabajo al que su padre había dedicado toda la vida le ardía en el pecho como un hierro candente.

Tuvo tiempo de sobra para reflexionar sobre su vida durante el paseo hacia las oficinas, la última vez que fue allí con el hato de la ropa de trabajo bajo el brazo. Le gustaba trabajar allí. Tareas de verdad, herramientas de verdad, un trabajo como debe ser. Decidió que cuando la policía hubiera terminado de hacer lo que correspondiera con un ladrón en una situación como aquella, trataría de ir a algún sitio donde encontrar un trabajo así. Quizá tuviera que ir muy lejos, pensaba. Quizá fuera preciso alejarse a una distancia razonable para que la sombra del delito palideciera hasta el punto de no importar a nadie. Pero, por otro lado, no había nada que lo retuviera allí. No había nada que lo retuviera en ninguna parte, se dijo mientras caminaba. Y, por lo menos, no se había convertido en uno de esos hombres que se chivan de lo que hacen otros. Esperaba que cuando se vieran de nuevo, su padre fuera indulgente con él por haber perdido el trabajo.

Tuvo que esperar en la silla del pasillo casi cuarenta minutos, hasta que una mujer mayor que llevaba una falda negra muy formal y unas gafas puntiagudas le dijo que podía entrar en el despacho. Cuando entró Ove, la mujer cerró la puerta. Y se quedó allí solo, con la ropa debajo del brazo. El director estaba sentado con las manos cruzadas encima del escritorio. Los dos se quedaron observándose tanto tiempo que podrían haber constituido un cuadro interesante en cualquier museo.

—El que se llevó el dinero fue Tom —dijo el director.

No lo dijo preguntando. Era una constatación. Ove no respondió. El director asintió.

—Pero los hombres de tu familia no sois unos chivatos.

Eso tampoco era una pregunta. Y Ove tampoco respondió esa vez. Pero el director advirtió que se erguía un poco al oír las palabras «los hombres de tu familia».

El director volvió a asentir. Se encajó las gafas, bajó la vista hacia un montón de papeles y se puso a escribir algo en uno de ellos. Como si Ove se hubiera esfumado. Estuvo allí tanto rato, que empezó a dudar de que el director fuera consciente de su presencia. Al final, carraspeó un poco por lo bajo. El director levantó la vista.

—¿Sí?

—Un hombre es lo que es por lo que hace. No por lo que dice —dijo Ove.

El director lo miró sorprendido. Nadie en la estación le había oído decir al muchacho tantas palabras seguidas desde que empezó a trabajar allí dos años atrás. A decir verdad, ni el propio Ove sabía de dónde habían salido. Simplemente sintió que había que decirlas. El director volvió a mirar los papeles. Escribió algo en uno de ellos, se lo acercó a Ove y le indicó que lo firmara.

—Es una declaración de que te vas por voluntad propia —dijo.

Ove firmó y se irguió con una expresión de rebeldía.

—Ya puedes decirles que entren, estoy listo.

—¿A quién? —preguntó el director.

—A la policía —dijo Ove con los puños cerrados.

El director negó rápidamente con la cabeza y volvió a sumergirse en su montaña de documentos.

—A mí me parece que esos testimonios se han extraviado con todo este desorden.

Ove movía los pies nervioso, sin saber muy bien qué hacer con esa información. El director lo despachó con la mano sin mirarlo.

—Ya te puedes ir.

Ove se dio media vuelta. Salió al pasillo y cerró la puerta. Se sentía aturdido. Cuando estaba a punto de salir del edificio, apareció andando a buen paso la mujer que lo había recibido, y antes de que él pudiera decir nada, le plantó un papel en la mano.

—Dice el director que acaba de contratarte para limpiar en el turno de noche los trenes que salen de la ciudad, preséntate ante el capataz mañana por la mañana —le dijo expeditiva.

Ove se la quedó mirando. Luego miró el papel. La mujer se le acercó un poco más.

—Dice el director que tú no robaste aquel monedero cuando tenías nueve años. Y que lo cuelguen si has robado algo esta vez. Y que sería un «contradiós» que él echara a la calle al hijo de un hombre decente solo porque el hijo también lo es.

Y así fue como Ove se convirtió en limpiador en el turno de noche durante dos años. Y de no haber tenido ese puesto, no se habría bajado nunca después de la jornada aquella mañana y no habría podido verla. Con aquellos zapatos rojos y aquel broche de oro y el esplendor de aquella melena frondosa. Y con aquella risa que le haría sentir un cosquilleo en el corazón el resto de su vida.

Ella siempre decía: «Todos los caminos te conducen a aquello para lo que estás predestinado». Y puede que para ella eso fuese algo importante. Pero para Ove era alguien importante quien lo decía.

9

Un hombre llamado Ove purga un radiador

Se dice que el cerebro trabaja más rápido cuando va cayendo. Como si la explosión repentina de la energía del movimiento obligara a la capacidad mental a acelerarse de tal modo que las impresiones que recibimos del entorno se ralentizaran hasta adquirir la velocidad de la cámara lenta.

Así que Ove tuvo tiempo de pensar un montón. Sobre todo, en radiadores.

Porque las cosas pueden hacerse bien y pueden hacerse mal, eso lo sabe todo el mundo. Y aunque ya hacía varios años de la disputa por el tipo de calefacción central que deberían utilizar en la comunidad de propietarios, y aunque Ove ya no recuerda exactamente cuál consideraba él que era entonces la forma correcta de hacer las cosas, sí recordaba perfectamente que la forma de Rune era la incorrecta. Y, por supuesto, no se trataba solamente del sistema de calefacción central. Rune y Ove se conocían desde hacía casi cuarenta años y llevaban enfadados treinta y siete por lo menos.

En honor a la verdad, Ove no recordaba cómo empezó. No era el tipo de disputa cuyo origen uno recuerda. Era más bien el tipo de disputa en el que los conflictos insignificantes terminan enmarañándose tanto que cada palabra nueva que se pronuncia está tan contaminada de acusaciones que, al final, no se puede abrir la boca sin que se reactiven por lo menos cuatro de los antiguos conflictos. Era el tipo de disputa que sigue y sigue y sigue sin parar. Hasta que un buen día simplemente se termina.

En realidad, no fue por los coches. Pero Ove tenía un Saab. Y Rune, un Volvo. Todo el mundo debería haber comprendido que, a la larga, aquello no iba a durar. Aun así, al principio eran amigos. O al menos tan amigos como podían serlo dos hombres como Ove y Rune. Naturalmente, lo hacían sobre todo por sus mujeres. Los cuatro se mudaron al barrio al mismo tiempo, y Sonja y Anita se hicieron amiguísimas de forma tan repentina como solo pueden hacerlo las mujeres casadas con hombres como Ove y Rune.

Ove recordaba que por lo menos los primeros años no le disgustaba Rune, no le importaba reconocerlo. Pusieron en marcha la junta de la comunidad de propietarios. Ove era el presidente; Rune, el vicepresidente. Y se mantuvieron unidos cuando el ayuntamiento quiso talar el bosque que había detrás de la casa de Ove y de Rune para construir más casas. El ayuntamiento sostenía, naturalmente, que ese plan urbanístico llevaba años y años en vigor, antes de que Rune y Ove se mudaran a sus viviendas, pero con ese tipo de argumentación no podían llegar muy lejos con hombres como Rune y Ove. «¡Esto es la guerra, so canallas!», les gritó Rune por teléfono. Y a partir de ese momento, fue la guerra. Apelaciones y denuncias y recogidas de firmas y cartas a los periódicos. Y un año y medio después, el ayuntamiento claudicó y empezó a construir en otro sitio.

Aquella noche, Rune y Ove se tomaron un vasito de whisky en la terraza de Rune. Aunque no estaban particularmente contentos por haber ganado, según constataron sus mujeres con extrañeza. Sus maridos estaban más bien decepcionados al ver que el ayuntamiento se rendía tan pronto. Aquellos dieciocho meses se contaban entre los más divertidos de sus vidas.

«¿Es que ya nadie está dispuesto a luchar por sus principios?», preguntaba Rune. «Ni el gato», respondía Ove.

Y brindaron por los enemigos indignos.

Se pelearon mucho antes del golpe de Estado a la junta de propietarios. Y antes de que Rune se comprara un BMW.

«Idiota», pensó Ove aquel día y lo mismo pensaba hoy, tantos años después. Y por cierto, lo mismo había pensado todos los días intermedios. «¿Cómo mierda mantienes una conversación sensata con una persona que se compra un BMW?», le decía Ove a Sonja cuando ella le preguntaba por qué Rune y él ya no podían mantener una conversación sensata. Y a Sonja le parecía oportuno hacer un gesto de resignación y murmurar «Eres un caso».

Pero él no era un caso, pensaba Ove. Ove pensaba simplemente que lo ideal era que hubiera un poco de orden y concierto. A él no le parecía que se pudiera ir por la vida como si todo fuera intercambiable. Como si la lealtad no tuviera ningún valor. Hoy en día la gente lo sustituía todo tan rápido que el conocimiento de cómo construir cosas duraderas resultaba superfluo. La calidad era algo de lo que ya nadie se preocupaba. Ni Rune ni los demás vecinos ni los jefes del trabajo de Ove. Ahora todo eran ordenadores, como si no se hubieran construido casas antes de que cualquier asesor con una camisa demasiado ajustada aprendiera a levantar la tapa de un portátil. Como si el Coliseo y las pirámides de Guiza se hubieran construido así. Por Dios bendito, en 1889 pudieron levantar la torre Eiffel, pero hoy en día nadie es capaz de dibujar una simple casa de una planta sin tener que hacer una pausa mientras otro va a cargar la batería del teléfono.

Era un mundo en el que la gente se quedaba desfasada antes de desgastarse. Un país entero que se ponía en pie para aplaudir el hecho de que ya nadie fuera capaz de hacer nada como es debido. El elogio indiscriminado de la mediocridad.

Nadie que fuera capaz de cambiar los neumáticos. De instalar un dímer. De poner azulejos. De dar masilla a una pared. Ir marcha atrás con un remolque. Hacer la declaración de la renta. Todo eso eran conocimientos que ya carecían de relevancia. De ese tipo de cosas hablaban Rune y él. Y luego Rune fue y se compró un BMW.

¿Y solo porque pensaba que algún límite tenía que haber, él era «un caso»? Ove no estaba de acuerdo.

Y claro, quizá no recordaba exactamente cómo empezó la controversia con Rune. Sencillamente, continuó. Fue por los radiadores y la calefacción central y por el aparcamiento y por los árboles que iban a talar y por cómo retirar la nieve y por una cortadora de césped y por el matarratas en el estanque de Rune. Se habían pasado más de treinta y cinco años saliendo cada uno a su jardín, los dos idénticos, cada uno de su casa, las dos idénticas, y lanzándose largas miradas por encima de la valla. Y un día, hacía unos años, la cosa se acabó. Rune se puso enfermo. Y dejó de salir de su casa. Ove ni siquiera sabía si aún conservaba el BMW.

Y una parte de él echaba de menos a ese cerdo.

Como ya hemos dicho, parece ser que el cerebro trabaja más deprisa cuando cae. Como si uno alcanzara a pensar mil pensamientos en una fracción de segundo. De modo que Ove tiene tiempo de pensar en muchas cosas en los segundos que transcurren desde que le da la patada al taburete hasta que cae de cabeza atravesando el aire de la habitación y aterriza en el suelo pataleando furibundo. Luego se queda allí tendido, impotente, observando durante lo que le parece media eternidad el gancho, que sigue bien firme clavado en el techo. Y mira indignado la cuerda, que se ha partido en dos.

Desde luego, qué sociedad, piensa Ove. O sea, que ya no saben ni fabricar cuerdas, ¿no? Maldice en voz alta mientras se desenreda las piernas. ¿Y cómo es posible que fracasen a la hora de fabricar una simple cuerda, eh?

No, ya nada tiene calidad, afirma Ove mientras se levanta. Se sacude el polvo, mira a su alrededor. Nota que le arden las mejillas, aunque ni él mismo sabe si por la rabia o por vergüenza.

Mira las cortinas echadas de la ventana, como temiendo que alguien lo hubiera visto.

Claro, joder, cómo no, piensa, ya ni siquiera puede uno quitarse la vida racionalmente. Recoge la cuerda rota y la tira a la basura de la cocina. Dobla el plástico y lo guarda en la bolsa de Ikea. Mete el taladro y la caja de brocas en su sitio y sale y lo guarda todo en la caseta.

Se queda allí unos minutos y recuerda que Sonja siempre le daba la tabarra con que tendría que hacer limpieza allí dentro. Él se negaba. Sabía perfectamente que disponer de más espacio supondría más chismes que guardar. Y ahora es demasiado tarde para hacer limpieza, se dice. Ahora que no hay nadie que quiera ir a comprar chismes que guardar. Ahora, esa limpieza no dejaría más que un enorme espacio vacío. Y Ove odia los espacios vacíos.

Se acerca al banco de trabajo, coge una llave inglesa y un recipiente de plástico. Sale, cierra la caseta, tira tres veces del picaporte para comprobar. Baja la calle despacio, gira a la altura del último buzón, llama a la puerta. Le abre Anita. Ove la mira sin decir una palabra. Ve que Rune está en el salón, en la silla de ruedas, junto a la ventana, con la mirada exánime. Y parece que eso es todo lo que ha hecho estos últimos años.

—¿Y qué radiadores son? —pregunta con un gruñido.

Anita sonríe sorprendida y señala tan ansiosa como desconcertada.

—Ay, Ove, de verdad que me haces un grandísimo favor, si no es mucha molest…

Ove entra sin darle tiempo a que acabe la frase, y sin quitarse los zapatos.

—Ya, ya, ya. Bueno, llevo un día de mierda y, de todos modos, ya está echado a perder.

10

Un hombre llamado Ove
y la casa que construyó

U na semana después de obtener la mayoría de edad, Ove se examinó del permiso de conducir, llamó al número de un anuncio y recorrió a pie veinticinco kilómetros para comprar su primer Saab. Uno azul. Vendió el viejo 92 de su padre y compró un modelo más nuevo. Uno mínimamente más nuevo, un 93 bastante trabajado, sí, pero, en opinión de Ove, un hombre no era un hombre hasta que no compraba su primer coche. De modo que tenía que hacerlo.

Fue por la época en que el país cambió. La gente empezó a mudarse y a conseguir otros trabajos y a comprar televisores y los periódicos empezaron a hablar de la «clase media» por aquí y la «clase media» por allá. Ove no sabía exactamente qué era, pero sí era consciente de que él no pertenecía a esa clase. La clase media construía nuevas urbanizaciones con casas rectilíneas y parcelas de césped bien cortado, y Ove no tardó en comprender que la casa de su infancia entorpecía ese desarrollo y si había algo que parecía disgustar a esa tal clase media, eran precisamente las cosas que entorpecían el desarrollo.

Ove recibió varias cartas de no se sabía qué institución acerca de algo que llamaban «redefinición de los límites del término municipal». Él no comprendía exactamente el significado, pero sí que el hogar de su familia no encajaba bien entre las casas recién construidas que había en el resto de la calle. Las autoridades comunicaban que tenían la intención de convencerlo de que vendiera el solar al ayuntamiento. Así podrían derribar la casa y construir otra cosa.

Ove no sabía exactamente qué lo movió a negarse. Tal vez no le gustara el tono de aquella carta de las autoridades. O el hecho de que la casa fuera lo único que le quedaba de su familia.

Como quiera que fuese, aquella noche aparcó en el jardín su primer coche. Se quedó varias horas sentado al volante contemplando la casa. Estaba muy vieja. A su padre se le daban bien las máquinas, pero la construcción se le daba peor. El propio Ove tampoco sabía gran cosa. Solo utilizaba la cocina y la pequeña habitación contigua mientras que todo el piso de arriba se convertía lento, pero seguro, en un complejo turístico para los ratones. Observaba la casa desde el coche como si que se arreglara por sí sola fuera una cuestión de paciencia. Se encontraba precisamente en el límite entre dos municipios, exactamente encima de la línea que las autoridades pensaban desplazar de un lado hacia otro del plano. Era lo último que quedaba de una aldea desaparecida en la linde del bosque, vecina de la flamante urbanización de casas a la que la gente de traje y corbata acababa de mudarse con sus familias.

A los de las corbatas no les gustaba en absoluto aquel joven solitario de la casa semiderruida del final de la calle. A los niños les estaba prohibido jugar cerca de la casa de Ove. Los de las corbatas preferían vivir cerca de otros que también llevasen corbata. Eso lo comprendía Ove.

Y él no tenía en principio ninguna objeción; pero resultaba que los que se habían mudado a la calle de Ove eran ellos y no al contrario. Así que presa de un extraño sentimiento de rebeldía que, de hecho, aceleró ligeramente el corazón de Ove por primera vez en muchos años, decidió no venderle el solar al ayuntamiento. Decidió hacer exactamente lo contrario: reformar la casa.

Como es lógico, él no tenía ni idea de cómo se hacía eso. Era incapaz de distinguir un nivel de una cacerola con patatas. Y como sabía que con el nuevo horario laboral estaría libre durante el día, fue a una obra de por allí a pedir un puesto de trabajo. Pensó que debía de ser el mejor lugar para aprender a hacer casas y, de todas formas, él no necesitaba dormir demasiado. Según el capataz, el único puesto que quedaba era el de chico de los recados, y Ove lo aceptó.

Se pasaba toda la noche limpiando las inmundicias que dejaban los viajeros en los trenes de la línea sur que salían de la ciudad; luego dormía tres horas y dedicaba el resto del tiempo a montar y desmontar andamios y a oír hablar de técnicas de construcción a aquellos hombres con sus cascos de plástico duro. Tenía libre un día a la semana y lo aprovechaba para acarrear sacos de cemento y vigas dieciocho horas seguidas, yendo y viniendo sin parar, solo y sudoroso. Y derribando y reconstruyendo lo único que le habían dejado sus padres, aparte del Saab y el reloj de pulsera del abuelo. Se puso fuerte y aprendió rápido.

Al capataz de la obra le caía bien aquel muchacho tan trabajador, y un viernes por la tarde se llevó a Ove al montón de la madera sobrante: listones a medida que se habían estropeado y que iban a arrojar a la hoguera.

—Si mientras yo miro para otro lado, desapareciera por casualidad algo que tú pudieras necesitar, daría por hecho que lo has quemado —dijo el capataz antes de irse.

Cuando los compañeros de más edad se enteraron de que se estaba reformando la casa empezaron a interesarse. A la hora de levantar la pared del salón, un compañero musculoso con las paletas torcidas fue quien, después de veinte minutos diciéndole lo tonto que era por no haber preguntado desde el principio, le explicó cómo se calculaba la resistencia de un muro. Cuando fue a poner el suelo de la cocina, un compañero bastante robusto al que le faltaba el dedo meñique de una mano le enseñó a medir en condiciones después de haberlo llamado «paleto» un millón de veces.

Una tarde, cuando se iba a casa, Ove se encontró una pequeña caja de herramientas usadas al lado de su ropa. «Para el cachorro», decía la nota.

La casa fue tomando forma poco a poco. Tornillo a tornillo y listón a listón. Naturalmente, nadie lo veía, pero tampoco hacía falta. El trabajo bien hecho es premio suficiente, decía siempre su padre, y Ove estaba de acuerdo.

Se mantenía apartado de los vecinos en la medida de lo posible. Sabía que él no era de su agrado y no veía por qué habría de darles motivo para que se reafirmaran en esa opinión. Casualmente, la única excepción era el hombre mayor que vivía con su mujer en la casa de al lado. Aquel hombre mayor era el único de todo el barrio que no llevaba corbata, aunque Ove estaba casi seguro de que solía llevarla cuando era joven.

Desde que murió su padre, Ove había seguido dando de comer a los pájaros cada dos días exactamente. Solo se había olvidado de hacerlo una mañana. La mañana siguiente, cuando iba a compensar la falta, casi se tropieza con el hombre mayor que estaba junto a la valla a la altura del nido.

El hombre miró a Ove con expresión airada. Llevaba en la mano comida para pájaros. Ove y él no cruzaron ni una palabra. Ove hizo un gesto de asentimiento, el hombre mayor le correspondió con otro. Ove volvió a su casa y en lo sucesivo se limitó a dar de comer a los pájaros los días que le correspondía. Nunca hablaban. Pero una mañana cuando el hombre mayor salió a la escalinata de su casa, Ove había terminado de pintar su lado de la valla. Y cuando terminó con ese lado pintó también el del vecino. El hombre mayor no dijo nada, pero cuando Ove pasó por delante de la ventana de su cocina aquella noche, se saludaron. Y al día siguiente Ove se encontró un pastel de manzana en la puerta. No había comido pastel de manzana casero desde que murió su madre.

Ove siguió recibiendo cartas de las instituciones. En un tono cada vez más amenazador señalaban el hecho de que no se había puesto en contacto con ellos a propósito de la venta del solar. Al final las tiraba sin abrirlas. Si querían la casa de su padre, tendrían que ir a quitársela, igual que Tom intentó quitarle la billetera aquella vez.

Una mañana varios días más tarde, al pasar por delante de la casa del vecino, Ove vio que el hombre mayor daba de comer a los pájaros en compañía de un niño. Un nieto, se figuró Ove. Se quedó mirándolos disimuladamente desde la ventana del dormitorio. El modo que el hombre mayor y el niño tenían de conversar por lo bajo, como si compartieran un secreto, le trajo algunos recuerdos.

Aquella noche Ove cenó en el Saab.

Varias semanas después clavó el último clavo de la casa, y cuando el sol se alzó en el horizonte, él estaba en el jardín con las manos en los bolsillos de los pantalones azules contemplando el resultado con orgullo.

Había descubierto que le gustaban las casas. Seguramente porque eran inteligibles. Se podían planificar y dibujar en un papel. Si no las sellabas bien tenían fugas, y si no las cimentabas bien se derrumbaban. Las casas eran justas, le daban a uno lo que se merecía. Lo que, por desgracia, era más de lo que se podía decir de las personas.

Y así pasaban los días. Ove iba al trabajo, volvía a casa y cenaba patatas y salchichas. Nunca se sentía solo. Y nunca tenía compañía. Hasta que un domingo en que, como de costumbre, andaba trayendo y llevando listones de madera, apareció de pronto junto a su verja un hombre animoso de cara redonda con un traje azul que no le quedaba del todo bien. El sudor le corría por la frente y le preguntó a Ove si no podía ofrecerle un vaso de agua fresca. Ove no encontró razón para negárselo y mientras el hombre bebía junto a su verja estuvieron hablando unos minutos. Aunque, naturalmente, era más bien el hombre de la cara redonda el que hablaba. Resultó que le interesaba mucho el tema de las casas. Al parecer, él mismo estaba en plena reforma de la suya, en otra parte de la ciudad. Y sin saber cómo el hombre de la cara redonda no tardó en invitarse a café en la cocina de Ove. Ni que decir tiene que Ove no estaba acostumbrado a tanto descaro, pero al cabo de una hora más o menos de conversación sobre albañilería no pudo por menos de admitir que, por una vez, quizá no fuera tan desagradable tener compañía.

Cuando ya se marchaba le preguntó a Ove de pasada qué clase de seguro había contratado para la casa. Ove le respondió con sinceridad, y le confesó que nunca se había parado a pensar en ello. Su padre nunca fue muy amigo de los seguros.

Aquel hombre simpático de cara redonda se mostró preocupado y le explicó que, en ese caso, sería un verdadero desastre que le ocurriera algo a la casa. Tras varias advertencias, Ove se sintió en parte obligado a reconocer que tenía razón. Nunca había reflexionado detenidamente sobre el asunto. Y, la verdad, se sintió un poco tonto.

El hombre de la cara redonda le preguntó si podía usar el teléfono, y a Ove le pareció que no había inconveniente. Resultó que el hombre, agradecido por la hospitalidad de un extraño en un día de verano tan caluroso, acababa de hallar el modo de corresponder a su amabilidad. En efecto, él trabajaba en una compañía de seguros y, tras una breve conversación telefónica, consiguió un precio extraordinariamente favorable para Ove.

Ove se mostró escéptico de entrada, y dedicó un buen rato a negociar un precio un poco más bajo.

—Eres muy bueno negociando —dijo el hombre de la cara redonda.

Al oír aquellas palabras Ove se sintió más orgulloso de lo

que esperaba. El hombre de la cara redonda le dio una nota con su número de teléfono y le dijo que le gustaría pasarse por allí otro día a tomarse un café y a hablar de las reformas. Era la primera vez que alguien expresaba el deseo de convertirse en amigo de Ove.

Ove le pagó al contado el seguro de un año al hombre de la cara redonda. Cerraron el trato con un apretón de manos.

El hombre de la cara redonda no volvió a llamarlo jamás. En una ocasión Ove trató de ponerse en contacto con él, pero nadie respondió. Notó una punzada de decepción, pero resolvió no pensar más en aquello. En cualquier caso, cuando llamaban corredores de seguros de otras compañías siempre podía decirles, con la conciencia bien tranquila, que él ya estaba asegurado. Y por lo menos eso ya era algo.

Ove seguía evitando a los vecinos. No tenía ningún interés en buscarse problemas con ellos. Pero, por desgracia, los problemas parecían decididos a buscar a Ove. Unas semanas después de haber terminado la reforma entraron a robar en la casa de uno de los de las corbatas. Era el segundo robo que se producía en el barrio en poco tiempo. Los de las corbatas se reunieron temprano la mañana siguiente para discutir el asunto, y finalmente se pusieron de acuerdo en que el gamberro de la casa ruinosa había tenido sin duda algo que ver. Ya sabían ellos «de dónde había sacado el dinero para esa reforma tan completa». Aquella noche, alguien le pasó a Ove por debajo de la puerta una nota que decía: «¡Lárgate si sabes lo que te conviene!». La noche siguiente le tiraron una piedra contra el cristal de la ventana. Ove recogió la piedra y cambió el cristal. Nunca se enfrentó a los de las corbatas. No habría servido de nada. Pero tampoco pensaba mudarse.

La mañana siguiente muy temprano lo despertó el olor a humo.

Se levantó de la cama de un salto. Lo primero que se le ocurrió fue que quienquiera que hubiera arrojado aquella piedra pensaba sin duda que no bastaba con eso. Según bajaba la escalera echó mano instintivamente de un martillo. Y no es que Ove hubiera sido nunca un hombre violento, pero pensó que más valía prevenir.

Cuando salió al porche no llevaba puestos más que unos calzoncillos. Tanto acarrear materiales de construcción los últimos meses lo habían convertido en un joven bastante musculoso, prácticamente sin que él se diera cuenta. Aquel torso desnudo y la visión del martillo balanceándose en el puño derecho hizo que los vecinos congregados en la calle dejaran de mirar al fuego un instante para mirarlo a él; y luego retrocedieron todos vacilantes unos pasos.

Entonces Ove se dio cuenta de que no era su casa la que ardía. Era la casa del vecino.

Los de las corbatas estaban allí plantados mirándola como los ciervos se quedan mirando los faros de un coche. El hombre mayor se entreveía saliendo del humo. Llevaba del brazo a su mujer, que tosía convulsamente. Cuando la dejó con la mujer de uno de los vecinos y se dirigió hacia el fuego otra vez, varios de los de las corbatas le gritaron que lo dejara. «¡Es demasiado tarde! ¡Espera a los bomberos!», le decían. El hombre mayor no les hizo caso. Le caían escombros ardiendo mientras trataba de cruzar el umbral y adentrarse otra vez en el mar de llamas.

Ove hizo una valoración global de la situación durante unos segundos, que se hicieron eternos. Estaba de cara al viento junto a su verja y advirtió que varias ascuas dispersas habían empezado a arder en el césped reseco que crecía entre su casa y la del vecino. El fuego se apoderaría de su casa en tan solo unos minutos si no corría a buscar la manguera. Vio que el hombre mayor trataba de empujar una librería volcada que le impedía el acceso al interior de la vivienda. Los de las corbatas lo llamaban a gritos por su nombre e intentaban convencerlo de que desistiera, pero la mujer del hombre mayor gritaba otro nombre.

Ove estaba indeciso, movía los pies con nerviosismo mientras observaba las ascuas que se arrastraban por el césped. En honor a la verdad, no pensaba tanto en lo que quería hacer él como en lo que habría hecho su padre. Y después de pensar en eso ya sabía cómo iba a terminar todo, naturalmente.

Así que gruñó irritado, le echó el último vistazo a su casa y calculó mentalmente cuántas horas le había llevado reconstruirla. Y luego se dirigió hacia el foco del fuego.

El humo que inundaba la casa era tan denso y pegajoso que lo sintió como un palazo en la cara. El hombre mayor se esforzaba por levantar la librería que bloqueaba la puerta. Ove la apartó como si fuera de papel, y se abrió camino escaleras arriba. Cuando salieron de nuevo a la luz del amanecer el hombre mayor llevaba en brazos al niño cubierto de hollín. Ove tenía el pecho y los brazos llenos de heridas que sangraban.

Por la calle gritaban todos corriendo de un lado a otro. El aire traía el sonido de las sirenas. Enseguida los rodearon un grupo de bomberos de uniforme.

Ove, que seguía en calzoncillos y con los pulmones doloridos, vio que las primeras llamas se apoderaban de su casa. Echó a correr por el césped, pero un equipo de bomberos lo detuvo de inmediato. De repente estaban por todas partes. Se negaban a dejarlo cruzar.

El de la camisa blanca, algo así como el jefe de los bomberos, según comprendió Ove, se le plantó delante y le dijo que no podían permitirle que fuera a apagar el incendio de su casa porque era demasiado peligroso. Por desgracia, añadió el hombre señalando los documentos que tenía en la mano, los bomberos tampoco podían apagarlo sin haber obtenido el permiso de las autoridades.

Al parecer, dado que la casa de Ove se encontraba en el lí-

mite entre dos municipios, era preciso que los mandos implicados dieran la autorización por radio antes de empezar con la
extinción. Había que solicitar un permiso, había que sellar unos
documentos.

—Las normas son las normas —explicó el hombre de la camisa blanca con tono inexpresivo ante las protestas de Ove.

Finalmente se soltó y echó a correr furibundo hacia la manguera, pero fue inútil, el fuego lo desbancó. Cuando los bomberos recibieron por radio el aviso de que podían empezar a
apagar el fuego, la casa ya estaba en llamas.

Ove la vio arder entristecido desde el jardín.

Unas horas después llamó por teléfono desde una cabina a
la compañía de seguros y le dijeron que jamás habían oído hablar de aquel hombre jovial de cara redonda. Y, desde luego, la
casa no tenía ningún seguro. La mujer de la compañía de seguros dejó escapar un suspiro.

—Hay muchos estafadores de esos que van de casa en casa.
¡Espero que al menos no le pagaras al contado!

Ove colgó el auricular con una mano. Y se metió la otra en
el bolsillo apretando el puño con fuerza.

11

Un hombre llamado Ove y un grandullón
incapaz de abrir una ventana sin caerse de la escalera

Son las seis menos cuarto y la primera nevada del año digna de tal nombre se ha posado como un frío manto sobre todo el barrio que aún duerme. Ove descuelga el chaquetón azul del gancho y sale dispuesto a hacer su ronda de inspección diaria, cuando descubre con tanta sorpresa como desaprobación que el gato está sentado en la nieve delante de su puerta. Y se diría que se ha pasado allí toda la noche. Ove cierra la puerta con más fuerza de la necesaria para asustarlo. Pero está visto que el animal no es lo bastante listo como para asustarse y echar a correr siquiera, sino que se queda allí sentado en medio de la nieve lamiéndose la barriga. Sin asomo de temor. A Ove no le gusta lo más mínimo ese rasgo de carácter propio de los gatos. Menea la cabeza y se le planta delante preguntándole con un gesto: «¿Qué pasa, eh?». El gato levanta la cabeza con desinterés y lo mira arrogante. Ove lo espanta con la mano. El gato no se mueve del sitio.

—¡Esto es propiedad privada! —dice Ove.

Al ver que el gato tampoco responde, pierde la paciencia y con un solo movimiento le lanza el zueco de madera. Después de hacerlo, ni él mismo está seguro de que su intención fuera darle. Desde luego, su mujer se habría puesto furiosa si lo hubiera visto.

Pero no es que importe mucho. De todos modos, el gato no

reacciona. El zueco describe un amplio arco y pasa a un metro y medio largo a la izquierda del gato, antes de rebotar en la pared de la caseta y aterrizar en la nieve. El gato mira despreocupado primero el zueco y luego a Ove. No parece muy asustado. Pero al final se levanta y se dirige con parsimonia a la esquina de la caseta, por donde desaparece.

Ove camina descalzo por la nieve para ir en busca del zueco. Lo mira como si debiera avergonzarse por no haber apuntado mejor. Luego se serena y se va a hacer la ronda. El simple hecho de que vaya a morir hoy no es razón para permitir que los vándalos campen por sus respetos.

Así que va tirando de los picaportes de los garajes, les va dando patadas a los postes de los letreros, anota las matrículas del aparcamiento y comprueba el cuarto de la basura.

De nuevo en casa cruza por la nieve y abre la puerta de la caseta. Huele a disolvente y a moho, tal y como debe ser en un cobertizo en condiciones. Se sube en los neumáticos de verano del Saab y coge las cajas de tornillos. Se abre paso por delante del banco de trabajo, con cuidado de no volcar los vasos de disolvente llenos de pinceles. Coge las sillas del jardín y la bandeja de la parrilla. Quita de en medio la llave de cruz y saca la pala de la nieve. La sopesa un poco en la mano como haría con una espada de mano y media. Se queda mirándola así en silencio.

No entraba en sus planes que la vida se convirtiera en esto. Eso es lo único que sabe. Uno trabaja duro, cumple con su deber, ahorra dinero. Se compra su primer Saab. Cursa unos estudios, se saca un título, acude a una entrevista de trabajo, consigue un trabajo honrado, da las gracias, no se pone nunca enfermo, paga los impuestos. Hace lo que tiene que hacer. Conoce a una mujer, se casa, trabaja duro, lo ascienden. Se compra un Saab de un modelo más moderno. Va al banco, pide un préstamo para pagar en cinco años, se compra una casa adosada que su mujer piensa que será adecuada para criar a los hijos.

Amortiza el préstamo. Ahorra. Se compra otro Saab. Va de vacaciones a algún lugar en cuyos restaurantes interpretan música extranjera, y bebe vino tinto que a su mujer le parece exótico. Y luego vuelve a casa y al trabajo. Asume su responsabilidad. Cumple. Hace lo que tiene que hacer.

Reforma la casa. Y poco a poco se va haciendo con una caja de herramientas respetable. Cambia los canalones. Derriba una pared. Pone un banco de trabajo y frascos con disolvente en la caseta. Cambia los adoquines de delante de la caseta cada dos años, sea o no necesario. Uno hace todas esas cosas. Y desde luego, el plan no era que Ove se convirtiera en la clase de hombre al que le queda tiempo de dar aceite a la encimera de la cocina un martes cualquiera.

Cuando sale de la caseta con la pala en la mano ve otra vez al gato delante de la puerta de la casa. Ove le clava la mirada, sinceramente asombrado ante el descaro del animal. Le gotea agua de lo que le queda del pelaje. Lo que tiene ese animal es un pelaje con calvas y no un pelaje inmaculado. Y una cicatriz larga que le cruza el ojo y le llega al hocico. Si es verdad que los gatos tienen nueve vidas, este debe de andar por la séptima o la octava por lo menos.

—Lárgate —dice Ove.

El gato lo observa atentamente calibrándolo como si estuviera en la parte decisiva de una entrevista de trabajo.

Ove coge impulso pala en mano y carga un montón de nieve. El gato se aparta de un salto y lo mira indignado. Escupe un poco de nieve. Resopla. Luego se da la vuelta y se aleja otra vez tan orondo por la esquina de la caseta.

Ove clava la pala en la tierra.

Le lleva quince minutos despejar de nieve el camino de adoquines que comunica con la casa. Líneas rectas, cantos parejos. La gente ya no sabe quitar la nieve así. Hoy en día se abren camino apartando montones de nieve sin más. De cualquier manera, arrojan la nieve a su alrededor sin orden ni concierto. Como si en la vida solo importara una cosa: abrirse camino.

Al terminar se queda un instante apoyado en la pala en un montículo de nieve que hay junto al camino. Descansa el peso del cuerpo en el mango de la pala y ve salir el sol sobre las casas aún dormidas. Se ha pasado casi toda la noche en vela pensando en cómo hacer para morir. Incluso ha dibujado diagramas y tablas para clarificar las diversas alternativas. Tras varias consideraciones exhaustivas de las ventajas e inconvenientes, ha decidido que lo que va a hacer tendrá que ser la alternativa menos mala. Claro que no le parece bien que el Saab se quede en punto muerto gastando un montón de gasolina cuando él haya dejado de respirar. Pero sencillamente es una circunstancia que tendrá que aceptar si quiere acabar con esto de una vez.

Vuelve a colocar la pala en la caseta y entra en la casa. Se pone el traje azul. Naturalmente se le manchará y olerá bastante mal después, pero decide que su mujer tendrá que darse por satisfecha con que, por lo menos, lo lleve puesto cuando lo vea.

Desayuna escuchando la radio, friega la taza y limpia la encimera. Luego recorre toda la casa y apaga los radiadores. Y todas las luces. Comprueba que ha desenchufado la cafetera. Se pone el chaquetón azul y los zuecos y va otra vez a la caseta y sale con una manguera gruesa y larga enrollada. Cierra con llave la puerta de la caseta y la de la casa, tira tres veces del picaporte de cada una por si acaso. Y echa a andar por la calle que discurre entre las hileras de casas.

El Skoda blanco sale por la izquierda y lo pilla tan por sorpresa que casi se cae de culo en el montón de nieve que hay junto al cobertizo. Ove sale corriendo tras él por la calle, amenazándolo con el puño.

—¿Es que no sabes leer, so imbécil? —le grita.

El conductor, un hombre delgado que lleva un cigarro en la mano, parece haberlo oído. Cuando el Skoda gira a la altura del cuarto de las bicicletas sus miradas se cruzan. El hombre fija la vista en Ove y baja la ventanilla. Enarca una ceja con expresión distante.

—¡Está prohibida la circulación de vehículos! —repite Ove señalando el letrero donde lo dice y se encamina hacia el Skoda con los puños cerrados.

El hombre saca el brazo izquierdo por la ventanilla, tira la ceniza sin prisas. Lo mira impasible, lo mira como se mira a un animal enjaulado. Sin agresividad, con la más absoluta indiferencia. Como si Ove fuera algo que pudiera eliminar con un paño húmedo.

—Lee el… —dice Ove con tono arisco cuando se acerca, pero el hombre ya ha subido la ventanilla.

Ove se queda gritándole al Skoda, pero el hombre lo ignora. Ni siquiera se aleja derrapando a toda velocidad entre los chirridos de los neumáticos; simplemente va rodando en dirección al garaje y continúa despacio hacia la carretera, como si los gestos de Ove no fueran en el fondo más dramáticos que una farola estropeada.

Y allí se queda Ove, tan alterado que le tiemblan los puños. Cuando ha perdido de vista al Skoda se da la vuelta y baja por entre las casas con tanto ímpetu que casi tropieza. En el suelo, delante de la casa de Rune y Anita, donde es obvio que estaba aparcado el Skoda, hay dos colillas. Ove las recoge como si fueran pistas de una compleja investigación de asesinato.

—Hola, Ove —oye a sus espaldas la voz de Anita que lo saluda prudente.

Ove se da la vuelta. La ve en la escalinata con una rebeca gris sobre los hombros. Se diría que la prenda trata de agarrarse al cuerpo igual que unas manos tratan de atrapar una pastilla de jabón mojada.

—Sí, sí, hola —responde Ove.

—Era del ayuntamiento —dice Anita señalando al Skoda blanco que acaba de irse.

—Está prohibida la circulación de vehículos en el barrio —dice Ove.

Ella vuelve a asentir.

—Ese hombre dice que tiene permiso del ayuntamiento para llegar con el coche hasta la puerta.

—¡Qué va a tener permiso ni qué coñ...! —comienza Ove, pero enseguida se muerde la lengua.

A Anita le tiemblan los labios.

—Quieren quitarme a Rune —dice.

Ove asiente sin decir nada. Todavía lleva la manguera en la mano, se mete la otra mano en el bolsillo. Por un instante se plantea decir algo, pero al final baja la vista, se da media vuelta y se va. Unos metros más allá se da cuenta de que lleva en el bolsillo las colillas, pero ya es tarde para hacer nada al respecto.

La pazguata de la rubia está en medio de la calle. La bota de pelo empieza a ladrar histérica en cuanto ve a Ove. Están delante de una casa cuya puerta ve abierta, y da por hecho que están esperando a Anders. La bota de pelo lleva en la boca algo que parece un mechón. La pazguata de la rubia sonríe satisfecha. Ove se la queda mirando al pasar, ella no baja la vista. Sonríe más burlonamente aún. Como si se estuviera riendo de Ove.

Cuando pasa entre su casa y la casa del grandullón y la extranjera embarazada ve al grandullón en la puerta.

—¡Hombre, Ove, buenas! —le grita.

Ove ve su escalera apoyada en la fachada de la casa del grandullón. El hombre lo saluda con la mano entusiasmado. Al parecer, hoy ha decidido madrugar. O por lo menos lo que un asesor informático llama madrugar. Ove ve que lleva en la mano un cuchillo de mesa de plata. Comprende que seguramente el grandullón va a utilizarlo para forzar la ventana de la segunda planta que está encajada. La escalera de Ove, por la que es obvio que el grandullón piensa subir, está torcida, clavada en un gran montículo de nieve.

—¡Que tengas un buen día! —le grita el grandullón cuando lo ve pasar.

—Sí, sí —responde Ove sin volver la vista atrás.

La bota de pelo ladra desaforadamente delante de la casa del tal Anders. Ove ve con el rabillo del ojo que la pazguata de la rubia sigue con su sonrisa burlona. Y a Ove le disgusta. No sabe por qué, pero le disgusta una barbaridad.

Cuando sube por entre las casas, pasa por delante del cuarto de las bicicletas y llega al aparcamiento, se da cuenta, a su pesar, de que va mirando por si ve al gato. Pero no hay ni rastro de él por ninguna parte.

Sube la puerta del garaje y abre el Saab. Y se queda allí en semipenumbra con las manos en los bolsillos durante lo que más tarde calculó que sería media hora. No sabe exactamente por qué, simplemente tiene la sensación de que un acto como aquel tal vez exija algún tipo de silencio solemne antes de la partida.

Se pregunta si la pintura del Saab se ensuciará mucho. Supone que sí. Qué vergüenza, se dice, pero no tiene mucho remedio. Da unas patadidas a los neumáticos para comprobar. Resistentes y de buena calidad. Durarán por lo menos tres inviernos más, piensa, con la última patada como único método de cálculo. Lo cual le recuerda de pronto la carta que lleva en el bolsillo de la chaqueta, así que la saca para comprobar si se había acordado de dejar instrucciones sobre los neumáticos de verano. Pero sí, se había acordado. Lo dice ahí, en «Saab+accesorios». «Neumáticos de verano en la caseta», y seguidamente unas instrucciones claras que comprendería hasta el más imbécil, instrucciones que explican en qué lugar del maletero están los pernos de las llantas. Ove vuelve a guardar la carta en el sobre y el sobre en el bolsillo de la chaqueta.

Mira hacia el aparcamiento por encima del hombro. Y no porque esté preocupado por esa birria de gato, naturalmente. Aunque espera que no le haya ocurrido nada porque, de ser así, su mujer se pondrá hecha una hidra. Eso lo sabe perfectamente. Es que no quiere que le riña por culpa del gato. Es solo eso.

A lo lejos se oyen las sirenas de una ambulancia que se acerca, pero él apenas se da cuenta. Se sienta en el asiento delantero y pone el motor en marcha. Pulsa el botón de la ventanilla trasera y la deja abierta unos cinco centímetros. Sale del coche. Cierra la puerta del garaje. Ajusta bien la goma al tubo de escape. Pronto ve salir nubecillas de humo por el otro extremo de la goma. Lo introduce por la ventanilla abierta. Se sienta en el coche. Cierra la puerta. Coloca bien los espejos retrovisores. Gira media vuelta hacia delante y media vuelta hacia atrás el selector de canales de la radio. Apoya la espalda en el asiento. Cierra los ojos. Nota cómo el humo denso va llenando el garaje y los pulmones centímetro cúbico a centímetro cúbico.

Y es que el plan no era que las cosas salieran así. Uno trabaja y amortiza los préstamos y paga los impuestos y hace lo que tiene que hacer. Luego se casa. En la salud y en la enfermedad hasta que la muerte nos separe, ¿no fue eso lo que acordaron? Ove lo recuerda perfectamente. Y, desde luego, la idea no era que ella muriera primero. Naturalmente, se sobreentendía que estaban hablando de *su* muerte, coño. ¿O no?

Ove oye que aporrean la puerta del garaje. No hace caso. Se coloca bien la raya del pantalón. Se mira en el espejo retrovisor. Piensa si no debería haberse puesto la corbata. A ella le gustaba cuando llevaba corbata. Lo miraba como si fuera el hombre más guapo del mundo. Se pregunta cómo lo mirará ahora. Si se avergonzará al ver que viene a encontrarse con ella en la otra vida con el traje sucio y sin trabajo. Si pensará que es un idiota que ni siquiera es capaz de conservar un trabajo decente sin que prescindan de él, solo porque un ordenador ha superado sus conocimientos. Si seguirá mirándolo como solía, como si él fuera alguien en quien se puede confiar. Alguien capaz de asumir la responsabilidad de las cosas y arreglar una caldera si fuera necesario. Si lo querrá igual que antes ahora que se ha convertido en un viejo sin ninguna función.

Vuelven a aporrear la puerta del garaje con frenesí. Ove se la queda mirando irritado. Siguen aporreando. Hasta que Ove se dice que vamos, hombre, que ya está bien.

—¡Pero vamos, hombre, que ya está bien! —vocifera, y abre la puerta del Saab con tal rapidez que la goma se sale de la ranura de la ventanilla trasera y cae al suelo de hormigón.

El humo sale a raudales en todas las direcciones.

A aquellas alturas la extranjera embarazada debería haber aprendido a no esperar demasiado cerca de la puerta cuando quien está al otro lado es Ove. En cualquier caso, esta vez no consigue evitar que Ove le dé un portazo en la cara cuando la abre de un tirón, como si tratara de deshacer un lazo que se hubiera enganchado en la valla.

Ove la ve y se para en seco. La mujer se lleva la mano a la nariz. Lo mira con esa mirada tan característica de una persona a la que acaban de darle con la puerta de un garaje en las narices. El humo sale del garaje en oleadas formando densas nubes y sumiendo la mitad del aparcamiento en una neblina pegajosa y maloliente.

—Pero... Joder, tienes que... Deberías... Deberías tener cuidado cuando van a abrir la puerta... —consigue articular Ove.

—¿Pero qué estás haciendo? —replica la embarazada observando el Saab en marcha y el humo que va escupiendo la boca de la goma, que está en el suelo.

—Pues... Nada —dice Ove con cara de querer cerrar la puerta del garaje otra vez.

En la nariz de la mujer empiezan a formarse unas gotas espesas de color rojo. Se pone una mano en la cara y le hace señales con la otra.

—Tengo que ir al hospital —le dice con la cabeza hacia atrás.

Ove la mira escéptico.

—Pero qué puñetas, anda ya, si solo tienes un poco de sangre en la nariz.

La mujer empieza a soltar tacos en una lengua que Ove supone que es persa y se aprieta fuerte el tabique con el pulgar y el índice. Luego niega nerviosa con la cabeza, y se mancha la chaqueta de sangre.

—¡No, no es por la sangre!

Ove no sabe qué decir. Se mete las manos en los bolsillos.

—Ah, bueno, que no es eso. Vale.

La mujer suelta un lamento.

—Patrick se ha caído de la escalera.

La mujer tiene la cabeza tan hacia atrás que parece que Ove le esté hablando al cuello.

—¿Quién es Patrick? —le pregunta Ove al cuello.

—Mi marido —responde el cuello.

—¿El grandullón? —pregunta Ove.

—Sí, eso —responde el cuello.

—¿Y se ha caído de la escalera? —insiste Ove.

—Sí. Cuando iba a abrir la ventana.

—Ya. Bueno, podía haber apostado cualquier cosa, se veía a la legua que…

El cuello desaparece y en su lugar aparecen los enormes ojos castaños de la mujer. No expresan satisfacción.

—¿Y quieres que iniciemos un debate al respecto o qué?

Ove se rasca la cabeza pensativo.

—Bueno, no… no, claro… pero tú sabes conducir, ¿no? Esa máquina de coser japonesa en la que aparecisteis el otro día —dice con tono de protesta.

—No tengo permiso de conducir —responde ella limpiándose la sangre del labio.

—¿Cómo que no? —pregunta Ove, como si no hubiera entendido el significado de aquellas palabras.

La mujer suspira con impaciencia.

—Pues eso, que no tengo permiso de conducir, ¿qué pasa?

—¿Pero tú cuántos años tienes? —pregunta Ove boquiabierto.

—Treinta —responde ella exasperada.

—¡Treinta! ¿Y no tienes carnet de conducir? ¿Es que te pasa algo?

La mujer se queja un poco, se tapa la nariz con una mano y chasquea los dedos con la otra ante las narices de Ove.

—¡Ove, céntrate un poco! ¡El hospital! ¡Tienes que llevarnos al hospital!

Ove parece ofendido.

—¿Cómo que llevarnos? Lo que tienes que hacer es llamar a una ambulancia, dado que el hombre con el que estás casada no es capaz de abrir una ventana sin caerse de la escalera…

—¡Ya la he llamado! Y se lo han llevado al hospital. Pero no había sitio para mí y ahora, con la nieve, están ocupados todos los taxis de la ciudad, y los autobuses tardan un siglo.

Unos hilillos de sangre le caen a la mujer por la mejilla. Ove aprieta la mandíbula tan fuerte que le rechinan los dientes.

—Qué puñetas, en los autobuses no se puede confiar. Los conductores son todos unos alcohólicos —dice en voz baja con la barbilla torcida de tal modo que quien lo viera pensaría que trata de esconder las palabras por dentro del cuello de la camisa.

Puede que la mujer se haya dado cuenta de cómo le ha cambiado el humor en cuanto ha pronunciado la palabra «autobús». Puede que no.

En cualquier caso, asiente como si aquello zanjara la cuestión.

—Pues eso. Entonces tendrás que llevarnos.

Ove hace un valeroso intento de señalarla con gesto amenazador. Pero comprende horrorizado que no resulta tan convincente como habría querido.

—Aquí no hay obligaciones que valgan. ¡Yo no soy del puñetero servicio social de transporte! —consigue articular al final.

Pero ella sigue apretándose más fuerte el tabique de la nariz con el índice y el pulgar. Asiente de un modo que podría dar la impresión de que no ha prestado la menor atención a lo que él acaba de decir. Agita la mano libre señalando irritada el garaje y la goma que está en el suelo escupiendo nubes de gas cada vez más densas que se elevan hacia el techo.

—No tengo tiempo de discutir contigo. Arregla eso a ver si podemos irnos. Voy a buscar a las niñas.

—¿¡Pero qué niñas!? —le pregunta Ove a gritos mientras ella se aleja sin responderle.

La mujer ha caminado ya un trecho bamboleándose con ese par de pies diminutos, que parecen demasiado pequeños para la barriga de embarazada, ha doblado la esquina hacia el cuarto de las bicicletas y continúa en dirección a las viviendas.

Ove se queda allí plantado como a la espera de que alguien vaya corriendo a buscarla y le diga que él no ha terminado de hablar. Pero eso no ocurre.

Se pone en jarras y echa una ojeada a la goma que hay en el suelo del garaje. Lo cierto es que él no es responsable de que la gente no sea capaz de no caerse de la escalera que él le ha prestado, o a él no se lo parece.

Pero como es natural, le resulta imposible no pensar en lo que su mujer le habría dicho que hiciera en aquella situación, si hubiera estado allí. Y no es tan difícil de adivinar, por desgracia; Ove lo tiene clarísimo.

De modo que al final retira la goma del tubo de escape con el pie. Se sienta en el Saab. Comprueba los espejos. Mete primera y sale. Y no es que le importe cómo vaya la embarazada extranjera al hospital. Pero sabe perfectamente que su mujer le dará una lata tremenda si lo último que hace en esta vida es romperle la nariz a una embarazada y luego dejar que vaya en autobús.

Y ya que va a gastar la gasolina de todas formas, bien puede llevarla y luego traerla. «Así a lo mejor luego me deja en paz», piensa Ove.

Pero, naturalmente, eso no sucede.

12

Un hombre llamado Ove
y el día en que Ove se hartó

La gente siempre decía que Ove y su mujer eran como la noche y el día. Lógicamente, Ove sabía que lo que querían decir es que él era la noche. A él le daba igual. En cambio, a su mujer le encantaba que lo dijeran, porque así siempre podía puntualizar entre risas que la única razón de que identificaran a Ove con la noche era su tacañería a la hora de gastar la luz del sol. Nunca se explicó por qué lo había elegido a él. A ella le gustaban sobre todo las cosas abstractas, como la música, los libros y las palabras raras. Ove era un hombre de cosas concretas. Le interesaban los destornilladores y los filtros de aceite. Él iba por la vida con las manos hundidas en los bolsillos del pantalón. Ella iba bailando.

—Un simple rayo de sol es suficiente para ahuyentar las sombras —le dijo una vez cuando él le preguntó por qué tenía que estar tan animada a todas horas.

Al parecer, un monje llamado Francisco había escrito aquella frase en uno de los libros que ella tenía.

—A mí no me engañas, cariño —le decía ella con una sonrisita provocadora, acurrucándose entre sus brazos—, tú bailas por dentro, Ove, cuando nadie lo ve. Y siempre te querré por eso. Te guste o no.

Ove nunca llegó a comprender de verdad a qué se refería. Él nunca fue muy dado al baile. Le parecía algo demasiado arbitrario y lioso. A él le gustaban las líneas rectas y las instrucciones claras. Por eso siempre le interesaron las matemáticas. Ahí había respuestas correctas e incorrectas, no como en las demás asignaturas volátiles que trataban de meterle en la cabeza en la escuela, en las que uno podía «argumentar su punto de vista». Como si ver quién sabía más palabras complejas fuera un modo de zanjar una discusión. Lo único que quería saber Ove era que lo que es es y lo que no es no es.

Sabía de sobra que había quien pensaba que él no era más que un viejo gruñón incapaz de confiar en la gente. Pero eso se debía a que la gente nunca le había dado motivos para lo contrario, lisa y llanamente.

Porque llega un momento en la vida de todo hombre en que tiene que decidir qué clase de hombre quiere ser. Si de los que se dejan pisotear por otros o de los que no. Y quien no lo sepa, es que no conoce a hombres de verdad.

Las noches que sucedieron al incendio, Ove durmió en el Saab. El primer día trató de hacer limpieza él solo entre las cenizas y la desolación. El segundo día se vio obligado a aceptar que jamás lo conseguiría. La casa era irrecuperable, al igual que todo el trabajo que había invertido en ella.

El tercer día aparecieron dos hombres con el mismo tipo de camisa blanca que llevaba el jefe de los bomberos. Se detuvieron junto a su verja, claramente indiferentes a las ruinas que tenían delante. No se presentaron con sus nombres, sino con el nombre de la institución a la que representaban, como robots enviados por una nave nodriza.

—Te hemos escrito —dijo una de las camisas blancas mostrándole a Ove un fajo de documentos.

—Varias cartas —dijo la otra camisa blanca, y anotó algo en un cuaderno.

—No has respondido a ninguna —dijo la primera camisa blanca, como si estuviera riñéndole a un perro.

Ove seguía ante ellos impertérrito, sin responder.

—Una pena, eso de ahí —dijo la otra camisa blanca señalando a medias hacia lo que fue la casa de Ove.

Ove asintió.

—Según la investigación del incendio fue un fallo eléctrico inofensivo —dijo la primera camisa blanca enseñándole un papel que llevaba en la mano.

Ove abrigó de forma espontánea ciertas objeciones hacia el modo en que utilizada la palabra «inofensivo».

—Te hemos enviado varias cartas —repitió la otra camisa blanca blandiendo el montón de papeles.

Ove volvió a asentir.

—Estamos redefiniendo los límites del término municipal —continuó la otra camisa blanca.

—El solar en el que se encuentra tu casa se va a evaluar para diversos proyectos de urbanización —dijo la primera camisa blanca señalando las casas recién construidas de los de las corbatas.

—El solar donde se encontraba tu casa —lo corrigió la otra camisa blanca.

—El ayuntamiento está dispuesto a comprarte la parcela a un precio de mercado —dijo la primera camisa blanca.

—Bueno… a un precio de mercado ahora que ya no hay casa en el solar —explicó la otra camisa blanca.

Ove cogió los documentos. Empezó a leer.

—No tienes muchas opciones —dijo la primera camisa blanca.

—Ni te corresponde a ti decidir, sino al ayuntamiento —dijo la otra camisa blanca.

La primera camisa blanca golpeteó impaciente los papeles con un bolígrafo. Ove lo miró. La camisa blanca señalaba una línea del final, donde decía «firma».

Ove leía los documentos en silencio junto a la verja. Le dolía el pecho. Le llevó un buen rato comprender por qué.

Odio.

Odiaba a los hombres de la camisa blanca. No recordaba haber albergado odio por nadie con anterioridad, pero en aquel instante lo sintió por dentro como una bola ardiente. Sus padres habían comprado aquella casa. Allí se crió. Allí aprendió a andar. Allí le enseñó su padre todo lo que había que saber sobre el motor de un Saab. Y ahora alguien de una institución decidía que iban a construir otra cosa en aquel lugar. Y un hombre de cara redonda le vendía un seguro que no era un seguro. Un hombre con una camisa blanca le impedía apagar un fuego. Y ahora había allí otras dos camisas blancas que le hablaban del «precio de mercado».

Pero era verdad que Ove no tenía elección. Podía quedarse allí hasta que el sol dejara de salir por las mañanas, pero aquello no podría cambiarlo.

Así que firmó aquellos papeles con el puño cerrado, mientras tenía el otro bien apretado en el bolsillo.

Abandonó sin mirar atrás el lugar donde un día se alzó su casa. Alquiló un cuartucho en la casa de una señora mayor que vivía en el centro. Se pasaba el día con la mirada perdida, fija en la pared. Por la noche se iba al trabajo. Limpiaba los vagones. Una mañana a él y a los demás limpiadores les dijeron que no se cambiaran en los vestuarios como de costumbre, sino que se dirigieran a la oficina principal para que les entregaran uniformes nuevos.

Cuando iba por el pasillo se cruzó con Tom. Era la primera vez que se veían desde que culparon a Ove del robo en el vagón. Un hombre con más sentido común que Tom tal vez habría evitado cruzar la mirada con él. Habría intentado fingir que aquel incidente nunca se había producido. Pero Tom no era un hombre con sentido común.

—¡Anda, pero si es el ladronzuelo! —exclamó con una sonrisa retadora.

Ove no respondió. Intentó seguir andando, pero uno de los colegas más jóvenes, de los que Tom siempre se rodeaba, le clavó el codo en el costado. Ove levantó la vista. El colega más joven respondió con una sonrisa burlona.

—¡Agarrad bien la cartera, tenemos aquí al ladrón! —gritó Tom, y la voz resonó como un eco por el pasillo.

Ove agarró más fuerte con una mano la ropa que llevaba. Y apretó el puño de la otra en el bolsillo. Entró en uno de los vestuarios vacíos. Se quitó la ropa de trabajo sucia y vieja, se desabrochó el reloj abollado del padre y lo dejó en el banco. Cuando se dio la vuelta para entrar en la ducha, vio a Tom en el umbral.

—Nos hemos enterado de lo del incendio —dijo.

Ove se dio cuenta de que Tom deseaba que respondiera. Decidió no darle ese gusto a aquel hombretón de barba negra.

—¡Tu padre habría estado orgulloso de ti! Ni siquiera él era tan inútil como para calcinar su propia casa —le gritó Tom mientras Ove entraba en la ducha.

Ove oyó el coro de risas de los colegas más jóvenes. Cerró los ojos, apoyó la frente en la pared y dejó que el agua caliente le corriera por todo el cuerpo. Permaneció así más de veinte minutos. La ducha más larga de toda su vida.

Cuando volvió al vestuario, el reloj de su padre había desaparecido. Revolvió la ropa que había en el banco, buscó por el suelo, peinó el interior de todas las taquillas.

Llega un momento en la vida de todo hombre en que tiene que decidir qué clase de hombre quiere ser. Si de los que se dejan pisotear por otros o de los que no.

Tal vez fuera porque Tom lo culpó del robo en el vagón del tren. Tal vez fuera por el incendio. Tal vez fuera por el falso agente de seguros. Tal vez fuera por las camisas blancas. Tal vez fuera simplemente porque se hartó. Pero en aquel lugar y en aquel momento fue como si alguien le hubiera quitado el seguro a la cabeza de Ove. A sus ojos, todo se volvió un tono más oscuro. Salió del vestuario, todavía desnudo, y con el agua corriéndole por los músculos en tensión. Recorrió el pasillo hasta el vestuario de los capataces, empujó la puerta de una patada y se abrió paso a través del sinfín de caras asombradas. Tom estaba al fondo delante de un espejo, recortándose la espesa barba. Ove lo agarró del brazo y las paredes de latón temblaron con su grito.

—¡Dame el reloj!

Tom lo miró con aires de superioridad proyectando sobre él la oscura sombra de su figura.

—Yo no tengo tu pu…

—¡Que me lo des! —vociferó Ove sin dejarlo terminar, tan alto que los demás hombres que había en la habitación intuyeron que lo mejor sería ocuparse de lo suyo.

Un segundo después, Ove le había arrancado a Tom la chaqueta de las manos con tal fuerza que al hombre no se le ocurrió protestar. Se quedó allí plantado, mudo como un niño después de una reprimenda, mientras Ove sacaba el reloj del bolsillo.

Y luego le atizó. Solo una vez. Fue suficiente. Tom se vino abajo como un saco de harina empapada. Cuando cayó al suelo con todo el peso de su cuerpo, Ove ya se había ido de allí.

Llega un momento en la vida de todo hombre en que tiene que decidir qué clase de hombre quiere ser. Y quien no lo sepa, es que no conoce a hombres de verdad.

Llevaron a Tom al hospital. Una y otra vez le preguntaron por lo ocurrido, pero Tom balbucía, con la mirada perdida, que se había «resbalado». Y, curiosamente, ninguno de los hombres que se encontraban en el vestuario cuando sucedió recordaba haber visto nada de nada.

Aquella fue la última vez que Ove vio a Tom. Y decidió, de propina, que también sería la última vez que se dejara engañar por nadie.

Conservó el trabajo de limpiador en el turno de noche, pero se despidió del trabajo en la obra. Ya no tenía ninguna casa que construir y, además, había aprendido tanto del oficio a aquellas alturas que los hombres del casco de plástico ya no podían enseñarle nada sobre la construcción de casas.

Como regalo de despedida, le entregaron una caja de herramientas. En esta ocasión, con herramientas nuevas. «Para el cachorro. Procura construir algo que perdure», decía la nota.

Ove no tenía nada concreto en qué utilizar el regalo, así que anduvo varios días paseándose con la caja de aquí para allá. Al final la señora que le alquilaba la habitación se compadeció de él y empezó a buscarle cosas que arreglar. Fue un alivio para los dos.

Algo después, ese mismo año se alistó. Obtuvo la máxima calificación en todas las pruebas físicas. Al oficial de admisión le gustó aquel joven taciturno y fortachón, y lo animó a plantearse la carrera militar. A Ove no le pareció mal. Los militares llevaban uniforme y cumplían órdenes. Todo el mundo sabía lo que debía hacer. Todos tenían una función. Orden y concierto. Ove terminó decidiendo que sería un buen soldado. Bajó la escalera para pasar la revisión médica obligatoria más animado de lo que se había sentido en muchos años. Como si de repente le hubieran asignado una función con sentido. Un objetivo. Algo que ser.

La alegría le duró diez minutos.

El oficial de admisión aseguraba que la revisión médica era simplemente «una formalidad». Pero cuando le puso el estetoscopio en el pecho, se oyó algo que no debía oírse. Lo enviaron al médico de la ciudad. Una semana después, le comunicaron que tenía un fallo cardiaco congénito. Quedó exento del servicio militar. Ove llamó para protestar. Escribió cartas. Fue a ver a otros médicos con la esperanza de que se tratara de un error. Pero de nada sirvió.

—Las reglas son las reglas —le dijo el oficinista de camisa blanca la primera vez que fue a apelar la resolución.

Ove estaba tan decepcionado que ni siquiera esperó al autobús, sino que recorrió a pie todo el camino de vuelta a la estación. Una vez allí, se sentó en el andén. No se sentía tan abatido desde la muerte de su padre.

Unos meses más tarde, pasearía precisamente por ese andén con la que iba a ser su mujer. Aunque eso él no lo sabía entonces, claro.

Volvió al trabajo en el servicio de limpieza de la estación. Más taciturno que nunca. La señora que le alquilaba la habitación se hartó de verlo tan alicaído y le buscó por allí cerca un garaje que pudiera usar. El muchacho siempre andaba trasteando con el coche, se decía la mujer. Quizá así pudiera entretenerse un poco.

Al día siguiente, Ove desmontó las piezas del Saab. Las limpió a conciencia y volvió a montarlas. Para ver si era capaz. Y para tener algo que hacer. Cuando terminó, vendió el coche, hizo un buen negocio, y se compró otro Saab 93, igual, pero de un modelo más reciente. Lo primero que hizo fue desmontarlo entero. Para ver si era capaz de volver a montarlo. Y sí, lo montó.

Así transcurrían sus días, lentos y rutinarios. Hasta la mañana en que la vio. Tenía el pelo castaño y los ojos azules, zapatos rojos y un pasador grande de color amarillo.

Y a partir de ese momento, Ove no conoció la calma.

13

Un hombre llamado Ove
y un payaso llamado Beppo

Ove es graciosooo —dice encantada la niña de tres años con una risita.

—Seguro —responde la de siete, nada convencida. Coge de la mano a la hermana y se dirige con aire adulto a la entrada del hospital.

Le da la impresión de que su madre le esté riñendo a Ove, pero se ve que luego piensa que no tiene tiempo que perder. Así que ella también se encamina a la entrada con una mano en la barriga, como temiendo que vaya a ponerse en marcha.

Ove la sigue arrastrándose con paso lento. A él le da igual que ella piense que «lo más sencillo es pagar y dejarse de discusiones», es una cuestión de principios. Y si el vigilante del aparcamiento le dice a Ove que le va a poner una multa por cuestionar la legalidad de que se pague por aparcar delante de un hospital, Ove no es el tipo de hombre que se calla y no le grita «Policía frustrado». Ni más ni menos.

La gente va al hospital para morir, eso lo sabe Ove. Y, en su opinión, es suficiente con que el Estado cobre por todo lo demás que uno hace mientras está vivo. Si, además, quieren cobrar cuando uno aparca para ir a morir, pues ya está bien, hombre. Y eso fue lo que trató de explicarle al vigilante del aparcamiento. Entonces, el vigilante empezó a amenazarlo agitando el bloc de las multas. Y entonces Parvaneh se puso a decir que pagaba ella. Como si lo importante de la discusión fuera *eso*.

Las mujeres no saben nada de principios.

Oye a la niña mayor que, unos pasos por delante, se queja de que le huele la ropa a humo. A pesar de que llevaron las ventanillas abiertas todo el camino, no fue posible eliminar el hedor. La madre le preguntó a Ove qué era lo que estaba haciendo en el garaje, pero él le respondió con un sonido similar al que emiten las patas de una bañera al arrastrarla sobre las baldosas. A la niña de tres años, ir en coche al hospital con las ventanillas abiertas cuando fuera estaban a varios grados bajo cero le pareció la mayor aventura de su vida, naturalmente; la de siete, en cambio, se enrolló la cabeza en la bufanda con una actitud mucho más escéptica ante la situación. Además, la irritó tener que ir resbalando todo el rato sobre el papel de periódico que Ove había extendido en el asiento para que su hermana y ella no lo «ensuciaran» todo. Ove también puso periódico en el asiento del copiloto, pero Parvaneh lo retiró de un tirón antes de sentarse. A Ove aquello le gustó más bien poco, pero no dijo nada, aunque sí fue todo el camino hasta el hospital mirándole la barriga con preocupación, como si fuera a romper aguas sobre la tapicería.

—Portaos bien y quedaos aquí, niñas —les dice a las pequeñas en el vestíbulo del hospital.

Están rodeados de paredes de cristal y de asientos que huelen a detergente. Empleados con ropa blanca y zuecos de goma de vivos colores y ancianos que arrastran los pies por los pasillos, con el apoyo inestable de los andadores. En el suelo hay un panel donde puede leerse que el ascensor número dos del vestíbulo A está fuera de servicio, y que las visitas que acudan a la sección ciento catorce deben usar el ascensor número uno del vestíbulo C. Debajo de ese mensaje hay otro según el cual el ascensor número uno del vestíbulo C está fuera de servicio, por lo que se recomienda a las visitas de la sección ciento catorce que usen el ascensor número dos del vestíbulo A. Debajo de ese mensaje hay un tercero, que advierte de que la sección ciento catorce estará todo el mes cerrada por reformas. Debajo de ese mensaje hay un anuncio con la foto de un payaso. En él se informa de que el payaso Beppo visitará hoy a los niños del hospital.

—¿Y dónde se ha metido Ove? —pregunta Parvaneh.

—Yo creo que ha ido a los servicios —dice la niña mayor.

—¡Payaso! —exclama la pequeña señalando el cartel entusiasmada.

—¿Sabías que aquí hay que *pagar* para ir a los servicios? —irrumpe Ove detrás de Parvaneh.

Ella se da la vuelta y lo mira estresada.

—Ah, vaya, así que estás ahí, ¿te hace falta dinero o qué?

Ove la mira ofendido.

—¿Qué te hace pensar que me hace falta dinero?

—¡Para los servicios!

—No necesito ir a los servicios.

—Pero si acabas de decir… —comienza la mujer, pero al final guarda silencio y hace un gesto de resignación—. Déjalo, anda, déjalo… ¿Cuánto tiempo has pagado de aparcamiento? —pregunta.

—Diez minutos.

Parvaneh lanza un suspiro.

—Pero, hombre, comprenderás que aquí vamos a tardar más de diez minutos, ¿no?

—Bueno, pues entonces saldré a echar más dinero dentro de diez minutos —responde Ove, como si fuera lo más lógico del mundo.

—¿Y por qué no lo haces a la primera? —pregunta Parvaneh, y pone cara de arrepentirse en el mismo momento en que formula la pregunta.

—¡Porque eso es lo que ellos quieren! Pero no, no pienso echar dinero por un montón de tiempo que quizá no necesitemos, ¡que lo sepas!

—Oye, no tengo fuerzas... —responde Parvaneh con un suspiro, y se lleva la mano a la frente.

Mira a las niñas.

—¿Os vais a quedar aquí con el bueno de Ove mientras voy a preguntar cómo está papá? ¿Vale?

—Bueeeno —refunfuña la mayor.

—¡Vale! —exclama la pequeña.

—¿Qué? —pregunta Ove.

Parvaneh se levanta.

—¿Cómo que «con el bueno de Ove»? ¿Adónde crees que vas? —pregunta Ove.

Para indignación de Ove, la embarazada no parece haber advertido lo disgustado que está.

—Tendrás que quedarte aquí con ellas —le responde secamente, antes de irse pasillo adentro sin que Ove tenga tiempo de protestar siquiera.

Se queda allí viendo cómo se aleja. Como si creyera que iba a volver y a disculparse diciendo que era una broma. Pero no. Así que Ove se vuelve hacia las niñas. Las mira como si, de un momento a otro, fuera a apuntarles con un flexo y a preguntarles que dónde estaban «cuando se cometió el asesinato».

—¡CUENTO! —grita la menor de las hermanas, y echa a correr hacia la esquina de la sala de espera, donde reina un verdadero caos de juguetes, peluches y libros de cuentos.

Ove asiente en silencio y, tras constatar que aquella niña de tres años tiene una capacidad razonable para caminar por sí sola, dirige su atención a la de siete.

—Bueno, ¿y tú qué, eh?

—¿Cómo que y yo qué? —replica la niña enfadada.

—Que si quieres comer o ir a hacer pis o algo.

La niña lo mira como si acabara de ofrecerle una cerveza y un cigarro.

—¡Voy a cumplir ocho años y sé ir al baño *sola*!

Ove hace un gesto brusco con los brazos.

—Claro, claro. Bueno, pues mil perdones, joder.

—Bueno —resopla la niña.

—¡Has dicho una palabrota! —chilla la pequeña, que aparece otra vez correteando alrededor de las piernas de Ove.

Observa escéptico a aquella catástrofe natural en miniatura, que lo mira sonriendo abiertamente.

—¡Léemelo! —le ordena ansiosa mientras le da un libro con los brazos tan extendidos que casi pierde el equilibrio.

Ove observa el libro casi como si le hubiera enviado una carta en la que dijera que en realidad es un príncipe nigeriano que tenía una oferta *very lucrative* para él, y que lo único que necesitaba cuanto antes era su número de cuenta para «arreglar un asunto».

—¡Léemelo! —repite la pequeña trepando al banco de la sala de espera.

Ove se sienta a regañadientes a poco más de un metro en el mismo banco. La niña suspira impaciente, Ove la pierde de vista y, un segundo después, la ve aparecer bajo el brazo, con las manos aferradas a sus piernas como una palanca y la nariz pegada a las alegres ilustraciones del libro.

—«Había una vez un trenecito» —lee Ove con el entusiasmo de quien lee en voz alta la declaración de la renta.

Y acto seguido, pasa la página. La niña lo detiene y vuelve atrás. La hermana mayor menea la cabeza con gesto cansino.

—Tienes que contarle lo que pasa en la página. Y poner voces —le explica.

Ove se la queda mirando.

—¿Qué co…?

Se interrumpe y carraspea en mitad de la pregunta.

—¿Qué voces ni qué voces? —se corrige.

—Voces de cuento —responde la hermana mayor.

—Has dicho una palabrota —dice la pequeña animada.

—Qué va —responde Ove.

—Que sí —insiste la niña.

—Nada de voces de mie… ¡Nada de voces! —asegura Ove.

—No se te da nada bien leer cuentos —observa la hermana mayor.

—Puede que a ti no se te dé nada bien escucharlos —objeta Ove.

—¡Puede que a ti no se te dé nada bien contarlos! —grita la niña.

Ove mira el libro sin la menor admiración.

—¿Y qué porquería es esta, eh? ¿Un tren que habla? ¿No hay nada de coches?

—Puede que diga algo de viejos cascarrabias —murmura la hermana mayor.

—¡Eh, que yo no soy ningún viejo! —protesta Ove.

—¡Payaso! —grita la pequeña encantada.

—¡Y tampoco soy ningún payaso! —vocifera.

La hermana mayor lo mira con resignación, de un modo muy parecido a como lo mira su madre a veces.

—No se refiere a ti. Se refiere al payaso.

Ove levanta la vista y ve a un hombre adulto que, efectivamente, se ha disfrazado de payaso y aguarda en la puerta de la sala de espera. Además, tiene pintada en la cara una amplia sonrisa de lo más ridícula.

—¡PAYASOOOO! —chilla la pequeña dando tales saltitos en el banco que Ove termina por convencerse de que la niña se droga.

Ha oído hablar del tema. Los niños dan muestras de algún síndrome cuyo nombre es una combinación de letras y les recetan anfetaminas.

—Anda, ¿quién es esta niña tan linda? ¿Quieres ver un truco de magia, bonita? —pregunta el payaso con tono zalamero, y se les acerca dando zancadas como un alce borracho con un par de zapatos rojos tan grandes que, según Ove, solo un completo idiota preferiría en lugar de buscarse un trabajo como es debido.

El payaso mira a Ove con cara de felicidad.

—¿No tendrá el caballero una moneda de cinco coronas, verdad?

—No, el caballero no tiene ninguna moneda —responde Ove.

El payaso lo mira con sorpresa, una expresión que no favorece a los payasos ni mucho ni poco.

—Pero oye... que es un truco de magia, alguna moneda llevarás encima, ¿no? —pregunta el payaso con una voz algo más normal que desentona bastante con su personaje y que revela que, tras el idiota payaso, se esconde un idiota normal y corriente, de unos veinticinco años más o menos.

Ove le sostiene la mirada de un modo que lo obliga a dar un paso atrás con cierta precaución.

—Pero vamos, hombre, que soy el payaso del hospital. Es por los niños. Te la voy a devolver.

—Venga ya, dale una moneda de cinco coronas —dice la niña de siete años.

—¡PAYASOOOOOO! —grita la pequeña.

Ove la mira. Arruga la nariz.

—Bueno —dice refunfuñando, y saca una moneda de la cartera. Luego señala al payaso—. Pero me la devuelves. Y que sea pronto. Que tengo que pagar con ella el aparcamiento.

El payaso asiente nervioso y le arranca la moneda de las manos.

Diez minutos después, Parvaneh aparece por el pasillo y llega a la sala de espera. Se detiene y la escanea desconcertada con la vista.

—¿Estás buscando a tus niñas? —resuena a su espalda la voz chillona de una enfermera.

—Pues... sí —responde Parvaneh insegura.

—Allí las tienes —dice la enfermera con un tono nada alentador, señalando un banco que hay junto a las altas puertas de cristal que dan al aparcamiento.

Allí está Ove con los brazos en cruz y con pinta de estar muy enfadado. A un lado está la hermana mayor con la vista clavada en el techo y cara de aburrimiento; y al otro está la pequeña, tan contenta como si acabaran de decirle que podrá pasarse un mes desayunando helado a diario. Y a ambos lados del banco hay dos guardias de seguridad del hospital, los dos muy serios.

—¿Son tus hijas? —pregunta uno de ellos.

Y desde luego, el hombre no tiene la cara de quien se acaba de enterar de que podrá desayunar helado.

—Sí, ¿han hecho algo? —pregunta Parvaneh casi aterrorizada.

—No. ELLAS no han hecho nada —responde el otro guardia, mirando a Ove acusador.

—Ni yo tampoco —protesta Ove enojado.

—¡Ove le ha pegado al payaso! —chilla la pequeña entusiasmada.

—Chismosa —replica Ove.

Parvaneh se lo queda mirando boquiabierta, no se le ocurre qué decir.

—De todos modos, se le daban fatal los trucos de magia —se queja la hermana mayor.

—¿Podemos irnos a casa ya? —pregunta la niña, y se levanta del banco.

Parvaneh mira atónita a la hija mayor, a la pequeña, y luego a Ove y a los dos guardias.

—¿Por qué…? Espera… ¿qué… qué payaso?

—El payaso Beppo —la informa la pequeña muy circunspecta.

—Es que iba a hacer un truco de magia —explica la mayor.

—Una mierda de truco —asegura Ove.

—Vamos, que iba a hacer desaparecer las cinco coronas de Ove —continúa la mayor.

—Eso, ¡y luego ha intentado devolverme otra moneda! —interviene Ove mirando ofendido a los guardias que lo flanquean, como si aquello explicara la situación.

—Ove le ha pegado al payaso, mamá —sonríe la pequeña, como si aquello fuera lo más divertido que le ha pasado en la vida.

Parvaneh se queda un buen rato mirando a Ove, a la pequeña, a la mayor y a los dos guardias.

—Vamos a ver a mi marido, que ha sufrido un accidente. Las niñas pueden entrar ahora y decirle hola —les dice a los guardias.

—¡Papá se ha caído! —dice la pequeña.

—De acuerdo —asiente uno de los guardias.

—Pero este se queda con nosotros —asegura el otro señalando a Ove.

—Hombre, tanto como pegarle... Le he dado un toque solamente —musita Ove—. Joder con los policías frustrados —añade por si acaso.

—De todos modos, se le daban fatal los trucos de magia —insiste la mayor en defensa de Ove mientras se aleja hacia la habitación de su padre.

Una hora después, se encuentran todos otra vez ante la puerta del garaje de Ove. Al grandullón le han escayolado un brazo y una pierna, y tiene que quedarse varios días en el hospital, según le comunicó Parvaneh. Ove tuvo que morderse la lengua para no señalar que el grandullón es un mandria. A decir verdad, le dio la impresión de que Parvaneh opinaba lo mismo. El Saab sigue oliendo a humo mientras recoge el papel de periódico de los asientos.

—De verdad, Ove, ¿seguro que no quieres que pague la multa del aparcamiento? —pregunta Parvaneh.

—¿De quién es el coche? ¿Es tuyo? —gruñe Ove.

—No.

—Pues entonces —responde.

—Ya, pero en parte ha sido culpa mía —le insiste considerada.

—Tú no eres quien pone las multas. Es el ayuntamiento. Así que es culpa de este ayuntamiento de mierda —dice Ove, y cierra la puerta del Saab—. Y de los policías frustrados del hospital —añade aún ofendidísimo por que lo hubieran obligado a permanecer en el banco hasta que Parvaneh fue a buscarlo para volver a casa.

Como si no se le pudiera confiar la responsabilidad de moverse libremente entre los demás visitantes del hospital.

Parvaneh se lo queda mirando un buen rato, reflexionando en silencio. La hija mayor se cansa de esperar y echa a andar cruzando el aparcamiento, en dirección a la casa. La pequeña mira a Ove con una sonrisa beatífica.

—¡Qué gracioso eres! —le dice.

Ove la mira y se mete las manos en los bolsillos.

—Ya, bueno. Puede que tú te conviertas en una persona en condiciones.

La niña asiente animada. Parvaneh mira a Ove, luego mira la manguera que hay en el suelo del garaje. Vuelve a mirar a Ove, un tanto preocupada.

—Me haría falta que me echaras una mano para retirar la escalera… —le dice como si estuviera en medio de un razonamiento mucho más largo.

Ove da una patada distraída al asfalto.

—Y me parece que a nosotros tampoco nos funciona uno de los radiadores —añade la mujer de pasada—. Estaría bien que le echaras un vistazo. Patrick no entiende de eso, ¿sabes? —dice, y coge de la mano a la pequeña.

Ove asiente despacio.

—Ya, claro, habría apostado el cuello.

Parvaneh asiente. Luego, de pronto, sonríe muy satisfecha.

—Y no vas a permitir que las niñas se mueran de frío esta noche, ¿verdad, Ove? Bastante han tenido con ver cómo le pegabas a un payaso, ¿no?

Ove la mira malhumorado. Para sus adentros, como si de una negociación se tratara, llega a la conclusión de que no, no puede dejar que las niñas se mueran de frío solo porque el inútil de su padre no sea capaz de abrir una ventana sin caerse de la escalera. De lo contrario, tendría que oír a su mujer si llegaba al otro mundo convertido en asesino de niños.

Así que recoge la manguera del suelo y la cuelga de un gancho en la pared. Luego cierra el Saab con llave. Cierra el garaje. Tira tres veces del picaporte para comprobar. Y se encamina al cobertizo en busca de las herramientas.

Mañana será otro día, y también será bueno para suicidarse.

14

Un hombre llamado Ove
y una mujer en un tren

Llevaba unos zapatos rojos y un pasador grande de color amarillo y, en el pecho, un broche de oro con el que los rayos de sol que se filtraban por la ventanilla del tren jugaban de un modo de lo más indecente. Eran las seis y media de la mañana, Ove acababa de terminar el turno y, en realidad, iba a coger otro tren para volver a casa. Pero entonces la vio en el andén, con aquel pelo tan castaño y aquellos ojos tan azules y aquella risa tan chispeante. Así que entró otra vez en el mismo tren. En realidad, ni él mismo sabía por qué, naturalmente. Nunca fue demasiado espontáneo, ni le interesaban especialmente las mujeres. Pero cuando la vio, algo se le encendió por dentro, supuso después.

Convenció a uno de los revisores de que le prestara los pantalones y la camisa de calle, para no parecer un limpiador, y fue y se sentó al lado de Sonja. Y aquella fue sin duda la mejor decisión que había tomado en toda su vida.

No sabía qué iba a decirle, pero el problema se resolvió solo. No acababa de sentarse cuando Sonja se volvió hacia él, le sonrió calurosamente y le dijo «hola». Y a eso bien podía responder con un «hola» sin llamar particularmente la atención. Y al ver que Ove se quedaba mirando la pila de libros que tenía en el regazo, los levantó para que pudiera leer los títulos. Ove solo comprendió la mitad de las palabras que contenían.

—¿A ti te gusta leer? —preguntó Sonja alegremente.

Ove negó un tanto inseguro, pero a ella no pareció importarle.

—¡Pues a mí me encanta! —exclamó.

Y entonces empezó a contarle de qué trataban todos aquellos libros. Y Ove se dio cuenta de que le encantaría seguir oyéndola hablar de las cosas que le gustaban por todo el resto de su vida.

Jamás había oído nada tan maravilloso como aquella voz. Hablaba como si sonriera permanentemente. Y cuando se reía sonaba como Ove se imaginaba que sonarían las burbujas de champán si pudieran reír. No sabía muy bien qué decir para no parecer ignorante e inculto, pero aquello resultó constituir un problema mucho menor de lo que él creía. A ella le gustaba hablar, y a Ove le gustaba estar callado. Más tarde, Ove supuso que a eso se refería la gente cuando decía de una pareja que se complementaban el uno al otro.

Varios años después, Sonja le contó que le había parecido más extravagante de lo permisible cuando lo vio sentarse a su lado en el tren. Brusco y serio todo él. Pero tenía la espalda ancha y unos brazos tan musculosos que se le marcaban a través de la camisa. Y la mirada bondadosa. La escuchaba mientras hablaba y le gustaba hacerle sonreír. Además, se aburría tanto por las mañanas en el viaje a la escuela que la compañía solo podía ser una novedad bienvenida.

Estaba estudiando magisterio. Y cogía el tren todos los días. Después de unos kilómetros, cambiaba de tren y luego cogía un autobús. En total, una hora y media en el sentido contrario de donde vivía Ove. Y hasta que no se vieron paseando juntos por el andén aquella primera vez y luego en la parada del autobús que ella debía tomar, no se le ocurrió a Sonja preguntar qué estaba haciendo él allí. Ove se dio cuenta de que se hallaban a tan solo unos kilómetros del cuartel donde estaría de no haber sido por aquel problema suyo de corazón, y le salió la respuesta sin pensar y sin que él supiera muy bien cómo.

—Estoy haciendo la mili ahí —dijo señalando discretamente.

Ella asintió satisfecha.

—Ah, entonces puede que nos veamos en el tren de vuelta a casa. ¡Yo me voy en el de las cinco!

Ove no supo qué responder. Naturalmente, sabía que quienes hacían el servicio militar no volvían del cuartel a las cinco, pero al parecer ella no estaba al corriente. Así que se encogió de hombros. Luego, ella se subió al autobús y se marchó.

Ove comprendía que aquella situación era de lo más engorrosa por varias razones, pero no tenía mucho arreglo. Así que dio media vuelta, vio un letrero que indicaba la dirección al centro del pueblecito en el que se encontraba, a dos horas de su casa por lo menos. Y empezó a caminar. Al cabo de cuarenta y cinco minutos, una vez en el pueblo, preguntó hasta dar con el único sastre del lugar, y entró en la sastrería muy digno para informarse de si podían plancharle una camisa y un par de pantalones, y cuánto tiempo tardarían. «Si esperas aquí, diez minutos», le respondieron.

—Entonces volveré a las cuatro —respondió Ove, y se marchó.

Volvió andando a la estación de tren y se tumbó en un banco de la sala de espera. A las tres y cuarto volvió a la sastrería, le plancharon la camisa y los pantalones mientras él esperaba en calzoncillos en los servicios de los empleados, volvió a recorrer todo el trayecto hasta la estación y cogió el tren con ella, una hora y media de trayecto, hasta llegar a la estación donde trabajaba. Y luego hizo la misma operación al día siguiente. Y al otro. Hasta que el empleado de la ventanilla de la estación le explicó que, como él mismo comprendería, allí no podía echarse a dormir como un vagabundo. Ove le respondió que lo comprendía perfectamente, pero que se trataba de una mujer. El hombre de la ventanilla de la estación asintió y, a partir de aquel día, lo dejó dormir en la consigna de equipajes. El hombre de la ventanilla de venta de billetes de la estación también había estado enamorado alguna vez.

Ove siguió así día tras día, durante tres meses. Al final, Sonja se hartó de que Ove no la invitara a cenar, así que se invitó ella misma.

—Mañana te estaré esperando aquí a las ocho de la tarde. Y quiero que vengas con traje y me lleves a cenar a un restaurante —le dijo sin más cuando se bajó del tren el viernes.

Y así fue.

Hasta que conoció a Sonja, a Ove nunca le habían preguntado cómo vivía. Pero si le hubieran preguntado, habría respondido que de ninguna manera.

La noche del sábado se puso la vieja chaqueta marrón de su padre. Le quedaba estrecha de hombros. Luego se comió dos salchichas y siete patatas que se había preparado en la cocinilla que tenía en la habitación, y dio una vuelta por la casa para ajustar los tornillos que la casera le había pedido que revisara.

—¿Tienes una cita? —preguntó la mujer encantada cuando lo vio bajar la escalera.

Nunca lo había visto con traje. Ove asintió gruñón.

—Ajá —respondió sin que quedara muy claro si era un sí o si, simplemente, estaba respirando.

La mujer asintió tratando de ocultar una sonrisita.

—Pues tiene que ser alguien muy importante para que te hayas vestido así —dijo.

Ove volvió a tomar aire. Cuando ya estaba en la puerta, la casera le gritó de pronto ansiosa desde la cocina:

—¡Ove! ¡Flores!

Ove asomó la cabeza sin comprender y la miró extrañado.

—Yo creo que le gustaría que le llevaras unas flores —aclaró la mujer con énfasis.

Ove carraspeó y cerró la puerta al salir.

Estuvo esperándola en la estación durante más de un cuarto de hora, con aquella chaqueta que le quedaba un poco estrecha y los zapatos recién lustrados. Era muy escéptico con las personas que llegaban tarde a una cita. Su padre siempre le decía que no debía confiar en una persona que llegara tarde. «Si no puedes confiar en ella en cuanto a la puntualidad, tampoco podrás confiar en ella en nada más importante», solía decir cuando los trabajadores de la estación se presentaban con la ficha para el sello tres y hasta cuatro minutos más tarde de la hora, como si no tuviera la menor importancia. Como si las vías no tuvieran nada mejor que hacer que esperarlos a ellos.

Así que Ove se pasó aquellos quince minutos de espera irritado. Luego, la irritación se convirtió en angustia, y entonces se convenció de que, al concertar la cita, Sonja había querido burlarse de él. En su vida se había sentido tan idiota. Naturalmente, ella no quería verse con él, ¿qué se había creído? Una oleada de vergüenza se le extendió por dentro al tomar conciencia de aquello, y le entraron ganas de tirar el ramo de flores en la primera papelera e irse de allí sin volver la vista atrás.

Nunca supo qué lo movió a seguir esperando. Quizá porque era de la opinión de que una cita era, después de todo, una especie de acuerdo. Y quizá también por otra razón. Una que le costaba un poco más señalar.

Claro que él entonces no lo sabía, pero le quedaban tantos cuartos de hora de espera a lo largo de la vida que su padre se habría quedado bizco si se hubiera enterado. Y cuando Sonja se presentó por fin con la falda larga estampada de flores y una rebeca tan roja que lo puso nervioso, decidió que tendría que aceptar su incapacidad para ser puntual.

La mujer de la floristería le había preguntado qué «quería». Y él le dijo que vaya pregunta. Que era ella la que vendía las *verduras* y él quien iba a comprarlas, y no al contrario. La mujer lo miró algo desconcertada, pero al final le preguntó si el destinatario de las flores tenía algún color favorito. «Rosa», respondió Ove sin pestañear. Aunque no porque lo supiera a ciencia cierta.

Y allí la tenía ahora, delante de la estación, con aquella rebeca rojísima, que hacía que el resto del mundo pareciera construido en la escala de grises, apretando feliz con las dos manos las flores que él le había regalado.

—Son preciosas —le dijo sonriendo de un modo que lo impulsaba a bajar la vista y hundir los pies en la grava.

Ove no era de restaurantes. Nunca comprendió por qué había que pagar un montón de dinero por comer fuera cuando uno podía comer en casa. No le atraían los muebles pomposos ni la cocina extraordinaria, y era muy consciente de que tampoco era de los que entretenían con su conversación. Pero como quiera que fuese, pensó que, dado que él ya había comido, podría permitirse pagar lo que ella quisiera elegir del menú, mientras él pedía lo más barato. Y así, si ella le hacía alguna pregunta, no tendría la boca llena a la hora de responder. Le pareció un buen plan.

El camarero le dedicó a Sonja una sonrisa aduladora mientras ella pedía la comida. Ove sabía perfectamente lo que él y el resto de los clientes del restaurante estaban pensando: ella era demasiado buena para él, eso era lo que pensaban. Y Ove se sentía muy ridículo. Sobre todo, porque compartía aquella opinión al cien por cien.

Sonja le habló con entusiasmo de sus estudios, de los libros que leía, de películas que había visto. Y cuando lo miraba, lo hacía sentirse como el único hombre sobre la faz de la tierra. Y Ove no era tan mala persona como para no terminar comprendiendo que lo que es, es. Que no podía seguir allí sentado sin decirle la verdad. Así que carraspeó un poco, hizo acopio de fuerzas, y allí mismo se lo contó todo. Que no estaba cumpliendo el servicio militar, sino que era un simple limpiador de trenes con el corazón delicado, que le había mentido por la sencilla razón de que le gustaba muchísimo ir con ella en el tren. Daba por hecho que aquella sería la única cena que compartirían, y pensaba que ella no se merecía cenar con un mentiroso. Cuando hubo terminado de hablar, dejó la servilleta en la mesa y sacó la cartera para pagar, levantarse e irse.

—Lo siento —susurró avergonzado mientras daba golpecitos con el pie a la pata de la silla, antes de añadir en voz tan baja que apenas se oyó lo que decía—: Solo quería saber qué siente uno cuando lo mira alguien como tú.

Cuando se levantó, ella extendió el brazo sobre la mesa y le cogió la mano.

—Nunca te había oído decir tantas palabras seguidas —dijo sonriendo.

Él respondió en voz baja algo así como que bueno, que quizá fuera así, pero que eso no cambiaba los hechos. Que era un mentiroso. Sin embargo, ella le pidió que se sentara, y él obedeció y se hundió de nuevo en la silla. Y Sonja no se enfadó, como él pensaba que haría. Se echó a reír. Al final le dijo que, la verdad, no había sido nada difícil deducir que no estaba prestando el servicio militar, dado que nunca llevaba uniforme.

—Además, todo el mundo sabe que los soldados no pueden volver a casa a las cinco todos los días.

O sea, añadió, que Ove no tenía la discreción de un espía ruso, precisamente, pero que ella había supuesto que tendría sus motivos. Y que le gustaba el modo en que la escuchaba. Y que le gustaba hacerlo reír. Y que eso era para ella más que suficiente.

Y luego le preguntó qué querría hacer con su vida si pudiera elegir cualquier sueño. Y entonces Ove le respondió sin dudar que quería hacer casas. Construirlas. Dibujar los planos. Calcular cuál sería el mejor modo de hacer que se mantuvieran en pie. Y entonces ella no se echó a reír, tal y como él pensó que haría, sino que se enfadó.

—Y entonces, ¿por qué no lo haces, eh? —le preguntó con tono exigente.

Y claro, Ove no tenía ninguna buena respuesta para esa pregunta.

El lunes, ella se presentó en su casa con unos folletos de un curso por correspondencia para una titulación de ingeniería. La señora en cuya casa vivía se quedó impresionada al ver a la joven tan guapa que subía la escalera con paso seguro. La casera le dio a Ove unos golpecitos en la espalda y le susurró que aquellas flores habían sido sin duda una inversión estupenda. Y, desde luego, Ove estaba dispuesto a darle la razón.

Cuando él llegó a la habitación, ella lo estaba esperando sentada en la cama. Ove se quedó en el umbral atolondrado, con las manos en los bolsillos. Ella se lo quedó mirando y se echó a reír.

—¿Estamos juntos o qué? —preguntó.

—Sí, sí, digamos que sí —respondió él.

Y así fue.

Sonja le dio los folletos. El curso duraba dos años, pero resultó que Ove no había malgastado el tiempo que invirtió en aprender cómo se construía una casa. Quizá no se le diera bien estudiar en el sentido tradicional, pero sabía de números y sabía de casas. Y con eso tuvo más que de sobra. Terminó el curso al cabo de seis meses. Y luego hizo otro. Y otro. Y al final consiguió un trabajo en la oficina de urbanismo, y lo conservó durante más de un tercio de siglo. Trabajó duro, jamás se puso enfermo, canceló el préstamo, pagó los impuestos, cumplía. Se compró una casa adosada de dos plantas en un barrio nuevo en pleno bosque. Sonja quería casarse, así que él se le declaró. Ella quería tener hijos, y a Ove no le parecía mal. Y los niños tienen que crecer en una zona residencial, con otros niños, eso ya lo sabían ellos.

No habían transcurrido ni cuarenta años, pero no quedaba ni rastro del bosque. Solo otras casas. Y un día, en una cama de hospital, ella le cogió la mano y le dijo que no debía preocuparse. Que todo saldría bien. Para ella era fácil decirlo, pensó Ove con el pecho atormentado de rabia y de dolor. Pero ella le susurró «Todo saldrá bien, querido Ove», y apoyó la cabeza en su brazo. Y luego enroscó el índice en la palma de la mano de Ove. Cerró los ojos y murió.

Ove se quedó allí varias horas, cogido de la mano. Hasta que llegó el personal hospitalario y, con voz cálida y movimientos suaves, le explicó que debían retirar el cadáver. Entonces Ove se levantó de la silla, asintió y se dirigió a la funeraria para hacerse cargo del papeleo. La enterraron el domingo. El lunes, Ove fue a trabajar.

Pero si alguien le hubiese preguntado, Ove le habría dicho que, antes de ella, él no vivía. Y después de ella, tampoco.

15

Un hombre llamado Ove
y un tren que llega tarde

El hombre rechoncho que hay al otro lado de la hoja de metacrilato de la ventanilla lleva el pelo hacia atrás y tiene los brazos cubiertos de tatuajes. Como si no fuera suficiente el peinado, que parecía que le hubieran dado con un paquete de margarina en la cabeza, y se hubiera untado todo el cuerpo con ella, piensa Ove. Además, los tatuajes ni siquiera forman un dibujo, constata. Son un montón de líneas. ¿Y una persona en su sano juicio hace algo así voluntariamente? ¿Ir por ahí con los brazos como el forro de una chaqueta?

—El aparato que tienes ahí no funciona —lo informa Ove.

—¿No? —repite el hombre de la ventanilla.

—¿Cómo que «no»?

—Digo que «no»… funciona.

—¡Es lo que acabo de decir!

El hombre de la ventanilla parece dudar.

—Puede que sea el bono. ¿No tendrás sucia la tira magnética? —sugiere.

Ove pone la misma cara que si el hombre de la ventanilla acabara de cuestionar su capacidad para tener una erección. El hombre de la ventanilla se queda callado.

—La tira magnética está perfectamente limpia, que lo sepas —dice Ove señalándolo.

El hombre de la ventanilla asiente. Lamenta lo que acaba de

decir y niega con la cabeza. Trata de explicarle a Ove que el aparato «lleva todo el día funcionando». Naturalmente, a Ove eso le parece del todo irrelevante, dado que es obvio que ahora se ha estropeado. El hombre de la ventanilla le pregunta si no lleva dinero. Ove le responde que eso a él no le importa. Se impone cierto silencio cargado de tensión.

Al final, el hombre de la ventanilla le pide que le deje la tarjeta para «echarle un vistazo». Ove lo mira como si acabaran de encontrarse en un callejón oscuro y el hombre le hubiera dicho que quería «echarle un vistazo a su reloj».

—Nada de trucos —advierte Ove cuando empuja vacilante la tarjeta por debajo del cristal.

El hombre de la ventanilla la coge y, sin preguntar siquiera, la limpia en la pernera del pantalón. Como si Ove no hubiera leído en los periódicos lo de la «clonación» de tarjetas. Como si Ove fuera idiota.

—¿Pero qué estás haciendo? —le pregunta a gritos aporreando la hoja de metacrilato con la palma de la mano.

El hombre le devuelve la tarjeta por debajo del cristal.

—Inténtalo ahora —le dice.

Ove lo mira como diciéndole que no le haga perder el tiempo. Cualquiera puede comprender que si la tarjeta no funcionaba hace un momento, tampoco va a funcionar ahora. Ove se lo hace saber al hombre de la ventanilla.

—Por favor —insiste el hombre.

Ove deja escapar un suspiro muy elocuente. Pasa otra vez la tarjeta sin apartar la vista de la ventanilla. Y funciona.

—¡Ya está! —sonríe el hombre.

Ove guarda otra vez la tarjeta en la cartera mirándola con odio, recriminándole que lo haya traicionado.

—Que tengas un buen día —le dice el hombre con tono animado desde detrás de la ventanilla.

—Ya veremos —refunfuña Ove.

La gente se ha pasado los últimos veinte años diciéndole a

Ove que tiene que usar tarjeta de crédito. Pero a él le ha funcionado de maravilla con el dinero al contado; la humanidad entera lleva varios miles de años funcionando de maravilla con el dinero al contado. Y Ove no se fía ni de los bancos ni de sus transacciones electrónicas.

Pero, naturalmente, su mujer se empeñó en hacerse con una de esas tarjetas, a pesar de las recomendaciones de Ove. Y cuando murió, el banco le envió a Ove sin más una tarjeta a su nombre, vinculada a la cuenta de ella. Y ahora, después de seis meses usándola para comprar las flores que le lleva a la tumba, quedan ciento treinta y seis coronas con cincuenta y cuatro öre. Ove sabe perfectamente que ese dinero irá a parar al bolsillo de cualquier director de banco, si él se muriera antes de gastárselo.

Pero ahora que Ove quiere utilizarla, la dichosa tarjeta de plástico no funciona. Y si funciona, le cobrarán una buena comisión en la tienda. Y eso demuestra que Ove estaba en lo cierto desde el principio. Y se lo piensa contar a su mujer en cuanto vuelva a verla, desde luego.

Porque hasta ahí podíamos llegar, ya está bien, hombre. Ove está decidido, tiene que morir.

Aquella mañana salió de casa antes de que el sol se hubiera animado a asomar siquiera por el horizonte, y mucho menos ninguno de los vecinos. Había estudiado a fondo el horario de los trenes que tenía en el vestíbulo. Luego apagó todas las luces y los radiadores, cerró la puerta con llave y dejó en la alfombra el sobre con las instrucciones. Suponía que alguien lo encontraría cuando fueran a inspeccionar la casa.

Cogió la pala y, tras apartar la nieve que había delante de la casa, volvió a dejarla en la caseta. Cerró la puerta. Si hubiera estado más atento, cuando echó a andar hacia el aparcamiento se habría dado cuenta del gran hoyo en forma de gato que había en el montículo de nieve que se alzaba delante de la caseta; pero dado que tenía cosas mejores que hacer, no lo vio.

Aconsejado por una experiencia que no había buscado en absoluto, no cogió el Saab, sino que fue a la estación a pie. Estaba decidido: esta vez no podrían arruinarle la mañana ni una extranjera embarazada, ni una rubia pazguata, ni la mujer de Rune ni una cuerda de mala calidad. Había purgado los radiadores de aquellas personas, les había prestado sus cosas, las había llevado al hospital. Pero ya estaba bien, hombre. Iba a marcharse por fin.

Comprobó el horario de trenes una vez más. Detestaba llegar tarde. Era algo que estropeaba todos los planes. Lo descolocaba todo. Su mujer siempre fue un desastre para atenerse a los planes. Pero las mujeres eran así. Incapaces de seguir un plan ni aunque les den un plano, eso lo sabía él muy bien. Cuando iban a hacer un viaje en coche, Ove planificaba sus horarios y decidía dónde iba a echar gasolina y cuándo se detendrían a tomar café, con la idea de optimizar el tiempo invertido. Consultaba los mapas y calculaba exactamente cuánto tiempo tardarían en cada etapa y cómo evitarían el tráfico de las horas punta y qué atajo de los que la gente con GPS no encuentra iban a tomar. Ove siempre tenía una estrategia definida. A su mujer, en cambio, siempre se le ocurrían locuras como la de sugerir que «condujeran al tuntún», que debían «tomárselo con calma». Como si ese fuera un modo normal de ir a algún sitio en la vida. Y luego, en el último momento, siempre se le ocurría que tenía que hacer una llamada, o que se había olvidado un pañuelo. O no sabía qué abrigo meter en la maleta. O cualquier otra cosa. Y siempre se olvidaba el termo de café en la encimera. Lo único importante. Cuatro abrigos en las dichosas maletas, pero ni una gota de café. Como si uno pudiera entrar sin más en un bar y pagar por el pis de gato que servían. Y retrasarse más todavía. Y cuando Ove se enfadaba, ella siempre le preguntaba por qué era tan importante atenerse a un horario cuando viajabas en coche. «Si, de todos modos, no tenemos prisa», decía. Como si *eso* tuviera algo que ver con la cuestión.

Ove se mete las manos en los bolsillos mientras espera en el andén de la estación. No lleva la chaqueta. Tenía demasiadas manchas y olía a humo, así que ha pensado que Sonja le reñiría si apareciera con ella. La camisa y el jersey que lleva no le gustan tanto como esa chaqueta, pero al menos va limpio. Están a cerca de quince grados bajo cero. Todavía no ha cambiado el chaquetón azul de otoño por el de invierno, y el frío lo traspasa. Tiene que reconocer que últimamente ha estado algo distraído. No se ha parado a considerar cómo esperan allá arriba que uno vaya vestido. Al principio pensó que querrían que la gente llegara vestida con elegancia y distinción. Pero cuanto más lo piensa, más claro tiene que, seguramente, en la otra vida todos llevarán algo así como un uniforme, para evitar el desconcierto. Allí debe de haber todo tipo de personas, se dice. Extranjeros y todo lo imaginable, a cuál con una vestimenta más rara. De modo que lo más probable es que lo de la indumentaria pueda arreglarse una vez allí. Existirá algún tipo de servicio de guardarropía.

El andén está prácticamente desierto. Al otro lado de la vía aguardan somnolientos unos jóvenes de pelo largo con mochilas enormes, que Ove imagina llenas de droga. Algo más allá, lee el periódico un hombre de unos cuarenta años con traje gris y abrigo negro. Y un poco más lejos parlotean unas mujeres en la mejor edad; con el logotipo del gobierno provincial en el pecho y mechones de color lila en el pelo, fuman sin parar cigarros mentolados extralargos.

En el lado donde se encuentra Ove no hay nadie, salvo tres empleados municipales, unos tipos enormes de unos treinta y cinco años, que, con mono y casco, observan en corro el hoyo que hay en el suelo. A su alrededor hay una cinta de plástico de color naranja puesta de cualquier manera. Uno de los hombres tiene en la mano una taza de café del 7-Eleven, otro está comiéndose un plátano, el tercero trata de marcar un número en el móvil sin quitarse los guantes con poco éxito. Y el hoyo sigue allí. Luego la gente se sorprende de que el mundo entero se venga abajo a causa de una crisis financiera, piensa Ove. Cuando la gente solo piensa en comer plátanos y pasarse los días contemplando un hoyo.

Mira el reloj. Falta un minuto. Se coloca al final del andén. Se balancea en el borde. Es una caída de no más de un metro y medio más o menos, calcula. Un metro sesenta, como mucho. Tiene algo de simbólico el hecho de que sea un tren lo que acabe con su vida, y a pesar de todo, no acaba de gustarle. No le parece bien que el maquinista deba presenciar el desastre. Así que ha decidido que saltará cuando el tren esté muy cerca, para que más bien sea el lateral del primer vagón lo que lo arrastre y lo despedace sobre los raíles, en lugar del gran parabrisas de la cabecera. Mira hacia el lado por el que tiene que venir el tren y va contando para sus adentros. Es importante atinar, se dice. El sol está saliendo y le da obstinado en los ojos, como un niño al que acabaran de darle una linterna.

Y entonces oye el primer grito.

Ove levanta la vista y alcanza a ver al hombre del traje y el abrigo negro que se balancea adelante y atrás, como un panda al que hubieran administrado más Valium de la cuenta. Transcurren unos segundos, luego el hombre del traje vuelve hacia arriba unos ojos sin vida y el cuerpo entero parece sufrir un espasmo general. Los brazos se le mueven convulsamente. Y entonces, como un cuadro de una larga serie de fotografías, se le cae el periódico de las manos y se desmaya. Cae a los raíles con estruendo, como una caja de cemento. Y allí se queda.

Las fumadoras con el logotipo del gobierno provincial chillan aterradas. Los jóvenes drogadictos se quedan mirando la vía con las manos aferradas a las asas de las mochilas, como si temieran caerse si las soltaran. Ove está en el borde del andén, al otro lado, y mira irritado a unos y a otros.

—Pues vaya mierda —se dice Ove al fin.

Y salta a la vía.

—¡PERO TIRA, HOMBRE! —le grita al mochilero de pelo más largo, que está arriba, en el andén.

El de la mochila se mueve despacio hacia el borde del andén. Ove levanta al hombre del traje tal y como lo haría una persona que no ha puesto nunca un pie en un gimnasio, pero que se ha pasado la vida cargando bloques de cemento bajo el brazo de dos en dos. Iza el cuerpo en los brazos como no son capaces de hacer los hombres algo más jóvenes que van en Audi y hacen footing con leggins de colores chillones.

—Comprenderéis que no podemos dejarlo aquí, en mitad de la vía, ¿no?

Los mochileros asienten desconcertados y, aunando esfuerzos, consiguen finalmente subir al hombre al andén. Las mujeres del gobierno provincial siguen chillando, convencidas, al parecer, de que eso es lo más constructivo y útil que pueden hacer en una situación como aquella. El pecho del hombre del traje se mueve despacio pero acompasadamente cuando lo ponen en el suelo boca arriba. Ove sigue en la vía. Oye que el tren se acerca. No era así como lo había planeado, pero tendrá que conformarse.

De modo que vuelve tranquilamente al centro de los raíles, se mete las manos en los bolsillos y clava la vista en los faros. Oye el silbido del tren, que parece una sirena. Siente bajo sus pies el temblor violento de los raíles, como si fueran un animal cargado de testosterona que tratara de quitárselo de encima. Respira hondo. En medio de aquel infierno de temblores y pitidos y el desaforado grito de arrepentimiento de los frenos del tren, siente un alivio enorme.

Por fin.

La muerte.

Los instantes que siguen se eternizan, como si el tiempo se hubiera detenido y todo lo que lo rodea fuera a cámara lenta. La explosión de sonido se amortigua hasta convertirse para él en un zumbido sordo, el tren se le acerca como arrastrándose tirado por dos bueyes cansados. Le hace señas desesperadas con los faros. Ove se concentra en las luces. Y en el intervalo que hay entre dos fogonazos, sus ojos se encuentran con los del maquinista. No puede tener mucho más de veinte años. Será uno de esos cuyos colegas de más edad llaman «cachorro».

Ove clava la mirada en la cara del cachorro. Cierra los puños en los bolsillos, como si se maldijera por lo que está a punto de hacer. Pero no puede evitarlo, piensa. Existe un modo correcto de hacer las cosas. Y un modo que no lo es.

Así que el tren está a unos quince o veinte metros cuando Ove suelta un taco y, tan tranquilo como quien va a por una taza de café, se hace a un lado y sube de un salto al andén.

El tren ha llegado a su altura cuando el maquinista consigue pararlo. El cachorro se ha quedado blanco de miedo. Es evidente que está tratando de contener las lágrimas. Los dos hombres se miran por la luna del vagón, como si acabaran de llegar paseando cada uno de un extremo de un desierto apocalíptico y de comprender que ninguno de los dos es el último ser vivo de la tierra. El uno, aliviado al comprenderlo. El otro, decepcionado.

El joven maquinista asiente despacio. Ove le corresponde con un gesto de resignación.

Y es verdad que Ove no quiere seguir viviendo pero, desde luego, él no es de esas personas que destrozan la vida de otra mirándola a los ojos unos segundos antes de que su cuerpo se transforme en un amasijo ensangrentado pegado a la luna del tren. Ni su padre ni Sonja se lo habrían perdonado jamás.

—¿Estás bien? —le pregunta a su espalda uno de los hombres con casco.

—¡Te has apartado en el último segundo! —grita el segundo de ellos.

Lo miran de un modo que no se diferencia mucho del modo en que, hace unos instantes, estaban mirando el hoyo. A decir verdad, parece una de sus principales áreas de competencia: mirar cosas. Ove se los queda mirando también.

—En el último segundo, vamos —insiste el tercero.

Todavía tiene el plátano en la mano.

—Has estado a punto —sonríe el primero.

—A punto —repite el segundo.

—Podrías haber muerto —aclara el tercero.

—Eso sí, ¡estás hecho un héroe! —exclama el primero.

—¡Lo has salvado la vida! —insiste el segundo con énfasis.

—«Le.» «Le has salvado la vida» —lo corrige Ove, y oye resonar la voz de Sonja.

—Si no, habría muerto —sentencia el tercero y da un mordisco al plátano, impasible.

El tren sigue en las vías, con todas las luces rojas de emergencia aún encendidas, resoplando y chirriando como una persona con sobrepeso que acabara de estrellarse contra una pared. Y de los vagones salen al andén oleadas vacilantes de ejemplares de lo que Ove supone deben de ser asesores informáticos y otros desarraigados. Ove se mete las manos en los bolsillos.

—Ahora los trenes traerán un montón de retraso, claro —dice mirando con disgusto el caos del andén.

—Pues sí —dice el primer operario con casco.

—Seguramente —confirma el segundo.

—Un montón, un montón de retraso —asegura el tercero.

Ove deja escapar un silbido como cuando un cajón se atasca en una bisagra oxidada. Pasa por delante de los tres sin decir una palabra.

—¿Adónde vas? ¡Eres un héroe! —le grita sorprendido el primero.

—¡Desde luego! —dice el segundo.

—¡Un héroe, sí! —repite el tercero.

Ove no responde. Pasa por delante del hombre de la ventanilla de metacrilato, vuelve a las calles cubiertas de nieve y echa a andar en dirección a casa. Mientras tanto, la ciudad va despertando poco a poco con sus coches extranjeros, sus ordenadores y sus créditos bancarios y toda esa basura.

Así que esta vez también se ha fastidiado, constata con amargura.

Al llegar a la altura del cuarto de las bicicletas ve el Skoda blanco. Viene de la casa de Rune y Anita. En el asiento del copiloto hay una mujer con gafas, cara resuelta y el regazo lleno de archivadores y documentos. Al volante va el hombre de la camisa blanca. Ove tiene que apartarse de un salto para que el coche no lo atropelle al tomar la curva.

El hombre de la camisa blanca saluda a Ove por la ventanilla con un cigarro humeante en la mano y una sonrisita de superioridad. Como si fuera Ove el que hubiera incurrido en el incumplimiento de la norma por el simple hecho de estar en la calle, y el hombre de la camisa blanca hubiera sido lo bastante magnánimo como para ser indulgente con él.

—¡Imbécil! —grita Ove cuando ha pasado el Skoda, pero el hombre de la camisa blanca no parece inmutarse.

Ove memoriza el número de matrícula antes de que el coche desaparezca a la vuelta de la esquina.

—Pronto te tocará a ti, viejo de mierda —escupe una voz malévola a su espalda.

Ove se da la vuelta y levanta el puño instintivamente. Enseguida se ve a sí mismo reflejado en las gafas de sol de la rubia pazguata. Lleva en brazos a la bota de pelo, que le suelta un gruñido.

—Eran de los servicios sociales —dice la pazguata con una sonrisa burlona señalando la carretera.

Ove ve en el aparcamiento a Anders el pijo, que está sacando el Audi. Tiene esos faros nuevos, los que son arqueados, observa Ove. Para que a nadie, ni siquiera en la oscuridad, se le escape que el que lo conduce es un cerdo integral.

—¿Y eso a ti qué te importa? —pregunta Ove a la pazguata.

Los labios de la rubia se contraen con una mueca tan próxima a la sonrisa como le permiten las inyecciones de residuos medioambientales y venenos neurológicos con que se ha inflado los labios.

—Me importa porque esta vez se han llevado a la residencia al viejo del final de la calle, pero ¡la próxima vez te llevarán a ti!

Y, tras escupir en el suelo al lado de Ove, se dirige al Audi. Ove se la queda mirando y jadeando de indignación. Cuando el Audi toma la curva, la rubia le saca el dedo corazón por la ventanilla. El primer impulso de Ove es salir corriendo y hacer pedazos aquel monstruo de latón alemán con todo su contenido: el pijo, la pazguata, el chucho y también los faros arqueados. Pero de pronto se siente sin resuello, como si acabara de echar una carrera por la nieve. Se inclina, apoya las manos en las rodillas y nota con rabia que le cuesta respirar. El corazón le aporrea el pecho como si este fuera la puerta de los últimos aseos públicos del mundo.

Al cabo de unos minutos se pone derecho. Ve luces en el campo de visión del ojo derecho. El Audi ya no está. Ove se da la vuelta y se dirige despacio a su casa, con la mano en el pecho.

Cuando está delante de la puerta, se detiene junto a la caseta. Se queda mirando el agujero con forma de gato en la nieve.

Hay un gato en el fondo.

Claro, joder, es de una lógica aplastante.

16

*Un hombre llamado Ove
y un camión en un bosque*

Antes de que aquel joven serio y algo torpe de cuerpo musculoso y ojos azules y tristones se sentara al lado de Sonja en el tren, ella solo había amado incondicionalmente tres cosas: los libros, los gatos y a su padre.

Por supuesto que había tenido pretendientes, ese no era el problema. Pretendientes de toda clase. Altos y morenos, bajitos y rubios, con chispa y aburridos, elegantes, autosuficientes, guapos, avaros y, de no haber sentido todos ellos cierto temor ante los rumores que corrían por el pueblo, según los cuales el padre de Sonja tenía varias armas de fuego en la cabaña del bosque donde vivían, seguramente habrían sido algo más descarados también. Pero ninguno la miró nunca como aquel muchacho cuando se le sentó al lado en el tren: como si ella fuera la única muchacha sobre la faz de la tierra.

A veces, sobre todo los primeros años, sus amigas ponían en duda su buen juicio. Sonja era muy guapa, cosa que la mayoría de las personas de su entorno consideraba necesario recordarle continuamente. Además, le encantaba reír y, con independencia de lo que le deparase la vida, era una de esas mujeres que trataba de verlo todo por el lado positivo. Ove, en cambio, era… bueno, era Ove. Cosa que, naturalmente, el entorno también se apresuraba a decirle a Sonja. Pertenecía a esa clase de hombres que llevan siendo viejos desde el parvulario. Y ella podía aspirar a algo mucho mejor, le argumentaban.

Sin embargo, para ella, Ove nunca fue un ser arisco, torpe o gruñón. Para ella Ove era las flores desmadejadas de color rosa que le regaló en la cena de la primera cita. Llevaba la chaqueta marrón de su padre, que se ajustaba demasiado a sus hombros anchos y abatidos. Y todo aquello en lo que él creía tan firmemente: la moral, el trabajo duro y un mundo en el que lo que es, es de verdad. Y no para que le dieran a uno una medalla o un diploma o una palmadita en la espalda, sino porque así debía ser. Ya no hacían hombres así, eso lo sabía Sonja. De modo que pensaba quedarse con aquel. Cierto era que él no le escribía poesías, ni le daba serenatas, ni se presentaba con regalos caros. Pero ningún otro muchacho había recorrido en tren un trayecto de varias horas en el sentido contrario al suyo, a diario y durante varios meses, solo porque le gustaba ir con ella y oírla hablar.

Y cuando le cogía el brazo, tan grande como su muslo, y le hacía cosquillas hasta que la cara de aquel muchacho arisco estallaba en una carcajada igual que un molde de escayola alrededor de una joya, Sonja oía una música en su interior. Y todos aquellos momentos eran suyos y solo suyos.

—«Dicen que los mejores hombres nacen de sus defectos, y que, por lo general, resultan al final mucho mejores que si no hubieran cometido ningún error», le dijo a Ove la primera noche que él la invitó a cenar, cuando él le contó que le había mentido al decirle que estaba cumpliendo el servicio militar.

Ella no se enfadó aquella noche. Naturalmente, se enfadó con él una cantidad incalculable de veces después de aquella noche, pero no entonces. Y él nunca volvió a mentirle una sola vez en todos los años que estuvieron juntos.

—¿Quién lo ha dicho? —preguntó Ove mientras contemplaba el triple juego de cubiertos que tenía encima de la mesa como si alguien, después de abrir una caja, le hubiera dicho «elige tu arma».

—Shakespeare —dijo Sonja.

—¿Y es bueno? —preguntó Ove.

—Es estupendo —respondió Sonja con una sonrisa.

—Nunca le he leído —confesó Ove en voz baja y la vista clavada en la mesa.

—«Lo he leído» —lo corrigió Sonja, y le cogió la mano amorosamente.

En las casi cuatro décadas que pasaron juntos, Sonja tuvo cientos de alumnos con dificultades de lectura y escritura que no podían leer a Shakespeare; y, durante el mismo periodo, no consiguió que Ove se leyera una sola obra suya. Pero en cuanto se mudaron a la casa adosada, él empezó a encerrarse en la caseta todas las tardes. Y al cabo de varias semanas, tenían en el salón la librería más bonita que Sonja había visto jamás.

—En algún sitio tendrás que colocarlos —murmuró Ove pasándose el dedo por una herida que se había hecho con el destornillador.

Y ella se le abrazó y le dijo que lo quería. Y él no dijo nada.

En una sola ocasión le preguntó Sonja por las quemaduras que tenía en los brazos. Y tuvo que ingeniárselas sin ayuda para componer el rompecabezas de las circunstancias en las que Ove perdió el hogar de su niñez, a partir de los fragmentos que él le proporcionaba a regañadientes. Pero al final se enteró del origen de las cicatrices. Y cuando alguna de las amigas le preguntaba por qué lo quería, ella respondía que porque la mayoría de los hombres salen corriendo cuando ven un incendio, pero que los hombres como Ove salían corriendo para apagarlo.

Se podían contar con los dedos de una mano las veces que Ove coincidió con el padre de Sonja. El hombre vivía lejos, al norte, en el corazón del bosque; se diría que hubiera consultado un mapa del porcentaje y distribución de la edificación del país y hubiese llegado a la conclusión de que aquello era lo más lejos que se podía vivir de otras personas en todas las direcciones. La madre de Sonja había muerto en el parto. Y su padre no volvió a casarse. «Tengo mujer. Es solo que en estos momentos no está en casa», respondía las raras ocasiones en que alguien se atrevía a sacar a relucir el tema en su presencia.

Sonja se mudó a la ciudad cuando empezó el bachillerato humanístico. Su padre se la quedó mirando con indignación infinita cuando le propuso que se fuera con ella. «¿Qué iba a hacer yo allí? ¿Conocer gente?», protestó. Siempre pronunciaba la palabra «gente» como si fuera un improperio. Así que Sonja no insistió. Y salvo los fines de semana en que ella iba a verlo y las visitas mensuales al colmado del pueblo más cercano, el hombre no contaba con más compañía que la de Ernest.

Ernest era el gato más grande del mundo. Cuando Sonja era pequeña, le parecía un poni. Campaba por la casa de su padre como le venía en gana, pero no vivía allí. Y nadie sabía dónde vivía en realidad. Sonja lo llamó Ernest por Hemingway. A su padre nunca le importaron mucho los libros, pero al ver que su hija leía sola el periódico a la edad de cinco años, no pudo por menos de comprender que había que tomar cartas en el asunto. «Esta pobre niña no puede dedicarse a leer esas porquerías, se volverá loca», aseguró mientras la empujaba hacia el mostrador de la biblioteca del pueblo. La vieja bibliotecaria no sabía exactamente a qué se refería con aquello, pero no cabía duda alguna de que la niña poseía un talento muy singular. De modo que habría que empezar a completar la visita mensual al colmado con otra a la biblioteca, decidieron la bibliotecaria y el padre, sin necesidad de discutir mucho más. Cuando Sonja cumplió doce años, se había leído todos los libros dos veces, como mínimo. Los que le gustaban, como era el caso de *El viejo y el mar*, los había leído tantas veces que había perdido la cuenta.

Así que Ernest se llamó Ernest. Y no tenía dueño. No hablaba, pero le gustaba acompañar al padre cuando este salía a pescar. Y el padre apreciaba esas dos cualidades y compartía con él la pesca cuando volvían a casa.

La primera vez que Sonja llevó a Ove a la vieja cabaña del bosque, él y su padre permanecieron mudos mirando la comida durante cerca de una hora, en tanto que ella trataba de poner en marcha algo parecido a una conversación civilizada. Ninguno de los dos comprendía qué hacían allí, salvo que eso era importante para la única mujer que les importaba. Los dos habían protestado airada e insistentemente contra aquel encuentro, cada uno por su lado, pero sin éxito. El padre de Sonja se mostró hostil desde el principio. Lo único que sabía de aquel muchacho era que procedía de la ciudad y que, según Sonja le había contado, los gatos no le hacían demasiada gracia. Dos cualidades que, a juicio del padre de Sonja, constituían razones más que suficientes para calificarlo de persona poco fiable.

Por su parte, Ove se sentía como en una entrevista de trabajo, que nunca se le dieron demasiado bien. Así que cuando Sonja no estaba hablando, cosa que, por otro lado, hacía todo el rato, reinaba allí el silencio que solo puede surgir entre un hombre que no quiere perder a su hija y un hombre que, aún no se explica cómo, es el elegido para arrebatársela. Finalmente, Sonja le dio un puntapié a Ove en las espinillas, a fin de animarlo a decir algo. Ove levantó sorprendido la vista del plato y advirtió el enojo en la comisura de los ojos de Sonja. Carraspeó un poco y miró con cierta desesperación a su alrededor en busca de algo que preguntarle a aquel señor. Porque eso era algo que había aprendido bien: cuando no tenías nada que decir, lo mejor era preguntar algo. Y si algo había capaz de hacer olvidar a la gente que uno no le caía bien, era la posibilidad de hablar de sí mismos.

Finalmente, Ove atisbó por la ventana el camión del padre de Sonja.

—Es un L10, ¿verdad? —dijo señalando con el tenedor.

—Pues sí —dijo el hombre sin apartar la vista del plato.

—Los fabrica Saab —afirmó Ove.

—¡Querrás decir Scania! —vociferó el hombre raudo, mirando a Ove con encono.

Y de nuevo reinó en la habitación ese silencio que solo puede darse entre el amado de una joven y su padre. Ove miraba el plato muy serio. Sonja le dio a su padre una patada por debajo de la mesa. El padre la miró irritado, pero observó el tic de la comisura de los ojos, y no era tan necio como para no saber a aquellas alturas que más valía evitar la fase siguiente. Así que carraspeó irritado y empezó a revolver la comida.

—Solo porque un tipo trajeado llegara de Saab con la cartera llena y comprara la fábrica, Scania no deja de ser Scania, joder —murmuró en voz baja y con tono no tan acusador, al tiempo que alejaba la pierna para que quedara fuera del alcance del zapato de su hija.

El padre de Sonja siempre había tenido camiones de Scania. Era incapaz de comprender por qué iba a comprarlos de otra marca. Que, al cabo de tantos años de lealtad, se hubieran aliado con Saab era algo que no estaba dispuesto a perdonarles del todo. Ove, que, a su vez, empezó a interesarse mucho por Scania desde la fusión con Saab, contemplaba por la ventana el camión mientras mordisqueaba una patata.

—¿Y va bien? —preguntó.

—Bueno —masculló el hombre un tanto airado, y volvió a concentrarse en el plato—. Ninguno de ese modelo funciona bien. Los construyeron todos mal. Y los mecánicos piden una fortuna por arreglarles cualquier cosa —añadió, como si la persona con la que estuviera hablando se encontrara debajo de la mesa.

—Si quieres, puedo echarle un vistazo —dijo Ove con entusiasmo repentino.

De hecho, era la primera vez que Sonja recordaba haberlo visto entusiasmado por algo.

Los dos hombres se miraron un instante. Luego, el padre de Sonja aceptó. Y Ove asintió. Se levantaron con tanta decisión y seriedad como dos hombres que acababan de acordar que van a salir para matar a un tercero. Unos minutos después, el padre de Sonja volvió a la cocina, apoyado en el bastón, y se desplomó en la silla con aquel murmullo de insatisfacción crónica. Se quedó allí un buen rato rellenando la pipa hasta que señaló las cacerolas y dijo:

—Estaba rico.

—Gracias, papá —respondió Sonja con una sonrisa.

—Si lo has preparado tú, no yo —dijo.

—No te daba las gracias por la cena —respondió ella recogiendo los platos, y le dio a su padre un beso en la frente mientras veía cómo, en la explanada, Ove se metía debajo del motor del camión.

El padre no dijo nada, se levantó resoplando con la pipa en la mano y cogió el periódico de la encimera. Cuando iba camino de la mecedora del salón, se detuvo y se quedó allí plantado, vacilante, apoyado en el bastón.

—¿Le gusta pescar? —gruñó al fin sin mirarla a la cara.

—Me parece que no —respondió Sonja.

El padre asintió contrariado. Se quedó en silencio un buen rato.

—Ya, bueno. Pues tendrá que aprender —murmuró antes de ponerse la pipa entre los labios y continuar hacia la sala de estar.

Era el mejor cumplido que Sonja le había oído decir de nadie.

17

Un hombre llamado Ove y una birria
de gato en un montículo de nieve

E stá muerto? —pregunta Parvaneh horrorizada, acercándose tan rápido como le permite la barriga y clavando la vista en el agujero.

—No soy veterinario —responde Ove.

No lo dice con tono desagradable, sino puramente informativo. No se explica de dónde sale siempre esa mujer. ¿Es que no va a poder ni agacharse a mirar tranquilamente el agujero en forma de gato que hay en su propio jardín?

—Pues tendrás que sacarlo de ahí, ¿no? —le grita dándole con la manopla en el hombro.

Ove parece disgustado, y hunde más aún las manos en los bolsillos. Todavía le cuesta un poco respirar.

—De ninguna manera —dice.

—¿Es que eres tonto o qué? —replica ella.

—Resulta que no me llevo especialmente bien con los gatos —la informa Ove clavando los talones en la nieve.

El modo en que la mujer lo mira cuando se da la vuelta lo impulsa a alejarse unos centímetros de la manopla.

—Puede que esté dormido —sugiere Ove echando un vistazo al hoyo—. Si no, ya subirá cuando empiece el deshielo… —añade.

Al ver la manopla surcando el aire hacia él se dice que lo de la distancia de seguridad ha sido una idea de lo más sensata.

Acto seguido, Parvaneh se zambulle en el montón de nieve y vuelve a salir con el pobre animal congelado entre los brazos. Parecen cuatro helados derretidos sobre una bufanda vieja.

—¡Abre la puerta! —le grita fuera de sí.

Ove hunde más aún los pies en la nieve. Desde luego, le encantaría explicarle que no se ha levantado con la intención de dejar entrar en casa a ninguna mujer ni a ningún gato. Pero ella se le acerca con el animal en brazos y con paso resuelto, como si el que vaya a pasar a su lado o a pasarle por encima dependiera exclusivamente de su capacidad de reacción. Ninguna mujer que Ove haya conocido hace como esta oídos sordos a lo que le dice una persona decente. Nota que vuelve a faltarle el aliento. Reprime el impulso de llevarse la mano al pecho.

Ella sigue adelante. Él se aparta. Ella pasa delante de él. Y, sin que Ove pueda controlar su cerebro, el fardo peludo lleno de carámbanos que la mujer lleva en brazos le trae tenazmente imágenes de Ernest. De aquel Ernest torpe y gordo al que Sonja quería tanto que se le hinchaba el corazón en el pecho al verlo.

—¡PERO ABRE LA PUERTA DE UNA VEZ! —vocifera Parvaneh haciéndole a Ove una seña con la cabeza, como si quisiera provocarse un síndrome del latigazo.

Ove saca las llaves del bolsillo, pero parece que le controlara el brazo otra persona. A él mismo le cuesta aceptar lo que está haciendo. Se diría que una parte de él le estuviera gritando en la cabeza «¡NO!», mientras el resto del cuerpo hubiera emprendido una revuelta adolescente.

—¡Ve a buscar unas mantas! —le ordena Parvaneh, que entra como una exhalación, con los zapatos puestos.

Ove se queda plantado unos segundos y respira hondo antes de seguirla.

—Pero si aquí hace un frío horrible. Pon la calefacción —le suelta Parvaneh, como algo totalmente obvio, acuciando a

Ove con un gesto impaciente, después de dejar al gato en el sofá.

—Aquí no se pone nada —responde Ove.

Porque ya está bien, hombre, se dice. Se ha quedado en el umbral del salón, y se pregunta si Parvaneh volverá a darle con la manopla si le pide que al menos ponga unos periódicos en el sofá, debajo del gato. Cuando la mujer se da la vuelta y lo mira, decide no averiguarlo. Ove no cree haber visto nunca a una mujer tan enfadada.

—Tengo una manta en el piso de arriba —dice al fin, y evita la mirada de la mujer mostrando un interés repentino por la lámpara de la entrada.

—¡Pues ve a buscarla! —le grita Parvaneh.

Ove pone cara de estar repitiendo la orden en silencio, con expresión forzada y burlona, pero se quita los zapatos y cruza el salón a una distancia prudencial del radio de la manopla.

Sube y baja toda la escalera rezongando disgustado, porque hay que ver, oye, que tenga que ser tan imposible disfrutar de un mínimo de tranquilidad en este barrio. Se detiene en el piso de arriba y respira hondo. Ya no le duele el pecho. El corazón le late con normalidad. Le ocurre de vez en cuando, así que ya no se altera. Siempre se le termina pasando. Y, además, ya no necesitará el corazón por mucho más tiempo, así que no importa.

Oye voces en el salón. No da crédito. Son los mismos vecinos que siempre le impiden morir, pero no puede decirse que se corten a la hora de llevarlo a la locura y al borde del suicidio. Eso es seguro.

Cuando baja la escalera con la manta, se encuentra en el salón al joven con sobrepeso, que mira con curiosidad al gato y a Parvaneh.

—¡Hombre, hola! —le dice a Ove saludándolo con la mano.

Aunque está todo nevado, el hombre no lleva más que una camiseta.

—Vaya, hombre —dice Ove, pensando que aquí subes una

escalera y, cuando bajas otra vez, resulta que has abierto una pensión.

—Oye, que he oído gritos, solo quería ver que no pasaba nada —responde el joven tranquilamente encogiéndose de hombros de modo que la grasa de la espalda se pliega bajo la camiseta.

Parvaneh le arranca a Ove la manta de un tirón y empieza a envolver en ella al gato.

—Así no conseguiréis nunca que entre en calor —dice el joven con tono amable.

—Tú no te metas en esto —responde Ove, que, en realidad, no es ningún experto en descongelar gatos, pero que tampoco considera de recibo que la gente entre en su casa y empiece a mandar y organizar ese tipo de tareas.

—¡Cállate, Ove! —dice Parvaneh, y mira suplicante al joven—. ¿Y qué hacemos? ¡Está helado!

—A mí no me digas que me calle —murmura Ove.

—Se va a morir —augura Parvaneh.

—Tanto como morirse, no sé, lo único que le pasa es que está un poco frío… —opina Ove en un nuevo intento de tomar el control de una situación que, a su juicio, ha derivado en saqueo.

La embarazada se lleva el dedo índice a los labios y lo manda callar. Ove se enfada tanto que da la impresión de querer hacer una cabriola de pura rabia.

—Yo me encargo —lo interrumpe el joven señalando al gato, sin tomar nota de que Ove está a su lado y trata de explicarle que allí nadie entra en el hogar de la gente en plan joker para llevarse gatos a diestro y siniestro.

Cuando Parvaneh le entrega al gato, el animal ya ha empezado a cambiar de color y a pasar del morado al blanco. Al darse cuenta, Ove parece menos seguro que hasta ahora. Echa una rápida ojeada a Parvaneh. Luego retrocede muy a disgusto y la deja pasar.

Y entonces, el joven con sobrepeso se quita la camiseta.

—Pero, bueno… esto ya es… ¿pero se puede saber qué haces? —balbucea Ove.

Formula la pregunta mirando primero a Parvaneh, que está junto al sofá con el gato derritiéndose entre sus brazos y goteando agua en el suelo, y luego al joven, que está allí, en medio del salón, con el torso desnudo y la grasa temblona cayéndole del pecho hacia las rodillas, como un gran paquete de helado que hubieran descongelado y vuelto a congelar.

—Venga, dámelo —dice el joven impasible, y extiende unos brazos como vigas.

Parvaneh le entrega al animal, que el joven envuelve enseguida en su enorme regazo, y se lo pega contra el pecho, como si quisiera hacer un rollito de primavera relleno de gato.

—Por cierto, me llamo Jimmy —le dice a Parvaneh con una sonrisa.

—Y yo Parvaneh —responde ella.

—Qué nombre más bonito —dice Jimmy.

—¡Gracias! Significa «mariposa» —dice Parvaneh sonriendo.

—¡Precioso! —dice Jimmy.

—Vas a asfixiar al gato —dice Ove.

—Venga, Ove, no te ralles —dice Jimmy.

Ove aprieta los labios, que forman una pálida línea finísima, y da una patada de disgusto a un listón del suelo. No sabe exactamente qué ha querido decir el joven con el «No te ralles», lo que sí sabe es que no piensa hacerle caso.

—Yo creo que el animal prefiere morir congelado civilizadamente a que lo estrangulen —le dice a Jimmy señalando la bola chorreante que tiene aprisionada entre los brazos.

Jimmy sonríe magnánimo con toda la redondez de su cara.

—Tranqui, Ove. Soy un gordo, ya sabes. Y podrás decir lo que quieras, tío, pero los gordos somos la hostia a la hora de generar calor.

Parvaneh mira con preocupación a Jimmy, que está meciendo al gato, y le pone la mano en el hocico. Enseguida se le ilumina la cara.

—¡Está entrando en calor! —grita feliz, y se vuelve triunfal hacia Ove.

Ove asiente. Estaba pensando soltarle algún sarcasmo, pero descubre que la noticia le procura un desagradable alivio. Le cuesta reconciliarse con ese sentimiento, así que cuando ella lo mira, se concentra en comprobar distraídamente el mando del televisor.

Y no es que a él le importe el gato, pero seguro que Sonja se alegraría, se dice. Es solo por eso.

—¡Voy a poner agua a calentar! —exclama Parvaneh, y dicho y hecho, deja allí a Ove, se planta en la cocina y se pone a abrir armarios.

—¡Hasta ahí podíamos llegar! —protesta Ove, suelta el mando a distancia y va tras ella.

Se la encuentra mirando desconcertada con el calentador de agua en la mano. De pronto, parece conmovida, como si acabara de comprenderlo todo. Que Ove recuerde, es la primera vez que esa mujer se queda sin palabras. La cocina está limpia y recogida, pero llena de polvo. Huele a café un tanto rancio, hay suciedad en las rendijas y cosas de la mujer de Ove por todas partes. Sus objetos decorativos en las ventanas, sus horquillas, olvidadas encima de la mesa, su letra en las notas del frigorífico.

Las huellas suaves de las ruedas cubren el suelo. Parece que alguien hubiera paseado una bicicleta por toda la casa miles de veces. Y la encimera y la hornilla son más bajas de lo normal. Como montadas para un niño. Parvaneh se queda mirándolas igual que todo el que las ve por primera vez. Ove ya está acostumbrado. Fue él quien cambió la cocina después del accidente. El ayuntamiento se negó a contribuir, por supuesto, así que lo hizo él solo.

Parvaneh parece haberse atascado en mitad de un gesto. Ove le quita el calentador del agua sin mirarla a los ojos. Lo llena despacio y lo enchufa.

—Ove, yo no sabía... —susurra avergonzada.

Él sigue inclinado sobre el fregadero bajo, dándole la espalda. Ella se le acerca y le pone la mano en el hombro muy despacio.

—Perdona, Ove. Te lo digo de verdad. No debería haber entrado en la cocina sin preguntarte.

Ove carraspea y asiente sin volverse. No sabe cuánto tiempo se quedan así. Ella sigue con la mano en el hombro, con toda naturalidad. Él decide no apartarla.

La voz de Jimmy rompe el silencio.

—¿Hay algo de comer? —grita desde el salón.

Ove se desliza y retira el hombro. Menea la cabeza, se pasa rápidamente por la cara la palma de la mano y se dirige al frigorífico, sin mirarla en ningún momento. Jimmy se ríe agradecido cuando ve que sale de la cocina y le planta un perrito en la mano. Ove se detiene a un metro de él con la cara muy seria.

—Y ese, ¿cómo está? —pregunta señalando al gato que Jimmy lleva en brazos.

Sigue goteando agua en el suelo, pero el animal empieza a recobrar la forma, ya se distinguen las facciones.

—Parece que mejor, ¿no, tío? —sonríe Jimmy, y se zampa el perrito de un lametón.

Ove lo observa con escepticismo. Se diría que Jimmy está sudando como una hoja de tocino en una sauna. De repente, mira a Ove con ojos tristones.

—Oye, Ove... lo de tu mujer... fue una tragedia. Yo la apreciaba mucho. Cocinaba de miedo.

Ove lo mira sin el menor rastro de ira por primera vez en toda la mañana.

—Sí. Cocinaba... bastante bien —asegura.

Se acerca a la ventana, tira un poco de la manivela, para

controlar, de espaldas a la habitación. Aprieta las juntas. Parvaneh está en el umbral de la cocina, abrazándose la barriga.

—Puede quedarse aquí hasta que haya entrado en calor. Luego te lo llevas —dice Ove en voz alta señalando al gato.

Ve con el rabillo del ojo que Parvaneh lo mira como si quisiera adivinar qué cartas tiene escondidas al otro lado de la mesa de juego. Ove se incomoda.

—No puede ser —le dice Parvaneh—. Las niñas son… alérgicas —añade.

Ove se da cuenta de la pausa que ha precedido a la palabra «alérgicas». Observa con suspicacia su imagen reflejada en el cristal de la ventana, pero no responde. Se vuelve hacia Jimmy.

—Entonces tendrás que encargarte tú —le dice al joven con sobrepeso.

Jimmy, que no solo está sudando a mares, sino que además tiene la cara llena de manchas rojas, mira al gato con expresión bonachona. El animal ha empezado a mover el muñón que tiene por cola y a hundir el hocico chorreante en esa reserva de grasa que es el brazo de Jimmy.

—Lo siento, tío, pero no me parece buena idea que yo me quede al minino —dice encogiéndose de hombros, y el gato se mueve de abajo arriba como si estuviera en un columpio del parque.

—¿Y eso por qué? —pregunta Ove.

Jimmy extiende los brazos. Se le ha puesto la piel roja, como llena de quemaduras.

—Yo también soy alérgico…

Parvaneh se abalanza sobre él, le quita el gato y lo envuelve de nuevo en la manta.

—¡Tenemos que ir al hospital! —dice a gritos.

—Yo tengo prohibido asomar por el hospital —dice Ove sin pensarlo mucho.

La mira de reojo y se da cuenta de que parece que le fuera a tirar el gato a la cara, así que baja la vista otra vez y se lamenta resignado. «Lo único que pido es que me dejen morir en paz», piensa, y pega los dedos de los pies a uno de los listones del suelo. Está un poco inclinado. Ove mira a Jimmy. Mira al gato. Observa el suelo empapado. Menea la cabeza mirando a Parvaneh.

—Vale, pues vamos en mi coche —dice a regañadientes.

Coge el chaquetón del perchero y cierra la puerta. Al cabo de unos instantes, mira otra vez dentro. Le lanza a Parvaneh una mirada furibunda.

—Pero no pienso venir con el coche hasta la casa porque está prohi…

Ella lo interrumpe diciéndole algo en persa. Ove no lo entiende, pero le parece más dramático de lo necesario. Parvaneh arropa más aún al gato en la manta, deja atrás a Ove y sale a la calle cubierta de nieve.

—Las normas están para algo —dice Ove refunfuñando mientras ella se dirige al aparcamiento sin replicar.

Ove se da la vuelta y señala a Jimmy.

—Y tú te pones un jersey. O no te llevo en el Saab, que lo sepas.

Parvaneh paga el aparcamiento del hospital. Ove no protesta.

18

Un hombre llamado Ove
y un gato que se llamaba Ernest

No era que a Ove le disgustara aquel gato en particular. Es que no le gustaban los gatos en general. Siempre había sido de la opinión de que resultaba imposible confiar en ellos. Sobre todo cuando, como en el caso de Ernest, eran tan grandes como una moto. De hecho, a veces le costaba decir si se trataba de un gato más grande de la cuenta o de un león más pequeño de lo normal. Y uno no debía trabar amistad con nadie si no estaba totalmente seguro de que no se lo comería mientras dormía, esa era la filosofía de Ove.

Pero Sonja quería a Ernest sin condiciones, así que Ove aprendió a reservarse aquel razonamiento. Sabía bien que no debía hablar mal de aquello que a ella le gustaba, porque sabía más que bien lo que era conseguir el amor de Sonja aunque nadie se explicara por qué. De modo que, aparte de aquella ocasión en que Ernest le mordió a Ove cuando este le pilló el rabo al sentarse en una de las sillas de la cocina, Ernest y Ove aprendieron a compartir el espacio cuando él visitaba a Sonja en la cabaña del padre. O al menos, a mantenerse lo bastante alejados el uno del otro. Exactamente igual que Ove y el padre de Sonja.

Y si bien Ove insistía en que no era normal que aquella birria de gato se sentara en una silla y pusiera la cola en la de al lado, lo dejaba pasar. Por Sonja.

Ove nunca aprendió a pescar, pero los dos otoños que estuvo visitando a Sonja fueron los primeros que pasaron sin goteras en el techo de la cabaña, desde que la construyeron. Y el camión arrancaba como una seda cada vez que giraban la llave de contacto. No es que el padre de Sonja se mostrase especialmente agradecido por ello, pero tampoco volvió a mencionar el hecho de que Ove fuera «de la ciudad». Y, tratándose del padre de Sonja, aquello era una prueba de aprecio tan buena como cualquier otra.

Pasaron dos primaveras. Y dos veranos. Y el tercero, una fresca noche de junio, murió el padre de Sonja. Y Ove jamás había visto a nadie llorar así. Los primeros días, apenas se levantaba de la cama. Ove, que, a pesar de haberse cruzado tanto con la muerte, tenía poquísima relación con los sentimientos que llevaba aparejados, andaba todo el día metido en la cocina de la cabaña, sin saber qué hacer. El pastor de la iglesia del pueblo fue a verlos para concretar los detalles del entierro.

—Un hombre de una vez —afirmó el pastor señalando la foto de la sala de estar en la que aparecían Sonja y su padre.

Ove asintió. No sabía qué esperaban que respondiera a semejante comentario. Así que salió a ver si el camión tenía algún tornillo suelto o algo.

El cuarto día, Sonja se levantó de la cama y se puso a limpiar la casa con tal frenesí que Ove se quitó de en medio igual que la gente inteligente se quita de en medio ante la llegada de una tromba. Se quedaba fuera y buscaba con qué mantenerse ocupado. Arregló la leñera, que se había llevado el viento durante una de las tormentas de primavera. Y se pasó unos días llenándola de leña nueva. Cortó el césped y las ramas de los árboles del bosque que invadían la parcela. La noche del séptimo día llamaron del colmado.

Naturalmente, todos decían que había sido un accidente,

pero nadie que conociera a Ernest podía creer que el animal se hubiera cruzado en el camino de un coche sin querer. El dolor provoca reacciones extraordinarias en los seres vivos.

Aquella noche, Ove condujo más rápido que nunca por las carreteras nacionales. Sonja sostuvo entre sus brazos la enorme cabeza de Ernest todo el camino. Cuando llegaron al veterinario, aún respiraba, pero las lesiones eran muy graves y había perdido demasiada sangre.

Dos horas estuvo Sonja sentada a su lado en la sala de operaciones, hasta que lo besó en la frente y le dijo «adiós, querido Ernest». Y luego, como si las palabras hubieran surgido envueltas en una nube:

—Y adiós, queridísimo papá.

Entonces el gato cerró los ojos y murió.

Cuando Sonja volvió a la sala de espera, apoyó la cabeza en el pecho de Ove.

—Los echo tanto de menos, Ove. Es como si el corazón me latiera fuera del cuerpo.

Guardaron silencio un buen rato, abrazados, hasta que ella levantó la vista y lo miró muy seria.

—A partir de ahora tendrás que quererme el doble —le dijo.

Y Ove le mintió y le dijo que así lo haría, aunque sabía que era imposible quererla más de lo que ya la quería.

Enterraron a Ernest junto al lugar donde solía pescar el padre de Sonja. El pastor leyó una oración. Luego, Ove cargó el Saab y recorrió las estrechas carreteras comarcales con la cabeza de Sonja apoyada en el hombro. De regreso a la ciudad, se detuvo en el primer pueblo con centro comercial. Sonja había concertado allí una cita con alguien. Ove no sabía con quién. Era una de las cualidades que ella más apreciaba, le confesaría Sonja más adelante. No conocía a ninguna otra persona capaz de quedarse esperando en el coche una hora sin saber qué esperaba ni por cuánto tiempo. Y no es que Ove no protestara, desde luego que sí. Sobre todo si tenía que pagar el aparcamiento. Pero nunca le preguntaba qué hacía. Y la esperaba siempre.

Y cuando Sonja salió y volvió al coche por fin, cerró la puerta del Saab con tanta delicadeza como ya había aprendido que había que hacerlo, para evitar que Ove la mirase como si acabara de darle una patada a un ser vivo, y le cogió la mano amorosamente.

—Me parece que deberíamos comprarnos una casa, Ove —le dijo.

—¿Y para qué? —preguntó Ove.

—Yo creo que los niños deben crecer en una casa —respondió llevándose al vientre la mano de Ove.

Ove se quedó en silencio un buen rato. Mucho, incluso para él. Observó pensativo la barriga, como esperando que surgiera de ella una bandera o algo así. Finalmente, se irguió en el asiento, giró el selector de emisoras media vuelta hacia la derecha y media hacia la izquierda, ajustó los espejos. Y asintió muy serio.

—Entonces tendremos que comprar un combi.

19

Un hombre llamado Ove
y un gato que llega hecho trizas

Ove mira al gato. El gato mira a Ove. A Ove no le gustan los gatos. Y a los gatos no les gusta Ove. Y él lo sabe. Ni siquiera a Ernest le gustaba. A él Ernest no le gustaba en absoluto, y eso que, de todos los gatos a los que había conocido, Ernest era el que menos le disgustaba.

Este gato no se parece a Ernest ni de lejos, constata Ove. Bueno, salvo por esa forma de ser tan independiente, pero se supone que eso es característico de todos los gatos. Este es tan pequeño y está tan demacrado que podría confundirse con una rata grande. Y se diría que ha perdido más pelo todavía durante la noche. Como si eso fuera posible.

—¡Os digo que los gatos y yo no hacemos buenas migas! —había insistido Ove una y otra vez el día anterior, tratando de convencer a Parvaneh.

Luego le dijo a gritos que solo dejaría que el gato viviera en casa por encima de su cadáver.

Y allí está. Mirando al gato. Y el gato le devuelve la mirada. A pesar de que Ove sigue vivo y coleando. Es de lo más irritante.

Ove se había despertado media docena de veces aquella noche porque el gato se le subía a la cama sin asomo de respeto. Y otras tantas veces se había despertado el gato cuando Ove, con más brusquedad de la cuenta, lo echaba de la cama.

Y ahora, a las seis menos cuarto, Ove ya está en pie, y ahí está el gato, en la cocina, con el morro tieso como si Ove le debiera dinero. Él lo mira con suspicacia, como lo miraría si el gato acabara de llamar a su puerta con una Biblia bajo la pata y le hubiera preguntado si está «dispuesto a dejar que Jesús entre en su vida».

—Ya, claro, tú lo que quieres es comida, supongo —masculla Ove.

El gato no responde. Se limita a olisquearse las calvas de la barriga y a lamerse la almohadilla de la pata.

—Pero en esta casa nadie se pasea maullando incoherencias con la esperanza de encontrarse un par de gorriones fritos para desayunar —añade Ove señalando al gato con un dedo crítico, para dejar claro a quién se dirige.

El gato parece estar pensando en hacerle una pompa de chicle rosa.

Ove se planta delante del fregadero. Pone la cafetera. Mira el reloj. Mira al gato. Después de dejar a Jimmy en el hospital, Parvaneh había conseguido localizar a un veterinario conocido suyo. Le echó un vistazo al gato y confirmó que «tenía graves lesiones provocadas por la hipotermia y la desnutrición». Y luego, le entregó a Ove una larga lista de instrucciones de lo que debía comer el gato, y de cómo había que «cuidarlo». Como si en lugar de un animal fuera un sofá. Como si Ove fuera una empresa de rehabilitación de gatos.

—Yo no soy ninguna empresa de rehabilitación de gatos —le explica al felino.

El gato no responde.

—Que sepas que estás aquí solo porque es imposible razonar con esa mujer embarazada —le dice Ove señalando por la ventana hacia la casa de Parvaneh.

Ove levanta delante de los cristales cuatro calcetines pequeños. Se los dio el veterinario. Al parecer, lo que más necesita ese demonio de gato es hacer ejercicio, y ahí sí que estaba Ove dispuesto a echar una mano. Cuanto más lejos estén esas garras del papel pintado, mucho mejor, se dice.

—Póntelos, venga, a ver si podemos salir. ¡Ya voy con retraso!

El gato se levanta tranquilamente y se dirige a la puerta con paso largo y elegante, como si paseara por una alfombra roja. Mira con escepticismo los calcetines, pero no se resiste más de la cuenta mientras que Ove se los pone bruscamente. Cuando termina, se levanta y mira al gato. Menea la cabeza.

—Calcetines para gatos, eso no puede ser normal.

En cambio el gato, que también se ha quedado mirando con curiosidad la nueva prenda, parece tremendamente satisfecho consigo mismo, con pinta de estar pensando en hacerse una foto con el móvil y colgarla en su blog. Ove se pone el chaquetón azul, se mete las manos en los bolsillos con aire autoritario y señala la puerta.

—Bueno, aquí no puedes pasarte el día con esa cara de engreído. Venga, a la calle.

Y así es como Ove sale por primera vez acompañado en su ronda diaria por el barrio. Le da una patada al letrero que dice que está prohibido el tráfico de vehículos en la urbanización. Señala el letrero de menor tamaño que hay unos metros más allá, en la calle, donde dice que está prohibido pasear animales domésticos dentro de la urbanización. Él mismo lo puso allí cuando era presidente de la comunidad, le comunica Ove al gato con tono decidido.

—Entonces sí que había orden y concierto en este barrio —añade, y continúa hacia los garajes.

El gato parece más bien estar pensando en dónde hacer pis.

Ove avanza y tira del picaporte de su garaje. Inspecciona el cuarto de la basura y el de las bicicletas. El gato lo sigue con el aplomo de movimientos propio de un pastor alemán del grupo de narcóticos de la policía. Ove intuye de pronto que precisamente esa ausencia total de conciencia de sí mismo ha sido la causa de que el gato no tenga rabo y que haya perdido la mitad del pelo. Al ver que el animal se interesa más de lo debido por el olor de una de las bolsas de basura de los contenedores de reciclado, Ove lo espanta sin miramientos con el pie y lo echa a la calle.

—¡Oye, baja de ahí! No puedes comer basura, joder.

El gato lo mira con odio, pero no dice nada. Él le da la espalda, y entonces el gato se adentra en el césped cubierto de nieve que hay junto al camino y hace pis en el letrero de Ove.

Da otra vuelta hasta el final de la calle. Delante de la puerta de Anita y Rune, recoge una colilla. La gira entre los dedos. Parece que el de los servicios sociales se pasea por aquí con el Skoda como si fuera el dueño. Ove suelta una maldición y se guarda la colilla en el bolsillo.

Una vez en casa, Ove abre una lata de atún y la pone en el suelo de la cocina.

—En fin, supongo que si te dejo morir de hambre, se armará la gorda.

El gato se come el atún directamente de la lata. Ove se toma el café de pie, junto a la encimera. Cuando terminan, Ove mete la taza y la lata en el fregadero y las limpia a conciencia antes de ponerlas a secar. El gato parece ir a preguntarle qué sentido tiene poner a secar una lata de conservas, pero no dice nada.

—Tengo recados que hacer, así que no podemos quedarnos aquí todo el día —anuncia Ove cuando termina.

Porque parece que, en contra de su voluntad, se verá obligado a convivir con aquel animal, pero sería el colmo que tuviera que dejar solo en casa a ese bicho salvaje. O sea, que el gato tendrá que ir con él. Aunque enseguida surge el desacuerdo sobre si el gato debe ir o no sentado sobre papel de periódico en el asiento del copiloto del Saab. Para empezar, Ove planta al gato encima de dos páginas de ocio, pero el gato, muy ofendido, las echa al suelo con las patas de atrás y se tumba cómodamente sobre la suave tapicería. Entonces Ove lo levanta, lo agarra por el cogote —con lo que el gato le suelta un bufido nada pasivo agresivo— y le coloca debajo tres noticias de cultura y unas recensiones. El gato le lanza a Ove una mirada iracunda cuando este lo suelta, pero, por sorprendente que pueda parecer, se queda sentado en el periódico y se limita a mirar por la ventanilla un tanto dolido. Solo hasta que Ove se convence de que ha ganado la batalla, asiente satisfecho, mete la primera y sale a la autovía. Porque en ese preciso momento, con tanta parsimonia como descaro, el gato le hace al papel tres rasgaduras por las que mete las patas delanteras, que quedan sobre la tapicería. Al mismo tiempo, le dirige a Ove una mirada retadora, como preguntándole: «¿Y ahora qué, eh?».

Ove frena en seco, el gato sale disparado y se estrella contra el salpicadero, y luego lo mira como respondiendo: «¿Qué te ha parecido eso?». A partir de ahí, el gato se niega a mirar a Ove el resto del viaje, simplemente se acurruca humillado en un rincón del asiento, pasándose la pata por el hocico. Pero cuando Ove entra en la floristería, el animal se dedica a dar lametones al volante, el cinturón y el interior de la puerta de Ove.

Cuando vuelve con las flores y descubre que tiene el coche chorreando de saliva de gato, le apunta con el dedo, blandiéndolo como si fuera una cimitarra. Y el gato le muerde la cimitarra. Y, a partir de ahí, Ove se niega a hablar con el gato el resto del viaje.

Una vez en el cementerio, Ove no se arriesga: enrolla el resto del periódico a modo de porra y echa al gato del coche sin miramientos. Luego saca las flores del maletero, cierra el Saab con llave, da una vuelta para comprobar todas las puertas.

El gato, sentado en el suelo, lo observa. Ove le pasa por delante como si no existiera.

Luego suben los dos por la pendiente de grava helada del cementerio, giran y van caminando sobre la nieve hasta que se detienen ante la tumba de Sonja. Ove retira con la mano la nieve de la lápida y agita un poco las flores.

—Te he traído verduras —susurra—. Rosa, como a ti te gustan. Dicen que el frío las agosta, pero lo dicen solo para poder venderte otras más caras.

El gato se sienta en la nieve. Ove lo mira disgustado, luego mira la lápida.

—Ah, sí… este es esa birria de gato. Ahora vive en nuestra casa. Estuvo a punto de morir congelado delante de la puerta.

El gato mira a Ove ofendido. Ove carraspea.

—Ya estaba así cuando llegó —aclara a la defensiva, y señala primero al gato y luego a la lápida.

—O sea, que no soy yo quien lo ha destrozado de ese modo. Ya estaba hecho trizas cuando apareció —añade mirando a Sonja.

Tanto la lápida como el gato guardan silencio. Ove se queda un rato mirándose los zapatos. Gruñe. Se arrodilla y retira un poco más de nieve con el dorso de la mano, que deja descansando en la lápida.

—Te echo de menos —susurra.

A Ove le brilla fugazmente la comisura del ojo. Nota en el brazo un roce suave. Tarda unos instantes en comprender que es el gato, que ha posado la cabeza en la palma de su mano.

20

Un hombre llamado Ove y un intruso

Ove se queda sentado al volante del Saab, con la puerta del garaje abierta, durante veinte minutos por lo menos. Los cinco primeros, el gato lo mira impaciente desde el asiento del copiloto, con cara de estar pensando que alguien debería tirarle a Ove de la oreja para sacarlo de su ensimismamiento. Los cinco siguientes, el animal parece seriamente preocupado. A estos cinco sucede un momento en el que el gato trata de abrir la puerta. Al ver que no funciona, se tumba en el asiento y se duerme.

Ove se da cuenta de que se ha tumbado de costado y se ha puesto a roncar. No le queda otro remedio que reconocer que esa birria de gato tiene una forma muy directa de resolver los problemas. Desde luego.

Vuelve a mirar al aparcamiento. Al garaje de enfrente. Se habrá parado ahí a hablar con Rune cientos de veces. En su día fueron amigos. Ove no recuerda a muchas personas de las que pueda decir lo mismo. Él y su mujer fueron los primeros en mudarse a aquel barrio, hace ya un montón de años. Cuando estaba recién construido, y cuando solo había árboles alrededor. Al día siguiente se mudaron Rune y Anita, que también estaba embarazada. Naturalmente, las dos mujeres trabaron enseguida ese tipo de amistad que solo cabe entre dos mujeres. Y, tal y como les ocurre a todas las mujeres que se hacen amigas, pensaron que Rune y Ove también tenían que ser amigos, naturalmente. Porque como tenían «tantas aficiones en común…». Ove no tenía ni idea de a qué se referían, dado que Rune se paseaba por ahí en un Volvo.

Claro que, por lo demás, Ove no tenía nada en contra de Rune. Tenía un trabajo como era debido y no hablaba sin necesidad. Estaba lo del Volvo, sí, pero, tal y como señalaba la mujer de Ove, eso no lo convertía en un perfecto idiota. Así que Ove lo soportaba. Al cabo de un tiempo, incluso empezó a prestarle sus herramientas. Y una tarde se vieron los dos en el aparcamiento, con los pulgares en las trabillas del cinturón, hablando de los precios de las cortacésped. Se despidieron con un apretón de manos. Como si la decisión conjunta de hacerse amigos fuera el resultado de una negociación.

Cuando se enteraron de que pronto se mudaría al barrio gente de todo tipo, se sentaron a deliberar en la cocina de Ove. Y al terminar tenían toda una serie de normas para el barrio, letreros con instrucciones de lo que estaba permitido y lo que no, y una junta recién creada para la comunidad de vecinos. Ove era el presidente, Rune el vicepresidente.

Los meses siguientes fueron juntos al cuarto de la basura. Le llamaban la atención a la gente que aparcaba mal. Regateaban en la ferretería a la hora de comprar canalones o pintura para la fachada, y se colocaban cada uno a un lado del instalador de la compañía telefónica para señalarle a dúo por dónde tenía que ir el cable exactamente. Y no porque ellos supieran mucho sobre la instalación de los cables del teléfono, sino porque estaban seguros de que, si no los vigilabas, esos mocosos te daban gato por liebre. Seguro.

A veces las dos parejas cenaban juntas. Bueno, cenar, lo que se dice cenar… porque ellos dos se pasaban la noche en el garaje, dando patadidas a las ruedas de sus respectivos coches, comparando la capacidad del maletero, el radio de giro y otras cosas esenciales. Pero aun así.

Las barrigas de Sonja y de Anita crecían sin pausa, lo que, según Rune, «le pulverizaba el cerebro a Anita». Sonja, en cambio, desarrolló un carácter que cambiaba más rápido de lo que se abrían y cerraban las puertas del salón en las películas de John Wayne, lo que impulsaba a Ove a no abrir la boca en absoluto, actitud que, naturalmente, también irritaba a Sonja. Y cuando no estaba sudando, se moría de frío. Y en cuanto Ove dejaba de discutir y accedía a subir un poco la temperatura de los radiadores, ya estaba sudando otra vez, y lo obligaba a recorrer toda la casa para volver a bajarla. Además, le dio por comer plátanos. En tal cantidad que los dependientes de la tienda debieron de creer que Ove había abierto un zoológico en su casa, a juzgar por la frecuencia con que iba a comprar.

—Las hormonas en plena danza de guerra —le dijo Rune con aire experto una tarde en que estaban sentados en la terraza trasera de su casa, mientras en la cocina de Sonja, las mujeres charlaban de quién sabe qué. Rune le contó que, el día anterior, había encontrado a Anita llorando a mares delante de la radio, solo porque estaba sonando «una canción preciosa».

—¿Una canción preciosa, dices? —preguntó Ove sin entender nada.

—Una canción preciosa, sí —respondió Rune.

Los dos hombres menearon la cabeza al mismo tiempo, y se quedaron mirando la oscuridad. En silencio.

—Habría que cortar el césped —dijo Rune al fin.

—He comprado hojas nuevas para la cortacésped —dijo Ove.

—¿Cuánto te han costado? —preguntó Rune.

Y así era su relación.

Por las noches, Sonja le ponía música a la barriga, porque decía que así se movía el niño. Entre tanto, Ove se sentaba vacilante en el sillón, al otro lado de la habitación, y fingía estar viendo la tele. En su fuero interno, le preocupaba cómo serían las cosas cuando el niño decidiera salir. Si, por ejemplo, Ove le caería fatal solo porque no le entusiasmaba la música.

Y no era que tuviese miedo. Simplemente, no sabía cómo se preparaba uno para ser padre. Le preguntó a Sonja si no había algún tipo de manual, pero ella se echó a reír. Ove no comprendía por qué, cuando había manuales para todo lo demás.

No estaba seguro de si sería buen padre. En realidad, no podía decirse que le gustaran los niños. Ni siquiera había sido un buen niño cuando le tocó ser niño. Sonja decía que debería hablar de ello con Rune, ya que los dos «estaban en la misma situación». Ove no entendía a qué podía referirse. Rune no iba a ser el padre de su hijo, sino de otro niño. Su vecino, sin embargo, parecía estar de acuerdo con él en que no tenían nada de que hablar, y eso siempre era una tranquilidad. Así que cuando Anita venía a casa por las tardes a conversar con Sonja de dolores varios, de lo uno y de lo otro, Ove y Rune decían que «tenían cosas de que hablar», se iban a la caseta de Ove y se quedaban allí en silencio, trasteando con las herramientas que tenía en el banco de trabajo.

El tercer día que se vieron allí, con la puerta cerrada y sin saber qué hacer, acordaron que tenían que encontrar alguna tarea en la que ocuparse, antes de que «los nuevos vecinos empiecen a creer que allí está ocurriendo algo raro», dijo Rune.

También Ove pensaba que eso sería lo mejor. Y así lo hicieron. Sin hablar mucho, se pusieron manos a la obra y, entre los dos, hicieron los planos y midieron los ángulos para que las esquinas quedaran rectas y encajaran bien. Y una noche, cuando Anita y Sonja estaban de cuatro meses, las dos cunas de color azul claro estaban listas y montadas en las respectivas habitaciones.

—Se puede lijar y pintar de rosa si resulta que es una niña —dijo Ove cuando se la enseñó a Sonja.

Ella lo abrazó, y Ove notó las lágrimas en el cuello. Totalmente irracional lo de las hormonas, desde luego.

—Quiero que me pidas que me case contigo —le susurró Sonja.

Y así fue. Se casaron en la casa, sin grandes preparativos. Ninguno de los dos tenía familia, así que solo acudieron Rune y Anita. Sonja y Ove se pusieron los anillos y luego fueron los cuatro a comer a un restaurante. Ove pagó la cuenta, pero Rune la comprobó para asegurarse de que «estaba en orden y correcta». Y naturalmente, no era así. Al cabo de una hora de divisiones y multiplicaciones, los dos hombres convencieron al camarero de que más le valía reducir el total a la mitad porque, de lo contrario, «irían a denunciar». Naturalmente, no estaba del todo claro a quién denunciarían ni por qué, pero el camarero terminó por rendirse y, soltando algún que otro taco y agitando los brazos, les hizo otra cuenta. Rune y Ove se miraron satisfechos, y no se habían percatado de que hacía veinte minutos que sus mujeres se habían ido a casa en taxi, como siempre.

Ove recuerda todo aquello sentado en el Saab, mientras contempla la puerta del garaje de Rune. No sabe cuándo fue la última vez que la vio abierta. Apaga las luces del Saab, le da un empujón al gato, que se despierta sobresaltado, y salen del coche.

—¿Ove? —resuena una voz desconocida.

Un segundo después, una mujer, obviamente la dueña de la voz, asoma la cabeza por la puerta del garaje. Rondará los cuarenta y cinco años, lleva unos vaqueros desgastados y una cazadora verde demasiado grande. No va maquillada y tiene una cola de caballo. La mujer entra sin pensárselo y mira con curiosidad a su alrededor. El gato da un paso al frente y le bufa a modo de advertencia. Ella se detiene. Ove se mete las manos en los bolsillos.

—¿Sí?

—¿Ove? —repite la mujer con el tono típico de quienes vienen a venderte algo cuando tratan de hacerte creer que no quieren venderte nada.

—No voy a comprar nada —dice Ove, y señala la puerta del garaje, indicándole claramente que no debe molestarse en buscar otra puerta, sino que puede salir por donde ha entrado, sin el menor problema.

Pero parece que la mujer no toma nota.

—Me llamo Lena. Soy periodista, trabajo en el periódico local y… bueno —comienza al tiempo que le ofrece la mano.

Ove mira la mano. Luego la mira a ella.

—No voy a comprar nada —insiste.

—¿Cómo? —dice la mujer.

—Supongo que vendes suscripciones. Pero es que no quiero nada.

La mujer lo mira desconcertada.

—No, verás, es que… yo no me dedico a vender periódicos, sino que escribo para un periódico. Soy periodista —aclara la mujer con esa pronunciación marcada de la erre a la que recurren los periodistas cuando creen que el único problema que la gente sensata tiene con ellos es que no han oído lo que han dicho a la primera.

—Bueno, de todos modos, no pienso comprar nada —responde Ove, y empieza a llevarla hacia la puerta del garaje.

—Pero, Ove, ¡lo que quiero es hablar contigo! —protesta la mujer, y trata de colarse dentro otra vez.

Ove la invita a marcharse agitando las dos manos, como si estuviera sacudiendo una alfombra invisible, para asustarla y obligarla a salir otra vez.

—Ayer, en la estación de ferrocarril, le salvaste la vida a un hombre. ¡Y quería hacerte una entrevista! —le grita la mujer con entusiasmo.

Es obvio que tiene intención de decir algo más, hasta que se da cuenta de que Ove ha dejado de prestarle atención. Está mirando en otra dirección. Tiene los ojos entornados y está furibundo.

—Ah no, eso sí que no —murmura.

—Pues sí... me gustaría hacerte unas pre... —comienza la mujer, pero Ove la aparta y echa a correr hacia el Skoda blanco, que acaba de girar a la altura del aparcamiento y continúa hacia la hilera de casas.

Ove se abalanza y aporrea la ventanilla, y la mujer de las gafas que va en el asiento del copiloto se lleva tal repullo que se da en la cara con los archivadores que tiene en las rodillas. El hombre de la camisa blanca, en cambio, permanece impasible. Baja la ventanilla.

—¿Sí? —pregunta.

—La circulación de vehículos está prohibida en la zona residencial —le suelta Ove, y va señalando primero las casas, luego el Skoda, luego al hombre de la camisa blanca y el aparcamiento—. O sea, que en esta comunidad hay que dejar el coche en el a–par–ca–mien–to.

El hombre de la camisa blanca mira las casas. Luego el aparcamiento. Luego a Ove.

—Tengo permiso del ayuntamiento para ir con el coche hasta la puerta de la casa. Así que apártate, por favor.

Ove está tan furioso al oír la respuesta que le lleva varios segundos poder responder, aunque sea con una retahíla de improperios. Entre tanto, el hombre de la camisa blanca coge un paquete de tabaco del salpicadero y se da unos golpecitos con él en la pierna.

—Ten cuidado, por favor —le dice a Ove.

—¿Y qué has venido a hacer aquí, si puede saberse? —le suelta Ove.

—Eso a ti no te incumbe —responde el hombre de la camisa blanca con tono inexpresivo, como si fuera un mensaje automático y le estuviera diciendo a Ove que su llamada está en lista de espera.

Acto seguido, se mete el cigarro en la boca y lo enciende. Ove ha empezado a respirar tan hondo que se le mueve el pecho debajo del chaquetón. La mujer que va en el coche ordena los papeles y los archivadores y se encaja bien las gafas. El hombre de la camisa blanca deja escapar un suspiro, como si Ove fuera un niño díscolo que se niega a dejar de recorrer la acera con el monopatín.

—Sabes perfectamente lo que he venido a hacer. Vamos a encargarnos de Rune, el vecino de la última casa.

Saca el brazo por la ventanilla y sacude la ceniza contra el espejo lateral del Skoda.

—¿«A encargaros»? —repite Ove.

—Sí —responde el hombre de la camisa blanca con indiferencia.

—¿Y si Anita no quiere? —le suelta Ove golpeteando el techo del coche con el índice.

El hombre de la camisa blanca mira a la mujer de las gafas con una sonrisa condescendiente. Luego se dirige a Ove hablándole muy despacio, como si lo que va a decir fuera demasiado difícil de comprender.

—Esa decisión no es competencia de Anita. Es competencia de la comisión.

A Ove le cuesta cada vez más respirar. Se nota el pulso latiéndole en el cuello.

—Ni lo sueñes, aquí no vas a entrar con el coche —dice entre dientes.

Tiene los puños cerrados. Y le habla con un tono claramente amenazador. Pero el hombre de la camisa blanca lo mira con toda tranquilidad. Apaga el cigarro en la laca de la puerta del coche y deja caer al suelo la colilla.

Como si todo lo que le ha dicho Ove no fuera más que la verborrea incoherente de un viejo senil.

—¿Y qué piensas hacer exactamente para impedírmelo, Ove? —le pregunta al fin.

Y Ove siente como si le estuvieran clavando un ariete en la barriga al oír cómo pronuncia su nombre. Se queda mirando al hombre de la camisa blanca con la boca entreabierta y la mirada perdida por encima del coche.

—¿Y tú cómo sabes mi nombre?

—Yo sé muchas cosas de ti —responde el hombre.

Ove retira el pie en el último segundo cuando el hombre pone el coche en marcha y se dirige a la zona residencial. Ove se queda estupefacto, sin apartar la vista del vehículo.

—¿Quién es ese? —pregunta a su espalda la mujer de la cazadora.

Ove se da la vuelta.

—¿Y tú? ¿Cómo sabes mi nombre? —le grita Ove enseguida.

La mujer da un paso atrás. Se aparta de la frente unos mechones rebeldes, sin apartar la vista de los puños de Ove.

—Es que trabajo en el periódico local... hemos entrevistado a algunas de las personas que estaban en el andén y nos contaron cómo salvaste al hombre, y...

—¿Cómo sabes mi nombre? —repite Ove con la voz temblándole de ira.

—Como pasaste la tarjeta cuando pagaste el billete de tren... He revisado la lista de la caja —explica la mujer dando otro paso atrás.

—¡¡¿Y él?!! ¿Cómo lo sabe ÉL? —vocifera Ove con las venas marcadas como serpientes bajo una membrana, señalando hacia la esquina por la que acaba de girar el Skoda.

—Pues... no lo sé —confiesa la mujer.

Ove respira aceleradamente y con dificultad, y le clava la mirada, como tratando de averiguar si está mintiendo.

—No tengo ni idea, es la primera vez que veo a ese hombre —asegura la mujer.

Ove sigue atravesándola con la mirada. Al cabo de unos instantes, asiente ya más sereno. Luego se da media vuelta y se encamina a su casa. La mujer lo llama, pero él no reacciona. El gato lo sigue y entra con él en el recibidor. Ove cierra la puerta.

Más abajo, en la misma calle, el hombre de la camisa blanca y la mujer de las gafas y los archivadores llaman a la puerta de Anita y de Rune.

Ove se desploma en el taburete de la entrada. Tiembla de humillación. Casi había olvidado cómo era. El escarnio. La impotencia. La certeza de que uno no puede pelear contra los hombres de la camisa blanca.

Y ahora han vuelto. Llevaban sin aparecer desde que Sonja y él volvieron de España. Después del accidente.

21

Un hombre llamado Ove y los países en cuyos restaurantes tocan música extranjera

Naturalmente, la idea de hacer el viaje en autobús se le ocurrió a ella. Ove no se explicaba qué le veía de positivo. Si era absolutamente necesario que fueran a algún sitio, bien podían ir en el Saab. Pero Sonja se empeñó en que los autobuses eran «románticos» y, al parecer, eso era lo principal, eso sí lo había comprendido Ove perfectamente. De modo que así fue. A pesar de que en España la gente parecía darse importancia por el mero hecho de cecear y poner música extranjera en los restaurantes e irse a dormir en pleno día. Y a pesar de que, en el autobús, durante el viaje, la gente iba bebiendo cerveza desde por la mañana, como si trabajaran en el circo.

Ove hizo cuanto pudo por que nada de aquello le gustara. Pero Sonja derrochaba tal entusiasmo que seguramente era inevitable que se le contagiara. Se reía tan de buena gana cuando él la abrazaba, que notaba la risa en todo el cuerpo. Ni siquiera a Ove podía no gustarle aquello.

Se alojaban en un hotel modesto, con una piscina modesta y un restaurante modesto, que regentaba un hombrecillo cuyo nombre, según lo entendió Ove, era Schosse. Se escribía «José», pero lo de la pronunciación no era, al parecer, nada que los españoles tuvieran demasiado en cuenta, según comprendió Ove.

Schosse no hablaba sueco, pero mostraba un vivo interés por hablar de todos modos. Sonja no paraba de consultar un libro que llevaba a todas partes, e intentaba luego decir en español cosas como «puesta de sol» y «jamón». Ove pensaba que, solo porque se dijera en otro idioma, el jamón no dejaba de ser la parte trasera de un cerdo, pero no hacía ningún comentario.

En cambio, sí trató de hacerle comprender que no debía dar dinero a los mendigos que se encontraba en la calle, porque seguramente, lo invertirían en vino de inmediato. Pero ella no le hacía caso.

—Pueden hacer con el dinero lo que quieran —decía.

Y cuando Ove protestaba, ella simplemente sonreía y le cogía y le besaba las manos grandotas.

—Ove, cuando una persona le da a otra, la bendecida no es la que recibe, sino la que da.

El tercer día, Sonja se fue a la cama en pleno día. Porque así se hacía en España, aseguraba, y uno debe seguir las costumbres del lugar al que llega. Como es lógico, Ove tenía sus sospechas de que se trataba sencillamente de hacer lo que a ella le convenía, más que de seguir ninguna costumbre. De hecho, desde que se había quedado embarazada dormía dieciséis horas de veinticuatro. Era como ir de vacaciones con un cachorro.

Entre tanto, Ove se iba a dar un paseo. Recorría la carretera que conducía desde el hotel hasta la ciudad. Las casas eran todas de piedra, constató. Ni rastro de una junta como Dios manda en las ventanas hasta donde alcanzaba la vista. Varias de las casas no tenían ni peldaño en la entrada. A Ove aquello le parecía una práctica un tanto bárbara. Joder, así no se podían construir las casas.

Iba de vuelta al hotel cuando vio a Schosse en el arcén, con la cabeza hundida en el motor de un coche pequeño de color marrón que echaba humo. En el interior había dos niños y una mujer muy mayor, con un pañuelo en la cabeza. Y no parecía encontrarse bien.

Schosse vio a Ove y lo llamó enseguida nerviosísimo, con una expresión en la mirada que rozaba el pánico. «Señooor», lo llamaba, exactamente igual que lo había llamado desde el momento en que llegó al hotel. Ove suponía que «señor» significaba Ove en español, aunque no lo había buscado en el libro de Sonja. En cualquier caso, Schosse señalaba el coche haciendo grandes aspavientos. Ove se metió las manos en los bolsillos y se detuvo a una distancia prudencial, más o menos en guardia.

—¡Hospital! —gritaba Schosse señalando a la mujer que iba en el coche. La verdad, tenía muy mal aspecto, volvió a pensar Ove. Schosse señalaba ya a la mujer, ya al humo del motor, y repetía desesperado—: ¡Hospital! ¡Hospital!

Ove contemplaba intrigado el espectáculo y llegó a la conclusión de que la marca española de aquel coche que echaba humo era, pues, Hospital. Se inclinó sobre el motor y echó un vistazo. No parecía complicado, se dijo.

—Hospital —repitió Schosse, moviendo la cabeza y con el miedo pintado en la cara.

Ove no sabía qué esperaba que respondiera a aquello, pero el tema de las marcas de coche era, al parecer, un asunto importante en España, rasgo que sí despertaba las simpatías de Ove.

—S-a-a-b —respondió entonces, señalándose el pecho.

Schosse se lo quedó mirando unos segundos. Luego se señaló a sí mismo y dijo:

—¡Schosse!

—Anda ya, joder, que no te he preguntado cómo te llamas, te estaba dic… —comenzó, pero se calló al ver la mirada de José, vidriosa como una laguna, al otro lado del capó.

Era obvio que Schosse entendía el sueco mucho peor que él el español. Ove dejó escapar un suspiro y miró preocupado a los niños que iban en el asiento trasero. Estaban cogidos de la mano de la anciana y parecían aterrorizados. Ove volvió a concentrarse en el motor.

Entonces se remangó la camisa y le indicó a Schosse que se apartara.

Por más que buscaba la explicación en el libro, Sonja nunca llegó a averiguar por qué José los invitó a comer en el restaurante el resto de la semana. Pero se reía con entusiasmo al comprobar que al hombrecillo español se le iluminaba la cara en cuanto veía a Ove, extendía los brazos y exclamaba: «¡Señor Saab!».

Las siestas de ella y los paseos de Ove se convirtieron en un ritual diario. El segundo día, Ove pasó al lado de un hombre que estaba levantando una valla, y se paró a explicarle que aquella era la peor forma de hacerlo. El hombre no entendió una palabra, así que Ove decidió que lo más sencillo sería mostrarle lo que quería decir. El tercer día, construyó una pared de refuerzo en la iglesia, junto con el cura del pueblo. El cuarto día, acompañó a José a un terreno que tenía a las afueras del pueblo, para ayudarle a un amigo a sacar a un caballo que se había quedado atascado en una cuneta llena de lodo.

Muchos años después, a Sonja se le ocurrió preguntarle por aquello. Cuando Ove se lo contó, ella se quedó admirada. «Así que, mientras yo dormía, tú salías a ayudar a la gente a… arreglar vallas, ¿no? La gente dirá lo que quiera, Ove, pero nunca he oído hablar de un superhéroe más raro que tú.»

En el autobús de regreso a Suecia, Sonja le cogió la mano y se la puso en la barriga, y fue la primera vez que notó cómo se movía el niño. Un temblor débil, muy débil, como si alguien le rozara la palma de la mano con un agarrador de cocina muy grueso. Y permanecieron así durante varias horas, sintiendo aquellos golpecitos suaves. Ove no dijo nada, pero Sonja lo vio enjugarse los ojos con el dorso de la mano cuando al final se levantó del asiento diciendo en voz baja que «tenía que ir a los servicios».

Fue la semana más feliz de la vida de Ove.

Y después de aquella, vendría la peor.

22

*Un hombre llamado Ove
y una persona en un garaje*

Ove y el gato guardan silencio sentados en el Saab, aparcado en la entrada del hospital.

—No pongas esa cara, como si fuera culpa mía —le dice Ove al gato.

El animal lo mira con más decepción que enojo. Ove vuelve la cara hacia la ventanilla, echando chispas. No puede por menos de sentirse igual que el gato.

Desde luego, no pretendía él verse otra vez allí, delante del hospital. Sobre todo, teniendo en cuenta lo mucho que detesta los hospitales, y aquella es la tercera vez que va en menos de una semana. No tiene ni pies ni cabeza. Pero no le habían dado elección. En honor a la verdad, incluso le parece que lo han presionado de forma casi delictiva para que ahora esté allí.

Pero claro, ya se veía desde el principio que aquel día se iría a la mierda.

Todo empezó durante la ronda de inspección diaria, cuando Ove y el gato descubrieron que alguien había arrollado con el coche el letrero que prohibía la circulación de vehículos en la zona. Ove retiró con la uña un poco de pintura blanca de la esquina y soltó tal andanada de tacos que incluso el gato se quedó sorprendido. Y más abajo, junto a la casa de Anita y

Rune, encontró unas colillas en el suelo. Ove estaba tan furioso que hizo una ronda de inspección extra, solo para tranquilizarse. Cuando volvió, se encontró con que el gato estaba en la nieve, mirándolo con gesto acusador.

—No es culpa mía —murmuró Ove antes de entrar en la caseta.

Cuando salió, llevaba la pala en la mano. Se dirigió a la calle. Se quedó allí con el chaquetón azul moviéndose visiblemente al ritmo de su respiración. Miraba la casa de Anita y Rune y le rechinaban los dientes de tanto como los apretaba.

—No es culpa mía que el muy idiota se haya hecho viejo —dijo con algo más de resolución en la voz.

Al ver que el gato no parecía considerar que aquella fuese una explicación aceptable, lo señaló con la pala y le dijo:

—¿Es que crees que esta es la primera vez que me las veo con las autoridades? Y lo que le han dicho a Rune, ¿tú crees que esa es la última palabra? ¡Nunca! Con ellos toca apelar, estudiar el caso, dar vueltas y más vueltas en esa mierda de rueda burocrática, ¿comprendes? Uno cree que la cosa será rápida, ¡pero tardan meses! ¡Años! ¿Y crees que pienso quedarme aquí esperando tanto tiempo, solo porque el muy idiota no pueda valerse?

El gato no respondió.

—No lo entiendes, ¿verdad que no? —preguntó Ove entre dientes, y se dio media vuelta.

Notaba la mirada del gato en la espalda mientras iba quitando la nieve.

Bueno. En honor a la verdad, esa no es la razón de que Ove y el gato estén ahora sentados en el Saab, delante del hospital. Sin embargo, sí que guarda una relación directa con el hecho de que Ove estuviera quitando nieve cuando aquella periodista de la cazadora verde apareció delante de su puerta.

—¿Ove? —preguntó la mujer a su espalda, temiendo que hubiera cambiado de identidad desde la última vez que fue a hablar con él.

Ove siguió a lo suyo sin reaccionar a su presencia con el menor movimiento.

—Solo quería hacer unas preguntas… —comenzó la periodista.

—Pues vete a hacerlas a otra parte. Este no es sitio —respondió Ove, y siguió echando nieve a un lado y a otro, sin que fuera posible saber si estaba quitando nieve o cavando un hoyo.

—Pero es que yo quería solamen… —dijo antes de que Ove la interrumpiera entrando en la casa con el gato y dándole con la puerta en las narices.

Ove y el gato se agazaparon en la entrada, esperando a que la mujer se marchara. Pero no se fue, sino que empezó a aporrear la puerta y a gritar:

—¡Pero es que eres un héroe, hombre, por Dios!

—Esta mujer está psicótica —le dijo Ove al gato.

El gato no puso la menor objeción.

Al ver que la periodista seguía gritando y aporreando más fuerte todavía, se quedó desconcertado y sin saber qué hacer. Abrió la puerta de un tirón y se puso el dedo en los labios para hacerla callar, como si pensara preguntarle acto seguido que si no veía que estaban en una biblioteca.

La periodista se le encaró sonriendo, blandió lo que Ove interpretó instintivamente como una especie de cámara. O cualquier otra cosa. En aquella sociedad de mierda ya no resultaba tan fácil distinguir una cámara de otra cosa.

Luego, la mujer hizo amago de entrar en la casa. Y quizá no debería haberlo hecho.

Ove levantó la mano y la empujó impulsivamente de nuevo hacia el umbral, y ella estuvo a punto de caerse en la nieve, cuan larga era.

—No quiero comprar nada —dijo Ove.

La periodista recobró el equilibrio y, blandiendo otra vez la cámara, empezó a decir algo. Ove no la escuchaba. Miraba la cámara como si de un arma de fuego se tratara, hasta que decidió huir. Era obvio que con aquella mujer resultaba imposible razonar.

Así que el gato y Ove salieron de la casa, cerraron la puerta con llave y se dirigieron a toda prisa al aparcamiento. La periodista los seguía medio corriendo.

Ya. Bueno. En honor a la verdad, eso tampoco tiene que ver con el motivo de que Ove se encuentre ahora delante del hospital. Pero, un cuarto de hora después del incidente, cuando Parvaneh se presentó llamando a su puerta con la pequeña de tres años de la mano, al ver que nadie abría oyó voces en el aparcamiento. Y eso sí que tiene bastante que ver con el hecho de que Ove se encuentre ahora delante del hospital.

Parvaneh y la niña de tres años habían doblado la esquina del aparcamiento y vieron a Ove delante de la puerta cerrada del garaje, gruñendo con las manos hundidas en los bolsillos. El gato escuchaba a sus pies con expresión inocente.

—¿Qué haces? —dijo Parvaneh.

—Nada —respondió Ove mirando al suelo, como el gato.

Alguien dio unos golpes desde el interior de la puerta del garaje.

—¿Qué ha sido eso? —dijo Parvaneh mirando fijamente la puerta.

De repente, Ove sentía un vivo interés por una parte muy concreta del suelo asfaltado, justo debajo de su zapato. Y el gato daba la impresión de ir a ponerse a silbar en cualquier momento, para luego alejarse de allí tranquilamente.

Volvieron a oírse los golpes en la puerta.

—¿Hola? —dijo Parvaneh en voz alta en dirección al punto de origen de los golpes.

—¿Hola? —respondió la puerta.

Parvaneh miraba con los ojos como platos.

—Por Dios bendito… Ove, ¿has encerrado a alguien EN EL GARAJE? —vociferó agarrándolo del brazo.

Ove no respondió. Parvaneh lo zarandeó, como si tratara de arrancarle un coco.

—¡¡Ove!!

—¡Bueeeno! Pero no era esa la intención, como comprenderás —murmuró soltándose.

—¿No era esa la intención?

—No, no era esa la intención —repitió Ove como si eso bastara para poner fin a la discusión.

Al ver que Parvaneh esperaba algún tipo de aclaración al respecto, Ove se rascó la cabeza y dijo con un suspiro:

—Esa mujer. Bueno. Es de esa gente periodista. Joder, no es que yo pensara encerrarla a ella. Pensaba encerrarme con el gato. Pero entonces ella vino detrás. Eso. Y la cosa ha terminado así.

Parvaneh empezó a masajearse la sien.

—No tengo fuerzas…

—Eso no se hace —dijo la pequeña reconviniendo a Ove con el dedo.

—¿Hola? —dijo la puerta.

—¡Aquí no hay nadie! —le soltó Ove.

—Pero ¡si os estoy oyendo! —dijo la puerta.

Ove lanzó un hondo suspiro y miró resignado a Parvaneh. Como si pensara exclamar: «¿Te das cuenta de que a esta puerta le ha dado por hablar conmigo?».

Parvaneh lo apartó, se acercó a la puerta, pegó la cara y llamó con unos golpecitos discretos. La puerta respondió, esperando que, a partir de ese momento, empezaran a comunicarse con el alfabeto morse. Parvaneh carraspeó.

—¿Para qué quieres hablar con Ove? —dijo, esta vez con ayuda del alfabeto tradicional.

—¡Es que es un héroe!

—¿Un... qué?

—Sí, perdona. O sea, yo me llamo Lena, trabajo en el periódico local y quería hacerle una entrevis...

Parvaneh miraba a Ove atónita.

—¿Qué héroe ni qué héroe?

—Esa mujer no dice más que tonterías —protestó Ove.

—Le ha salvado la vida a un hombre que se cayó a la vía —chilló la puerta.

—¿Estás segura de que este es el Ove que buscas? —dijo Parvaneh.

Ove parecía humillado.

—Vaya, así que descartas por completo que yo pueda ser un héroe —gruñó.

Parvaneh entornó los ojos, mirándolo con suspicacia. La pequeña de tres años intentó coger lo poco que quedaba del rabo del gato gritando exaltada: «¡Gatito!». El gatito no parecía impresionado, y trató de escabullirse entre las piernas de Ove.

—¿Qué has hecho, Ove? —dijo Parvaneh en voz baja y alentadora, y dio dos pasos hacia la puerta.

La niña de tres años perseguía al gato alrededor de las piernas de Ove, que no sabía dónde meter las manos.

—Bah, pesqué de la vía a un tío con corbata que se había caído del andén, no es para tanto, joder —murmuró.

Parvaneh trató de contener la risa.

—Pero desde luego, tampoco es para reírse —dijo Ove ofendido.

—Perdón —dijo Parvaneh.

La puerta del garaje gritó algo así como: «¿Hola? ¿Seguís ahí?».

—¡No! —respondió Ove cortante.

—¿Por qué estás tan enfadado? —preguntó la puerta.

Ove ya no parecía tan seguro. Se inclinó para hablar con Parvaneh.

—Mira… no sé cómo deshacerme de ella —dijo Ove. Y si Parvaneh no lo hubiera conocido, habría creído verle un destello de súplica en los ojos—. ¡No quiero que esté ahí sola con el Saab! —le susurró muy serio.

Parvaneh asintió para corroborar lo grave de la situación. Ove interpuso un puño conciliador entre la niña y el gato, antes de que la cosa degenerase. La niña parecía ir a abrazar al gato. El gato parecía ir a señalar a la niña en una rueda de reconocimiento de sospechosos en una comisaría. Ove cogió a la niña, y a la pequeña le dio un ataque de risa.

—Nosotras vamos a coger un autobús al hospital, vamos a recoger a Patrick y a Jimmy —respondió.

Vio que a Ove se le tensaba la mandíbula al oír la palabra «autobús».

—Es que… —comenzó Parvaneh, como si se hubiera atascado en mitad de un razonamiento.

Miró la puerta del garaje. Miró a Ove.

—¡Que no oigo lo que decís! ¡Hablad más alto! —gritó la puerta.

Ove se alejó unos pasos. Parvaneh le sonrió de pronto, muy segura. Como si acabara de dar con la solución a un crucigrama.

—Oye, Ove, ¿y si hacemos una cosa? Tú nos llevas al hospital, y yo te ayudo a deshacerte de la periodista. ¿Vale?

Ove levantó la vista. No parecía muy convencido. Desde luego, él no tenía ningún plan de ir otra vez a aquel hospital. Parvaneh hizo un gesto de resignación.

—Hombre, también puedo decirle a la periodista que tengo alguna que otra historia que contarle sobre ti —dijo enarcando las cejas.

—¿Historia? ¿Qué historia? —gritó la puerta del garaje y empezó a aporrear otra vez.

Ove miró la puerta abatido.

—Eso es chantaje —le dijo a Parvaneh.

Ella asintió con entusiasmo.

—¡Ove le pegó al payaso! —dijo la niña de tres años, y asintió con vehemencia mirando al gato, porque, obviamente, consideraba que la aversión manifiesta de Ove por el hospital requería de una explicación para quien no hubiera estado presente cuando tocaba.

El gato no pareció entender lo que significaba. Pero si el payaso era tan irritante como aquella niña, no le parecía mal que Ove le hubiera pegado.

—¡Pues yo no cedo al chantaje! —dijo Ove resuelto, y señaló a Parvaneh dando por zanjada la discusión.

Y por eso se encuentra ahora en el coche, delante de la puerta del hospital. El gato tiene cara de haber sufrido un agravio personal por haber tenido que ir todo el camino en el asiento trasero con la niña de tres años. Ove alisa el papel de periódico de los asientos. Se siente engañado. Cuando Parvaneh le dijo que ella «se desharía de la periodista» no tenía en la cabeza una imagen muy clara de cómo esperaba que lo hiciera. Y bueno, tampoco es que esperase que la hiciera desaparecer en medio de una nube de humo, como por arte de magia, ni que le asestara un espadazo y la enterrara en el desierto o algo parecido.

Pero lo único que Parvaneh hizo fue abrir la puerta del garaje, darle a la periodista su tarjeta de visita y decirle «Llámame y hablamos de Ove». ¿Y qué modo era *ese* de deshacerse de una persona? A Ove, desde luego, no le parece que sea modo de deshacerse de nadie.

Pero claro, ahora es demasiado tarde. Porque ya está allí, esperando delante de la puerta del hospital por tercera vez en menos de una semana. Chantaje, ni más ni menos.

Además, tiene que soportar las continuas miradas acusadoras del gato. Hay algo en esas miradas que le recuerdan demasiado a cómo solía mirarlo Sonja.

—No van a llevarse a Rune. Dicen que sí, pero tardarán años en tramitar los papeles —le dice Ove al gato.

Y quizá se lo dice también a Sonja. Quizá a sí mismo. No está seguro.

—Por lo menos podrías dejar de compadecerte de ti mismo. Si no fuera por mí, tendrías que vivir con la niña esa, y a estas alturas no te quedaría nada de lo poco que te queda del rabo. ¡Piénsalo! —le dice al gato resoplando, en un intento de cambiar de tema.

El gato da media vuelta rodando, se pone de lado, se aleja de Ove y se duerme en señal de protesta. Ove mira otra vez por la ventanilla. Él sabe perfectamente que la niña de tres años no es alérgica para nada. Y sabe que Parvaneh le ha mentido para conseguir que se hiciera cargo de esa birria de gato.

Vamos, hombre, que él no es ningún viejo senil ni nada que se le parezca.

23

Un hombre llamado Ove
y un autobús que no llegó a su destino

Todo hombre debe saber por qué lucha.» Eso decían, al parecer. O al menos, eso era lo que Sonja le había leído en voz alta una vez, en alguno de sus libros. Ove no recordaba cuál, con tanto libro como aquella mujer tenía siempre a su alrededor. En España compró tal cantidad que llenó una maleta, a pesar de que ni siquiera sabía español. «Aprendo leyendo», dijo. Como si fuera tan fácil. Ove le respondió que él era más de pensar las cosas por sí mismo en lugar de leer lo que se les hubiera ocurrido a otros chapuceros. Sonja sonrió y le acarició la mejilla. Y contra eso, Ove se quedaba sin argumentos.

Así que acarreó hasta el autobús las maletas llenas a rebosar. Notó al subir que el conductor olía a vino, pero se dijo que así eran las cosas en España, y que no pasaba nada. Y allí estaba, en el asiento, cuando Sonja le cogió la mano y se la llevó a la barriga, notó las patadidas de su hijo por primera y última vez. Luego se levantó para ir al servicio y, a medio camino por el pasillo, el autobús empezó a dar bandazos, rozó la mediana y, acto seguido, se hizo un instante de silencio absoluto. Como si el tiempo contuviera la respiración. Y luego: una explosión de fragmentos de cristal. El crudelísimo estruendo de la chapa al arrugarse. El impacto violento de los coches que se estrellaban por detrás contra el autobús.

Y los gritos. No los olvidaría nunca.

Ove salió catapultado y lo único que recordaba es que aterrizó boca abajo. Buscó aterrado con la mirada para encontrarla en el tumulto de cuerpos humanos, pero no la veía por ninguna parte. Se arrastró en su busca, se cortó con la lluvia de cristales que había caído del techo, pero era como si una fiera iracunda lo mantuviese allí sujeto. Como si el mismo diablo lo tuviese agarrado por el cuello acogotándolo contra el suelo infligiéndole una humillación implacable. La misma humillación que lo perseguiría todas las noches de su vida a partir de aquel momento: la impotencia absoluta.

La primera semana no se apartó de la cama de Sonja ni un minuto. Hasta que las enfermeras lo mandaron a ducharse y a cambiarse de ropa. Todo el mundo lo miraba compasivo y le decía que «lo acompañaba en el sentimiento». Un médico entró en la habitación y se dirigió a él con indiferencia, con un tono de voz aséptico, y le dijo que debía prepararse para que «ella no se despertara nunca». Ove lo estampó contra una puerta cerrada.

—¡No está muerta! ¡Dejad de comportaros como si estuviera muerta! —vociferó en el pasillo.

Y a partir de aquel momento, nadie en todo el hospital se atrevió a comportarse así.

El décimo día, mientras la lluvia repiqueteaba en las ventanas y la radio hablaba de la peor tormenta desde hacía décadas, Sonja abrió los ojos levemente, con expresión dolorida, vio a Ove y le dio la mano. Amoldó el dedo doblado en la palma de su mano.

Luego se durmió, y permaneció dormida toda la noche. Cuando se despertó, las enfermeras se ofrecieron a contarle lo ocurrido, pero Ove insistió muy serio en que ya se lo contaría él. Así que se lo contó él, con voz serena, mientras le acariciaba las manos frotándoselas como si las tuviera muy frías. Le dijo que el conductor olía a vino y que el autobús se desvió hacia la mediana y le habló de la colisión. Del olor a goma quemada. Del estruendo ensordecedor del choque.

Y del niño que no iba a nacer.

Y Sonja lloró. Un llanto ancestral, inconsolable, que era un grito desgarrador que los despedazó a los dos por dentro durante horas incontables. El tiempo y el dolor y la ira se mezclaban y se confundían en un amasijo de negrura. Y Ove supo que jamás se perdonaría el hecho de no haberse quedado en el asiento para protegerlos a los dos. Supo que aquel dolor sería para siempre.

Pero Sonja no habría sido Sonja si hubiera permitido que la oscuridad ganase la partida. Así que una mañana, Ove no recordaba cuál, después del accidente, dijo que quería empezar a hacer rehabilitación. Y cuando Ove la miraba como si fuera su espalda la que chillase de dolor como un animal torturado cada vez que se movía, Sonja apoyaba la cabecita en su pecho y le susurraba: «Podemos dedicarnos a vivir o dedicarnos a morir, Ove. Hay que seguir adelante».

Y así fue.

Durante los meses siguientes, Ove vio a un sinfín de hombres con camisa blanca, siempre tras una mesa de escritorio de madera clara en diversas oficinas institucionales, y era obvio que disponían de una cantidad inagotable de tiempo para darle a Ove instrucciones sobre qué documentos debía rellenar para cada cosa, pero nadie tenía tiempo de hablar acerca de las medidas necesarias para que Sonja mejorase.

De una de las instituciones enviaron al hospital a una mujer que les explicó con desparpajo que iban a ingresar a Sonja en una «residencia», junto con otras personas «en la misma situación». Diciendo algo así como que era comprensible que «el esfuerzo del día a día» superase a Ove. No lo dijo a las claras, pero no cabía duda de a qué se refería. No creía que Ove pensara quedarse con su mujer ahora, «dadas las circunstancias», como no se cansaba de repetir, señalando discretamente hacia la cama. Hablaba con Ove como si Sonja no se encontrara en la habitación.

Esta vez, Ove sí abrió la puerta, pero echarla, la echó.

—¡La única residencia a la que pensamos ir es a la nuestra! ¡A la casa en la que vivimos! —vociferó Ove en el pasillo, y de pura rabia y frustración, le arrojó uno de los zapatos de Sonja por la puerta.

Luego tuvo que ir a preguntarles a las enfermeras a las que casi alcanza con el zapato si habían visto adónde había ido a parar. Lo que, naturalmente, lo indignó más aún. Era la primera vez que oía reír a Sonja desde el accidente. Como si la risa emanara de ella sin el menor obstáculo. Como si su propia risa la venciera. Reía y reía sin parar hasta que los sonidos vocálicos empezaron a rodar por las paredes y por el suelo como si pensaran ignorar las leyes de espacio y tiempo. Y Ove se sintió como si el pecho fuera reponiéndose poco a poco de las ruinas de una casa destruida tras un terremoto, dejando espacio para que el corazón volviera a latir.

Fue a casa y reformó la cocina entera. Quitó el fregadero y puso otro más bajo. Logró incluso encontrar una encimera de medidas especiales. Cambió las jambas de las puertas y puso una pequeña rampa en cada una. Sonja volvió a sus estudios de magisterio al día siguiente de que le dieran el alta en el hospital. Obtuvo el título en primavera. En el periódico se publicó una vacante en la escuela con peor fama de la ciudad, con ese tipo de alumnos con los que un maestro cualificado con todos los tornillos en su sitio no querría vérselas jamás. Eran de los que tenían diagnóstico de enfermedades con siglas antes de que se inventaran las enfermedades con siglas. «Con los niños y niñas de esta escuela se ha perdido toda esperanza —decía en la entrevista el director, absolutamente hastiado de la situación—. Esto no es docencia, es conservación.» Quizá Sonja comprendía lo que significaba que te describieran así. A la plaza se presentó una única aspirante, y ella consiguió que aquellos niños y aquellas niñas leyeran a Shakespeare.

Entre tanto, Ove acumulaba tal cantidad de rabia que, de vez en cuando, Sonja tenía que pedirle que saliera de casa por las noches para que no se cargara el mobiliario. A ella le dolía lo indecible verlo vencido bajo el peso de la voluntad de destruir. Destruir al conductor de aquel autobús. A la agencia de viajes. La mediana de la autovía. Al fabricante de vino. Todo y a todos. Golpear y golpear hasta exterminarlos a todos ellos. Eso era lo que quería. Guardaba la ira en la caseta. En el garaje. La diseminaba en la tierra durante sus rondas de inspección por el barrio. Pero no era suficiente. Al final, empezó a meterla en las cartas. Escribía al gobierno español. Al sueco. A la policía. A los tribunales. Pero nadie asumía su responsabilidad. A nadie le importaba. Se limitaban a responder remitiéndolo a cláusulas legales y a otras instituciones. Eludían la responsabilidad. Cuando el ayuntamiento se negó a adaptar la escalera de la escuela en la que trabajaba Sonja, se pasó meses escribiendo cartas y apelaciones. Escribió cartas al periódico. Trató de denunciarlos. Literalmente, los ahogó en la sed implacable de venganza de un padre al que le habían secuestrado al hijo.

Pero en todas partes, tarde o temprano, lo detenían los hombres de camisa blanca y expresión severa y autosuficiente. Y contra ellos no se podía pelear. No solo tenían de su parte al Estado, eran el Estado. Desestimaron la última apelación. Y a partir de ahí, no quedaba ya adónde apelar. Terminó la lucha porque así lo decidieron las camisas blancas. Y Ove jamás se lo perdonó.

Sonja se daba cuenta de todo lo que hacía Ove. Comprendía cómo sufría. Así que dejaba que luchara, dejaba que estuviera enfadado, dejaba que toda aquella rabia encontrara su cauce en algún sitio, de alguna manera. Pero una de aquellas tardes de mayo que suelen traer la promesa de cómo será el verano, ella se le acercó en la silla de ruedas y dejó marcas en el parquet. Estaba sentado a la mesa de la cocina, escribiendo cartas, y Sonja le quitó el bolígrafo, le puso la mano en la suya y enroscó el dedo en la palma rugosa. Apoyó la frente despacio en su pecho.

—Ya está bien, Ove. No más cartas. No queda sitio para la vida en esta casa con tanta carta.

Luego levantó la vista, le acarició dulcemente la mejilla y sonrió.

—Ya está bien, Ove, cariño.

Y entonces lo dejó.

Al día siguiente, Ove se levantó al alba, fue en el Saab a la escuela y construyó él mismo la rampa que el ayuntamiento se negaba a construir. Y a partir de aquel día, Sonja volvía a casa todas las tardes y, con el fuego en las pupilas, le hablaba de sus niños y sus niñas. Los mismos que entraban en el aula escoltados por la policía, pero que salían de allí citando versos de cuatrocientos años de antigüedad. Los que la hacían llorar y reír y cantar tanto que el eco resonaba entre las paredes de la casa por las noches. Ove tenía que reconocer que él jamás se habría entendido bien con aquellos gamberros. Pero era lo bastante buena persona como para tenerles aprecio por el bien que le hacían a Sonja.

Todo hombre debe saber por qué lucha. Eso decían. Y ella luchaba por lo que era bueno. Por los niños que nunca tuvo. Así que Ove luchaba por ella.

Porque eso era lo único que de verdad sabía hacer en este mundo.

24

*Un hombre llamado Ove y un demonio
de niña que se pone a pintar*

E l Saab está tan lleno de gente cuando se alejan del hospital
que Ove va mirando el indicador de la gasolina todo el
rato, como si temiera ver cómo se pone a bailar de alegría. Ve
en el retrovisor que Parvaneh, sin la menor consideración, le
da a la niña de tres años un papel y unas tizas de colores.

—¿Tiene que ponerse a pintar en el coche? —pregunta Ove.

—¿Prefieres que se ponga nerviosa y empiece a pensar en
sacarle el relleno a los asientos? —pregunta Parvaneh con toda
la calma.

Ove no responde. Simplemente, mira por el retrovisor a la
niña que, blandiendo una tiza de color lila, le grita al gato: «¡A
pintar!». El gato la mira alerta, con la firme resolución de no
dejarse convertir en lienzo.

Patrick va sentado a su lado, retorciéndose y encogiendo
todo el cuerpo, con la idea de encontrar una postura cómoda
para la pierna escayolada que ha aposentado entre los dos asientos delanteros. No es del todo fácil, pues tiene miedo de tirar
los periódicos que Ove ha extendido tanto en el asiento como
bajo la pierna escayolada.

A la niña de tres años se le cae al suelo una tiza, que sale
rodando y se detiene debajo del asiento del copiloto, donde va
Jimmy. En un alarde de acrobacia casi olímpica para sus di-
mensiones, Jimmy consigue flexionar el corpachón y recogerla

de la alfombrilla que tiene a sus pies. La observa unos segundos, sonríe y se dirige a la pierna de Patrick, donde dibuja un monigote enorme y sonriente. Al verlo, la niña de tres años empieza a reír desaforadamente.

—¿Tú también vas a ponerlo todo perdido? —dice Ove.

—Ha quedado divino, ¿no? —responde Jimmy sonriendo burlón, con cara de querer chocar esos cinco con Ove.

Este lo mira de tal modo que el joven baja la mano antes de llevar a cabo sus intenciones.

—Perdona, hombre, no he podido evitarlo —dice Jimmy, y le da la tiza a Parvaneh un tanto avergonzado.

Un pip le resuena en el bolsillo. Jimmy saca el móvil, tan grande como la mano de un hombre adulto, y se pone a teclear frenéticamente en la pantalla.

—¿De quién es el gato? —pregunta Patrick desde el asiento trasero.

—¡Es el minino de Ove! —responde la niña convencida.

—¡Para nada! —la corrige Ove de inmediato.

Y ve la sonrisa retadora de Parvaneh en el retrovisor.

—¡Pues claro que sí! —dice.

—¡Pues claro que no! —insiste Ove.

Parvaneh se echa a reír. Patrick está desconcertado. La mujer le da una palmadita alentadora en la rodilla.

—No le hagas caso a Ove. Por supuesto que es su gato.

—¡Es un saco de pulgas, eso es lo que es! —la corrige Ove.

El gato levanta la cabeza para saber a qué viene tanto jaleo, pero al final parece decidir que aquello carece por completo de interés y se vuelve a acomodar en las piernas de Parvaneh. O más bien encima de su barriga, para ser exactos.

—¿No vamos a entregarlo en algún sitio? —pregunta Patrick observando al gato que lleva su mujer.

El gato levanta la cabeza un pelín y le suelta un leve bufido por toda respuesta.

—¿Cómo que «entregarlo»? —ataja Ove.

—Pues sí, en alguna residencia para gatos o alg… —comienza Patrick, pero no alcanza a terminar cuando Ove lo interrumpe furioso:

—¡Aquí no vamos a dejar a nadie en ninguna residencia de mierda!

Y con esas palabras se zanja la cuestión. Patrick trata de no parecer asustado. Parvaneh trata de contener la risa. Ninguno de los dos lo consigue del todo.

—¿No podríamos parar a comer en algún sitio? Me muero de hambre —interviene Jimmy. Cambia de postura en el asiento y todo el Saab se tambalea.

Ove observa al grupo que tiene a su alrededor; es como si lo hubieran secuestrado y lo hubieran llevado a un universo paralelo. Por un momento, se plantea salirse de la carretera, pero enseguida cae en la cuenta de que eso significaría llevarlos consigo en la otra vida para toda la eternidad. Tras tomar conciencia de ello, reduce la velocidad e incrementa la distancia de seguridad con el coche de delante.

—¡Pipí! —grita la niña de tres años.

—Ove, ¿podemos parar? Nasanin tiene que hacer pipí —le dice Parvaneh con ese tono que usa la gente que cree que el asiento trasero de un Saab se encuentra a doscientos metros del conductor.

—¡Sí! Así de camino podemos comer algo —propone Jimmy esperanzado.

—Pues sí. Y, además, yo también tengo que ir al servicio —dice Parvaneh.

—El McDonald's tiene servicios —informa Jimmy solícito.

—El McDonald's es perfecto, para aquí, Ove —señala Parvaneh.

—Aquí no se para nada —responde Ove con voz tajante.

Parvaneh lo mira por el retrovisor. Ove no se arredra. Diez minutos después, él sigue sentado en el Saab, esperando a los demás delante del McDonald's. Se ha ido con ellos hasta el gato. Menudo traidor. Parvaneh sale y da unos toques en la ventanilla de Ove.

—¿Estás seguro de que no quieres nada? —le pregunta en tono amable.

Ove asiente. Ella lo mira resignada. Él vuelve a subir la ventanilla. Parvaneh rodea el coche y se sienta en el asiento del copiloto.

—Gracias por parar —le dice con una sonrisa.

—Ya, claro —dice Ove.

La mujer está comiendo patatas fritas. Ove se inclina y pone más papel de periódico en el suelo. Ella se echa a reír. Él no entiende por qué.

—Ove, tienes que ayudarme —le dice de pronto.

La reacción espontánea de Ove no es precisamente de entusiasmo.

—Estaba pensando que podrías ayudarme a sacarme el permiso de conducir —continúa Parvaneh.

—¿Qué estás diciendo? —pregunta Ove, como pensando que no la ha oído bien.

Ella se encoge de hombros.

—A Patrick le esperan varios meses con la escayola. Y tengo que sacarme el carnet para poder llevar a las niñas. Estaba pensando que podría hacer las prácticas contigo.

Ove está tan desconcertado que hasta se le olvida indignarse.

—O sea, que es verdad que no tienes permiso de conducir.

—Sí.

—No era una broma.

—No.

—¿Te lo han retirado?

—No. No me lo he sacado.

El cerebro de Ove necesita un buen rato para procesar una información que le resulta absolutamente inverosímil.

—¿Tú en qué trabajas? —pregunta.

—¿Y eso qué tiene que ver? —responde ella.

—Desde luego que sí tiene que ver.

—Soy agente inmobiliario.

Ove asiente.

—Y no tienes permiso de conducir.

—No.

Ove menea la cabeza disconforme, como si aquello fuera el colmo, una persona que no se responsabiliza de nada. Parvaneh sonríe otra vez con esa risita retadora, hace una bola en la mano con la bolsa vacía de las patatas fritas y abre la puerta.

—Míralo por este lado, Ove: ¿de verdad quieres que sea otra persona la que me dé las prácticas en el barrio?

Dicho esto, se baja del coche y se dirige a la papelera. Ove no responde. Simplemente resopla.

Jimmy aparece junto a la puerta.

—¿Puedo comer en el coche? —pregunta con un trozo de pollo colgándole de la comisura de los labios.

En un primer momento, Ove piensa decirle que no, pero comprende que entonces no se irán nunca de allí. Así que extiende en el asiento del copiloto y en el suelo tantos periódicos como puede, tantos que más bien parece que va a pintar el salón.

—Bueno, pero siéntate de una vez, a ver si llegamos a casa hoy —se lamenta gesticulando apremiante.

Jimmy asiente encantado. Le suena un pip en el móvil.

—Y mira a ver si paras ya ese chisme. Esto no es una sala de juegos recreativos —dice Ove cuando pone el coche en marcha.

—Lo siento, tío, son correos del trabajo, me escriben continuamente —responde Jimmy, y hace equilibrios con la comida en una mano mientras saca el móvil del bolsillo con la otra.

—O sea, que trabajo sí que tienes, después de todo —dice Ove.

Jimmy asiente entusiasmado.

—¡Soy programador de aplicaciones de iPhone!

Ove no hace más preguntas.

Y así continúan más o menos en silencio otros diez minutos, hasta que entran en el aparcamiento, delante del garaje de Ove, que se detiene a la altura del cuarto de las bicicletas, deja el Saab en punto muerto sin apagar el motor, y lanza a los pasajeros una mirada elocuente.

—Sí, Ove, hombre, tranquilo. Patrick puede ir con las muletas hasta la casa, no te preocupes —dice Parvaneh con ironía manifiesta.

Ove señala con la mano a través de la ventanilla hacia el letrero, algo torcido ya, en el que se advierte de que está prohibida la circulación de vehículos en la zona.

—Está prohibida la circulación de vehículos en la zona.

—Vale, Ove, ¡gracias por traernos! —interviene Patrick, ansioso de ser la parte conciliadora.

Sale como puede del asiento trasero con la pierna escayolada mientras que Jimmy sale como puede del delantero, con la camiseta perdida de grasa de la hamburguesa.

Parvaneh coge la sillita del coche con la niña y la pone en el suelo. La niña manotea con algo y suelta una retahíla incomprensible. Parvaneh asiente comprensiva, se acerca al coche otra vez, se asoma a la ventanilla delantera y le da un papel a Ove.

—¿Y esto qué es? —pregunta Ove sin hacer amago de ir a cogerlo.

—Es el dibujo que ha hecho Nasanin.

—¿Y por qué me lo da a mí?

—Porque te ha dibujado a ti —responde Parvaneh, y se lo planta en la mano.

Ove mira el papel a regañadientes. Lleno de rayas y garabatos.

—Ese es Jimmy. Y ese, el gato. Y estos somos Patrick y yo. Y ese eres tú.

Le señala con el dedo un monigote en el centro del dibujo.

Todo lo que hay en el papel está en negro, pero el monigote del centro es literalmente una explosión de color. Amarillo y rojo y azul y verde y naranja y lila, todo revuelto.

—Para ella eres lo más gracioso del mundo. Por eso siempre te dibuja en color —dice Parvaneh.

Ove tarda varios minutos caer en la cuenta y preguntar «¿Cómo que siempre? ¿Qué puñetas quieres decir con que siempre me dibuja así?». Pero para entonces ya van todos camino de su casa.

Ove alisa el periódico del asiento, ofendido. El gato trepa desde el asiento trasero y se tumba delante. Ove mete el Saab en el garaje marcha atrás. Cierra la puerta. Deja el motor en punto muerto, sin apagarlo. Nota cómo los gases van llenando el garaje poco a poco y mira pensativo la goma que está colgada en la pared. Durante unos minutos se oyen la respiración del gato y el rítmico traqueteo del motor. Habría sido fácil quedarse allí sentado esperando lo inevitable. Sería lo único lógico, se dice Ove. Lleva mucho tiempo añorando aquello. El final. La echa tanto de menos que a veces le cuesta estar en su propio pellejo. Aquello sería lo único racional, sí, quedarse allí sentado hasta que los gases los llevaran a él y al gato al sueño final.

Pero entonces mira al gato. Y luego apaga el motor.

La mañana siguiente se levantan a las seis menos cuarto. Toman café y atún respectivamente. Cuando terminan la ronda de inspección, Ove retira a conciencia la nieve de delante de su casa. Y cuando termina, se queda delante de la caseta de las herramientas, apoyado en la pala observando el resto de las casas del barrio.

Y entonces cruza la calle y se pone a retirar la nieve de las demás casas.

25

Un hombre llamado Ove
y un trozo de chapa corrugada

Ove espera hasta después del desayuno, cuando el gato sale voluntariamente para hacer sus cosas. Entonces coge un bote de plástico del estante más alto del armario del baño. Lo sopesa en la mano, como si estuviera a punto de catapultarlo por los aires. Lo lanza arriba y abajo, como si así pudiera determinar la calidad exacta de las píldoras que contiene.

Al final, los médicos le recetaban a Sonja tantos analgésicos que su cuarto de baño todavía parece un almacén de la mafia colombiana. Naturalmente, a Ove no le gustan las medicinas, no confía en ellas, siempre ha tenido la sensación de que su único efecto es psicológico y por eso solo funcionan con gente que tiene el tronco encefálico débil.

Pero sabe que los barbitúricos no son una forma inusual de quitarse la vida. Y desde luego en su casa hay barbitúricos de sobra. Como es normal en casa de los enfermos de cáncer.

Acaba de caer en la cuenta.

Oye algo al otro lado de la puerta. El gato ha vuelto pronto. Y ahí está, maullando. Al ver que no le abre, empieza a arañarla. Suena como si se hubiera quedado atrapado en una trampa para osos. Como si se lo maliciara. Ove se da cuenta de que lo ha decepcionado. Y no le pide que lo comprenda.

Está pensando en cómo se sentiría si se tomara una sobredosis de analgésicos. Él nunca ha tomado drogas. Apenas puede decirse que haya bebido alcohol de más en la vida. Nunca le ha gustado la sensación de perder el control. Con los años ha comprendido que esa precisamente es la sensación que la gente busca y ansía; pero, en opinión de Ove, solo un tontaina puede pensar que perder el control es una experiencia deseable. Se pregunta si tendrá náuseas, si sentirá algo cuando los órganos del cuerpo se rindan y dejen de trabajar. O si se dormirá sin más cuando el cuerpo le resulte superfluo.

El gato aúlla fuera, en medio de la nieve. Ove cierra los ojos y piensa en Sonja. No es que él sea el tipo de hombre que se rinde y se echa a morir sin más, no quiere que Sonja piense eso de él. Pero lo cierto es que esto es culpa suya. Se casó con él. Y ahora él no sabe cómo se duerme sin la punta de su nariz entre el cuello y el hombro. Así de sencillo.

Quita la tapa del frasco, lo vacía en la palma de la mano. Observa las pastillas como esperando que se transformen en pequeños robots asesinos. Naturalmente, eso no pasa. Ove no está impresionado. Le resulta incomprensible que esas pastillitas blancas puedan hacerle daño, con independencia de cuántas se tome. El gato suena como si estuviera escupiéndole nieve a la puerta. Pero de pronto se calla, y se oye un sonido completamente distinto.

Ladridos.

Ove levanta la vista. Hay unos segundos de silencio, y enseguida oye al gato gritar de dolor. Y más ladridos. Y la pazguata de la rubia, que chilla no se sabe qué.

Ove se sujeta al lavabo con las manos. Cierra los ojos, como si pudiera hacer enmudecer los sonidos en la cabeza. Imposible. Así que, al final, se pone derecho y suelta un suspiro. Abre el frasco y mete otra vez las pastillas. Baja la escalera. Al cruzar el salón, deja el frasco en el alféizar. Ve por la ventana a la pazguata de la rubia en la calle. La ve coger carrerilla y abalanzarse contra el gato.

Ove abre la puerta en el preciso momento en que la rubia

trata de darle al animal una patada en la cabeza con todas sus fuerzas. El gato es lo bastante ágil como para ponerse a salvo del afilado tacón y retrocede hacia la caseta de Ove. La bota de pelo ruge histérica, chorreando saliva que le salpica toda la cara, como una bestezuela rabiosa. Lleva pelos en la boca. Ove se da cuenta de que es la primera vez que ve a la pazguata sin gafas de sol. La maldad le brilla en el verde de los ojos. Toma impulso con la intención de dar otra patada, pero ve a Ove y se detiene a medio camino. Le tiembla el labio de ira.

—¡Pienso hacer que le peguen un tiro! —chilla señalando al gato.

Ove niega muy despacio con un gesto, sin dejar de mirarla. La mujer traga saliva. Le ha visto algo en la cara, una expresión como tallada en piedra natural, y la resolución asesina empieza a abandonarla.

—¡Es un pu… un puto gato callejero… y hay que matarlo! ¡Le ha arañado a Prince! —balbucea.

Ove no dice nada, pero se le ensombrece la mirada. Y al final hasta el perro empieza a retroceder.

—Ven, Prince —dice la pazguata en voz baja, y da unos tirones de la cadena.

El perro se da la vuelta de inmediato. La rubia mira a Ove una última vez con el rabillo del ojo y desaparece tras doblar la esquina, como si Ove le hubiera dado un empujón solo con la mirada.

Ove se queda allí respirando con dificultad. Se lleva el puño al pecho. Siente que el corazón late incontroladamente. Se le escapa un lamento. Y entonces mira al gato. El gato lo mira a él. Otra vez tiene heridas en el costado. Y el pelaje lleno de sangre.

—Qué puñetas, a ti no te bastan nueve vidas, ¿verdad? —dice Ove.

El gato se lame la pata con cara de no ser el tipo de gato al que le parece importante llevar la cuenta. Ove asiente y se aparta un poco.

—Anda, entra.

El gato cruza el umbral. Ove cierra la puerta.

Se planta en medio del salón. Sonja lo mira desde todos los rincones. Hasta ahora no se había dado cuenta de que ha puesto las fotos de modo que ella lo vea por la casa, donde quiera que se encuentre. Sonja está en la mesa de la cocina, en la pared de la entrada, hacia la mitad de la escalera. Está en el alféizar del salón, donde ahora se ha sentado el gato, justo a su lado. El animal le lanza a Ove una mirada esquinada y tira al suelo el frasco de pastillas de un puntapié. Ove lo recoge, el gato lo mira como si fuera a gritarle en cualquier momento: «J'accuse!».

Ove le da distraídamente con el pie al tablón del suelo, se da media vuelta, va a la cocina y coloca el frasco en un armario. Luego prepara café y le pone al gato agua en un cuenco.

Beben en silencio.

—Menudo cabezón estás hecho —dice Ove al fin.

El gato no contesta. Ove coge el cuenco vacío y lo pone en el fregadero, junto con su taza. Se queda allí plantado, con los brazos caídos y como pensando un buen rato. Luego va a la entrada.

—Vente conmigo, anda —le dice al gato sin mirarlo—. Le vamos a dar a ese chucho una buena lección.

Se pone el chaquetón azul de invierno, se calza los zuecos y deja salir primero al gato. Mira la foto de Sonja que hay en la entrada. Se está riendo. Morir no es tan importante, puede esperar una hora más, piensa Ove, y sale detrás del gato.

La puerta tarda varios minutos en abrirse. El sonido prolongado de algo que se arrastra precede al de la cerradura, como el de un fantasma que hubiera cruzado la casa con los pies atados con pesadas cadenas. Al final se abre y allí está Rune, que clava en Ove y en el gato una mirada vacía.

—¿Tienes chapa corrugada? —pregunta Ove sin preámbulos.

Rune lo mira concentrado unos segundos, como si el cerebro luchara frenéticamente contra unas fuerzas extrañas para llegar a un recuerdo.

—¿Chapa? —dice Rune en voz alta para sí mismo, como saboreando la palabra, como si acabara de despertarse y quisiera recordar lo que había soñado.

—Sí, chapa —repite Ove.

Rune lo mira como si fuera transparente. Le brillan los ojos como un capó recién encerado. Está escuálido y encorvado, tiene la barba gris, casi blanca. Antes era un hombre robusto que infundía bastante respeto, pero ahora le cuelga la ropa como andrajos. Ha envejecido. Ha envejecido mucho, muchísimo, se dice Ove, y verlo así le afecta con una intensidad para la que no estaba preparado. La mirada de Rune vaga unos instantes. Y entonces contrae un poco la comisura de los labios.

—¿Ove? —pregunta de pronto.

—No va a ser el Papa —responde Ove.

La piel fláccida de Rune se estira enseguida en una sonrisa somnolienta. Los dos hombres, que un día fueron muy amigos, o tan amigos como pueden llegar a ser dos hombres así, se miran fijamente. Uno que se niega a olvidar el pasado y otro que no puede evitar olvidarlo.

—Estás viejo —dice Ove.

Rune sonríe.

Y entonces se oye la voz de Anita, que aparece nerviosa dirigiéndose a la puerta con sus piececillos infatigables.

—¿Hay alguien en la puerta, Rune? ¿Qué haces ahí? —pregunta asustada antes de asomar en el umbral y ver a Ove—. Vaya… hola, Ove —dice deteniéndose en el acto.

Ove se queda ahí plantado, con las manos en los bolsillos. A juzgar por la expresión del gato, que está a su lado, se diría que el animal habría hecho lo mismo si hubiera tenido bolsillos. O manos. Anita también está encogida y gris, con sus pantalones grises y una rebeca gris de punto, con el pelo gris y la piel gris. Pero Ove se da cuenta de que tiene la cara enrojecida e hinchada cuando la ve pasarse la mano por los ojos para enjugarse el dolor. Tal y como hacen las mujeres de su generación. Como si se dedicaran a barrer la pena de la puerta de la casa todas las mañanas. Coge a Rune por los hombros con un gesto cariñoso y lo conduce hasta la silla de ruedas que está en el salón, junto a la ventana.

—Hola, Ove —repite la mujer con tono amable aunque sorprendido cuando vuelve a la entrada—. ¿Qué querías? —pregunta.

—¿Tenéis chapa corrugada? —responde Ove.

Ella lo mira desconcertada.

—Chapa corregida —murmura la mujer, como si la chapa pudiera estar mal y hubiera que corregirla.

Ove deja escapar un suspiro.

—Pero por Dios bendito, chapa co-rru-ga-da.

Anita no parece menos desconcertada que hace un instante.

—¿Debería?

—Rune seguro que tiene en la caseta —dice Ove, y señala con la mano extendida.

Anita asiente. Coge de la pared la llave de la caseta de las herramientas y se la da a Ove.

—Chapa… ¿corrugada? —repite la mujer.

—Sí —dice Ove.

—Pero nosotros no tenemos el techo de chapa.

—Ya, pero eso no tiene nada que ver.

Anita asiente y niega sucesivamente.

—No, no, claro, seguramente no.

—Uno puede tener chapa de todos modos —dice Ove, como si fuera una obviedad.

Anita asiente. Como cuando uno se enfrenta al hecho irrefutable de que cualquier persona en condiciones tiene en la caseta de las herramientas un poco de chapa corrugada, por si acaso.

—Pero, entonces, ¿tú no tienes chapa de esa? —dice Anita, más bien por procurar que fluya la conversación.

—Se me ha terminado —dice Ove.

Anita asiente comprensiva. Como cuando uno se enfrenta al hecho irrefutable de que es la cosa más natural del mundo que la gente que no tiene el techo de chapa utilice la chapa hasta el punto de que se le terminen las reservas.

Un minuto después, Ove aparece en la puerta con gesto triunfal y cargado con un trozo de chapa corrugada tan grande como la alfombra del salón. Anita no tiene la menor idea de cómo es posible que un trozo tan grande de chapa cupiera en la caseta sin que ella supiera que lo tenía allí.

—Qué te decía yo —dice Ove, y le devuelve la llave.

—Sí… claro, ya lo decías tú —no puede por menos de reconocer Anita.

Ove mira hacia la ventana. Rune le devuelve la mirada. Y justo cuando Anita se da la vuelta para entrar otra vez en la casa, Rune vuelve a sonreír y se despide con la mano. Como si en ese momento, solo por un segundo, hubiera caído en la cuenta de quién era Ove y qué estaba haciendo allí. Ove responde con el mismo ruido que se hace al arrastrar un piano por un suelo de madera.

Anita se detiene y reflexiona un instante. Se gira.

—Los de asuntos sociales han estado aquí otra vez, quieren quitarme a Rune —dice sin levantar la vista.

Se le quiebra la voz como papel de periódico reseco cuando dice el nombre de su marido. Ove manosea la chapa.

—Dicen que no puedo ocuparme de él, con la enfermedad y todo eso. Dicen que hay que enviarlo a una residencia —añade.

Ove sigue manoseando la chapa.

—Y si lo dejo en una residencia se muere, Ove. Tú lo sabes… —termina con un hilo de voz.

Ove asiente y mira los restos de una colilla que se ha congelado en el hielo, en la rendija entre dos losetas. Ve con el rabillo del ojo que Anita tiene el cuerpo un poco ladeado. Recuerda que Sonja le contó hará unos años que era por la operación de cadera. Y además, también le tiemblan las manos. «Esclerosis múltiple incipiente», le había aclarado Sonja. Y hace unos años, a Rune le diagnosticaron Alzheimer.

—Pues vuestro hijo podría venir y echaros una mano, ¿no? —murmura en voz baja.

Anita levanta la vista. Lo mira a los ojos y sonríe indulgente.

—¿Johan? Qué va... si vive en América, ¿sabes? Ya tiene bastante con lo suyo. ¡Ya sabes cómo son los jóvenes!

Ove no responde. Anita dice «América» como si el egoísta de su hijo se hubiera mudado al paraíso, sin ir más lejos. Ove no había visto al muchacho en el barrio ni una sola vez desde que Rune enfermó. Ya es un hombre hecho y derecho, pero de cuidar a sus padres no tiene tiempo.

Anita se estremece, como si se hubiera sorprendido a sí misma en una indecencia. Sonríe disculpándose con Ove.

—Perdona, Ove, no quiero hacerte perder el tiempo con mi charla.

Vuelve a entrar en la casa. Ove se queda allí plantado, con la chapa en la mano y el gato a sus pies, y masculla algo a medias para sus adentros justo antes de que se cierre la puerta. Anita se da la vuelta sorprendida, se asoma por la rendija y mira a Ove.

—¿Perdona?

Ove se retuerce sin mirarla a la cara. Luego se da la vuelta y empieza a alejarse, como si las palabras se le hubieran escapado sobre la marcha.

—Decía que si sigues teniendo problemas con esos dos elementos, puedes llamar a mi puerta. El gato y yo estaremos en casa.

A Anita se le transforma la cara surcada de arrugas con una sonrisa. Da un paso hacia fuera, parece que quiere decir algo más. Quizá algo sobre Sonja, algo sobre lo mucho que echa de menos a su mejor amiga. Cómo echa de menos la relación que tenían los cuatro cuando acababan de mudarse al barrio, pronto hará cuarenta años. Cómo echa de menos incluso las discusiones de Ove y Rune. Pero Ove ya ha doblado la esquina.

Cuando llega con el gato a la caseta de las herramientas, Ove entra y coge la batería de reserva que tiene para el Saab y dos pinzas metálicas. Luego coloca la chapa corrugada sobre las losetas que hay entre la caseta y la casa, y la cubre de nieve por completo.

Se queda un buen rato junto al animal, evaluando su creación. Una trampa para perros perfecta, oculta bajo la nieve, electrificada de un extremo a otro, lista para atacar. Lo cual será una venganza perfectamente proporcional. La próxima vez que a la pazguata de la rubia se le ocurriera traer al puto perro para que hiciera pis en su casa, sería encima de una chapa electrificada. Y ya veremos si les gusta, piensa Ove.

—Se quedará de una pieza —le dice satisfecho al gato.

El animal ladea la cabeza y mira la chapa.

—Como si te cayera un rayo en las vías urinarias —dice Ove.

El gato se lo queda mirando un buen rato. Como diciendo: «Pero no irás en serio, ¿verdad?». Ove se mete las manos en los bolsillos y menea la cabeza.

—Ya, ya, ya —suspira Ove.

Guardan silencio.

—Ya, ya, claro —añade Ove, y se rasca la barbilla.

Luego recoge la batería y las pinzas y las guarda en el garaje. No porque crea que la pazguata de la rubia y el chucho no se merezcan una buena descarga eléctrica. Porque a él le parece que sí, por descontado. Sino porque se da cuenta de que hace ya tiempo que nadie le recuerda la diferencia entre ser malo porque no te queda más remedio y ser malo porque puedes serlo.

—Pero era una idea cojonuda —le dice al gato mientras los dos vuelven a la casa.

El gato no parece muy convencido.

—Ya, seguro que crees que lo de la corriente no habría funcionado. ¡Pero sí! ¡Habría funcionado! ¡Que lo sepas! —le grita Ove.

El gato sigue hasta el salón con el porte de quien va pensando: «Sí, sí, claaaro que sí...».

Y luego se sientan a comer.

26

*Un hombre llamado Ove y una sociedad
en la que ya nadie sabe arreglar una bici*

No era que Sonja no lo animara nunca a hacer amigos. Claro que lo animaba de vez en cuando. Pero Ove siempre tendría presente el hecho de que nunca insistía demasiado, nunca se ponía pesada, lo cual era una de las mayores pruebas de amor. A muchas personas les cuesta vivir con alguien que aprecia la soledad. Es algo que hiere a aquellos que no son capaces de soportarla. Pero Sonja no se quejaba nunca de él más de lo necesario. «Me quedé contigo tal y como venías de fábrica», solía decir. Y ya no había más que hablar.

Naturalmente, eso no le impedía alegrarse de los años en que Ove y Rune, pese a todo, mantuvieron algo así como una amistad. Y no porque se comunicaran mucho. Rune hablaba poco, Ove casi nada. Pero Sonja no era tan tonta como para no comprender que hasta a los hombres como Ove les gustaba tener con quién no hablar de vez en cuando. Y ahora hacía mucho que no tenía a nadie. Mucho.

—He ganado —dijo resuelto al oír el ruido del buzón.

El gato baja de un salto del alféizar del salón y se dirige a la cocina. «Mal perdedor», piensa Ove camino de la puerta. Hace siglos desde la última vez que se apostó con alguien a qué hora llegaría el correo. Solía hacerlo con Rune en verano, cuando estaban de vacaciones, y con tal frecuencia que desarrollaron un complejo sistema de zonas marginales y fracciones de minuto para establecer quién se había aproximado más. Así era por aquel entonces, cuando el correo llegaba de verdad a las doce, y hacían falta parámetros claros para decidir quién se había quedado más cerca del acierto. En la actualidad no era así, por supuesto. En la actualidad, el correo puede llegar tranquilamente a primera hora de la tarde así, sin más. Como si lo repartieran cuando a la dichosa oficina de correos le viene en gana y el que lo recibe tuviera que estar agradecido encima. Ove había tratado de apostar con Sonja cuando Rune y él dejaron de hablarse. Pero ella no comprendía las reglas, así que terminó por abandonar.

El gamberro se aparta con agilidad para evitar que Ove le estampe la puerta en la cara al abrir. Ove lo mira sorprendido. Lleva el uniforme del servicio de correos.

—¿Sí? —dice Ove.

El gamberro no parece tener intención de ir a responder. Está trajinando con un periódico y una carta. Y entonces, Ove cae en la cuenta de que se trata del mismo gamberro que estuvo discutiendo con él por la bicicleta hace unos días. La bicicleta que el gamberro dijo que pensaba «arreglar». Pero Ove ya sabe cómo acaban esas cosas. Para estos gamberros, «arreglar» significa «robar y vender por internet». Ni más ni menos.

El gamberro parece aún menos contento de haber reconocido a Ove. Tiene la misma cara que las camareras cuando no saben si servirte la comida o si volver a la cocina y escupir una vez más en tu plato. Mira a Ove fríamente, mira la carta y el periódico, mira a Ove una vez más. Luego le deja la correspondencia y le suelta un arisco «Aquí tienes». Ove la coge sin apartar la vista del gamberro.

—Tienes el buzón roto, así que he pensado dártelo en mano —dice el gamberro.

Señala el montón de chatarra que era el buzón de Ove antes de que ese grandullón que es incapaz de ir marcha atrás con un remolque diera marcha atrás con un remolque y se lo llevara por delante, y luego señala la carta y el periódico que Ove tiene en la mano. Ove mira la correspondencia. El periódico parece una publicación local, de esas que reparten gratuitamente, aun cuando uno tenga un letrero que diga que pueden guardárselo donde les quepa. Y la carta es publicidad, seguramente, se figura Ove. Claro que lleva su nombre y su dirección escritos a mano en el anverso, pero ese es un truco publicitario típico. Para que uno crea que es una carta de una persona de carne y hueso. Así la abres y, ¡sorpresa!, caes víctima de la promoción comercial. Y esa triquiñuela no funciona ni con la abuela, ni con Ove, se dice Ove.

El gamberro se queda balanceándose sobre los talones y mirando al suelo. Como si luchara por retener en su interior algo que quiere salir.

—¿Alguna cosa más? —pregunta Ove.

El gamberro se pasa la mano por la pelambre grasienta de adolescente.

—Pues… bah, es una chorrada… que quería preguntarte si tu mujer se llama Sonja —farfulla mirando al suelo nevado.

Ove lo mira suspicaz. El gamberro señala el sobre.

—Es que he visto el apellido. Y yo tuve una maestra que se llamaba así. Y quería saber… bah, es una chorrada.

El gamberro está como maldiciéndose a sí mismo por haber dicho nada, y se da la vuelta para irse. Ove carraspea y da una patada en el suelo.

—Pues… sí, puede que sí. ¿Qué pasa con Sonja?

El gamberro se detiene a unos metros.

—Bah… es una chorrada. Que me caía bien. Y quería decírtelo. A mí es que no se me da muy bien leer y escribir y esas cosas, ya sabes.

Ove está a punto de responderle que jamás se lo habría imaginado, pero se calla. El gamberro se retuerce, se pasa la mano por el pelo, como esperando encontrar ahí la forma adecuada de expresarse.

—De todas las maestras que tuve, ella es la única que no pensaba que yo era idiota —dice con un hilo de emoción en la voz—. Me animó a leer a… Shakespeare y eso. Y yo como que ni siquiera sabía que sabía leer. Consiguió que me leyera un libro supergordo y todo. Cuando me enteré de que había muerto pensé que vaya mierda y eso.

Ove no responde. El gamberro baja la vista. Se encoge de hombros.

—Era solo eso…

Se calla. Y luego se quedan allí los dos, el hombre de cincuenta y nueve años y el adolescente, a unos metros el uno del otro, dando patadidas en la nieve. Como haciéndose pases con los recuerdos de una mujer que se empeñaba en ver en algunos hombres más potencial del que ellos mismos se reconocían. Ninguno de los dos sabe qué hacer exactamente con esa experiencia una vez compartida.

—¿Qué piensas hacer con la bici? —dice Ove finalmente.

—Le he prometido a mi novia que iba a arreglarla. Vive ahí —responde el gamberro, y gira el cuello para señalar el extremo de la calle, enfrente de la casa de Anita y Rune.

Ahí viven los clasificadores de basura, cuando no están en Tailandia o donde puñetas vayan.

—O, bueno, todavía no es mi novia. Pero vamos, que yo había pensado que va a ser, o sea.

Ove observa al gamberro como los hombres maduros observan a los jóvenes que parecen ir inventándose la gramática a medida que van hablando.

—Ya. ¿Y tienes herramientas? —pregunta.

El gamberro menea la cabeza.

—¿Y cómo vas a arreglar una bici sin herramientas? —estalla Ove, más sinceramente sorprendido que indignado.

El gamberro se encoge de hombros.

—Ni idea.

—¿Y por qué le has prometido que ibas a arreglarla?

El gamberro patea la nieve. Se rasca avergonzado la cara con la palma de la mano.

—Porque me gusta mucho.

Ove no sabe qué puede responder a eso. Así que hace un rollo con el periódico y la carta y se da en la mano como si fuera una porra. Se queda allí plantado un buen rato, totalmente absorto en la monotonía de aquel movimiento.

—Tengo que irme —murmura el gamberro con un tono casi inaudible, y hace amago de darse la vuelta otra vez.

—Ven después del trabajo, anda, y saco la bicicleta.

A Ove le salen las palabras no se sabe de dónde. Como si las hubiera pensado en alto en lugar de pronunciarlas.

—Pero tendrás que traerte tus herramientas —añade.

—¿En serio, tío?

Ove sigue ausente, con la porra en la mano. El gamberro traga saliva.

—Bueno, o sea, ¿de verdad? Yo… es que… mierda, ¡es que no puedo ir por la bici hoy! ¡Tengo que ir al otro trabajo! Pero mañana, tío. Puedo mañana, o sea.

Ove ladea un poco la cabeza como si todo lo que acaba de decir lo hubiera pronunciado un personaje de dibujos animados. El gamberro respira hondo y se serena un poco.

—¿Mañana? ¿Te va bien si vengo mañana? —insiste.

—¿Qué otro trabajo tienes? —pregunta Ove, como si acabaran de darle una respuesta incompleta en una final del Jeopardy.

—O sea, es que trabajo en una cafetería por las tardes y los fines de semana —dice el gamberro, con ese brillo propio de un superadolescente con la esperanza recién prendida en los ojos, ahora que sabe que puede salvar una relación imaginaria con una novia que ni siquiera es su novia—. ¡En la cafetería hay herramientas! ¡Puedo llevarme la bici allí! —continúa el gamberro entusiasmado.

—Así que un segundo trabajo. ¿No tienes bastante con uno? —pregunta Ove, y señala con la porra de papel el logotipo del servicio de correos que lleva el gamberro en el pecho de la chaqueta.

—Es que estoy ahorrando —responde el muchacho.

—¿Para qué?

—Un coche.

Ove no puede por menos de notar que se ha erguido un poco al pronunciar la palabra «coche». Ove duda un instante. Luego empieza a darse otra vez con la porra en la palma de la mano, lenta y cuidadosamente.

—¿Qué coche?

—¡He estado viendo un Renault! —declara el gamberro feliz, y se yergue un poco más.

Durante una centésima de suspiro o así, el aire se detiene alrededor de los dos. Como tiende a hacer el aire en esas situaciones. Si hubiera sido la escena de una película, la cámara habría dado un giro panorámico de trescientos sesenta grados antes de que Ove perdiera el control por completo.

—¿Un Renault? ¡Pero si es un coche francés! ¡¡¡Me cago en todo, no puedes ir y comprarte un coche francés!!!

El gamberro hace amago de ir a responder algo, pero Ove no le da ocasión, le tiembla todo el cuerpo como si tratara de espantar a una avispa persistente.

—¡Por Dios bendito, niñato! ¿Es que no sabes nada de coches?

El gamberro niega con un gesto. Ove suelta un suspiro y se lleva la mano a la frente, como presa de una migraña repentina.

—¿Y cómo vas a llevar la bici a la cafetería si no tienes coche? —dice por fin con un tono algo más sereno.

—Pues… pues no lo había pensado —dice el gamberro.

Ove menea la cabeza.

—¿Un Renault? ¿De verdad? —repite.

El gamberro asiente. Ove se frota los ojos con cara de frustración.

—¿Cómo decías que se llamaba la dichosa cafetería? —pregunta.

Veinte minutos después, Parvaneh le abre la puerta sorprendida. Allí está Ove, dándose con la porra de papel en la palma de la mano con tranquilidad.

—¿Tienes el letrero verde?

—¿Qué?

—Hay que tener un letrero verde para poder hacer prácticas sin profesor. ¿Tienes o no?

Parvaneh asiente.

—Sí… bueno, sí que tengo uno, pero ¿qué…?

—Dentro de dos horas vengo a buscarte. Cogemos mi coche.

Ove se da media vuelta y cruza la calle dando zapatazos, sin aguardar respuesta.

27

Un hombre llamado Ove
y unas prácticas de conducir

En los cuarenta años que llevaban viviendo en el barrio, había ocurrido alguna que otra vez que un vecino recién llegado se atrevía a preguntarle a Sonja cuál era la causa real de la profunda enemistad que reinaba entre Ove y Rune. Por qué dos hombres que eran amigos empezaron a odiarse de pronto con una intensidad apabullante.

Sonja solía responder con total tranquilidad que era muy sencillo. La cuestión era simplemente que cuando los dos hombres llegaron al barrio con sus mujeres, Ove tenía un Saab 96, y Rune se compró un Volvo 244. Unos años después, Ove se compró un Saab 95 y Rune, un Volvo 265. Durante la década siguiente, Ove se compró dos Saab 900 y luego un Saab 9000. Rune, por su parte, se compó un Volvo 265 y luego un Volvo 745, pero unos años después volvió al modelo sedán y se hizo con un Volvo 740. Entones Ove se compró otro Saab 9000, y Rune terminó por decantarse por el Volvo 760, tras de lo cual Ove adquirió otro Saab 9000 y Rune decidió subir el estándar y se pasó al Volvo 760 Turbo.

Y luego llegó el día en que Ove fue al concesionario para echarle un vistazo al recién lanzado Saab 9-3, y cuando volvió a casa, vio que Rune se había comprado un BMW. «¡¡Un B-M-W!! —le dijo a Sonja gritando—. ¿Cómo razona uno con alguien así, eh?»

Y, seguramente, no era esa al cien por cien la causa de que los dos hombres hubieran llegado a detestarse, solía añadir Sonja. Pero o lo entendías o no lo entendías. Y si no lo entendías, no tenía mucho sentido tratar de explicar el resto.

Como es lógico, la mayoría no alcanzaba a comprenderlo, solía señalar Ove. Pero claro, la gente no sabía ya una palabra de lealtad. Hoy en día el coche no era más que un «medio de transporte» y la carretera, un estorbo entre dos puntos. Ove está convencido de que por eso el tráfico es como es. Si la gente se preocupara un poco más de su coche, no conducirían como idiotas, se dice mientras presencia un tanto molesto cómo Parvaneh aparta de un manotazo el periódico que ha extendido en el asiento. Tiene que echar para atrás el asiento al máximo para poder meter la barriga, y luego acercarlo al máximo para llegar al volante.

Las prácticas no empiezan muy bien. Concretamente, empiezan con que Parvaneh intenta sentarse en el coche con un refresco en la mano. No debería haberlo hecho. Luego trata de trastear la radio de Ove, para poner una emisora «más entretenida». Seguramente, tampoco debería haber hecho nada parecido.

Ove coge el periódico del suelo, lo enrolla y empieza a aporrearse nervioso la palma de la mano, como si fuera una variante agresiva de la pelota antiestrés. Parvaneh coge el volante y contempla el salpicadero con la misma expresión de un niño curioso.

—¿Por dónde empezamos? —pregunta ansiosa, tras haber renunciado al refresco.

Ove suspira. El gato va en el asiento trasero, con cara de estar deseando intensamente que los gatos supieran ponerse el cinturón de seguridad.

—Pisa el embrague —dice Ove sereno.

Parvaneh mira a su alrededor, como buscando algo. Luego mira a Ove y sonríe disculpándose.

—¿Cuál es el embrague?

La cara de Ove refleja incredulidad.

—¿Qué cojo…? Tienes que saber… ¡Por Dios!

Ella vuelve a mirar a su alrededor, se gira hacia el enganche del cinturón, en el respaldo del asiento, como esperando encontrar allí el embrague. Ove se lleva la mano a la frente. Parvaneh lo mira con una mezcla de ira y humillación.

—¡Te dije que quería sacarme el permiso para coche automático! ¿Por qué te has empeñado en que cojamos tu coche?

—Porque tienes que sacarte un permiso de verdad —replica Ove, haciendo hincapié en «de verdad» de un modo que revela que, para él, un permiso para coche automático está tan lejos de ser «de verdad» como un coche automático.

—¡No me grites! —grita Parvaneh.

—¡No estoy gritando! —le responde Ove a gritos.

El gato se encoge en el asiento trasero, claramente interesado en no verse en medio de aquello, lo que quiera que fuese. Parvaneh se cruza de brazos y mira furiosa por la ventanilla. Ove se golpetea rítmicamente con la porra de papel en la palma de la mano, una y otra vez.

—El pedal de la izquierda es el embrague —gruñe al fin.

Tras un suspiro tan profundo que tiene que parar a la mitad para tomar más aire, continúa:

—El pedal del centro es el freno. El de la derecha, el acelerador. Vas soltando el embrague lentamente, hasta que notes que tira, pisas el acelerador, sueltas del todo el embrague y sales rodando.

Es obvio que Parvaneh se lo toma como una disculpa. Asiente y se serena. Coge el volante, pone el coche en marcha y hace lo que le ha dicho. El Saab arranca y sale dando un salto, hace una pausa y se precipita luego con un rugido hacia el aparcamiento de las visitas y está a punto de estrellarse contra otro coche. Ove da un tirón del freno de mano, Parvaneh suelta el volante y empieza a gritar presa del pánico, tapándose los ojos con las manos cuando el Saab se detiene por fin con un violento traqueteo. Ove respira como si hubiera llegado al freno de mano sorteando los obstáculos de una pista de entrenamiento militar. Le tiemblan los músculos de la cara como si le hubieran rociado los ojos con limón.

—¿Y qué hago ahora? —chilla Parvaneh al ver que el Saab se ha quedado a dos centímetros de los faros traseros del coche de delante.

—La marcha atrás. Ahora tienes que meter la marcha atrás —consigue articular Ove entre dientes.

—¡Casi me estrello con ese coche! —jadea Parvaneh.

Ove se inclina hacia el capó. Se le relajan las facciones con una especie de calma. Se vuelve hacia ella y le dice sereno:

—No importa. Es un Volvo.

Les lleva un cuarto de hora salir del aparcamiento a la carretera. Una vez allí, Parvaneh acelera tanto en primera que el Saab vibra como si fuera a explotar. Ove le dice que cambie, y ella le responde que no sabe cómo se hace. El gato trata a todas luces de abrir la puerta en la parte trasera del coche.

Cuando llegan al primer semáforo, un cuatro por cuatro negro con dos jóvenes rapados dentro se para tan cerca del parachoques trasero del Saab que Ove está seguro de que se irán de allí con su matrícula grabada en la chapa. Parvaneh echa una mirada nerviosa al espejo retrovisor. El cuatro por cuatro da un acelerón, como marcando una toma de postura. Ove se vuelve y mira por la luna trasera. Los dos hombres tienen el cuello lleno de tatuajes. Como si el cuatro por cuatro no fuera señal suficiente de que eran dos idiotas integrales.

El semáforo se pone verde. Parvaneh suelta el embrague. El Saab suelta una tos y todo el salpicadero se pone negro. Parvaneh gira estresada la llave y solo consigue que el motor suelte un rugido desgarrador. Aúlla, tose y vuelve a ahogarse. Los hombres de las cabezas rapadas y los cuellos tatuados pitan. Uno de ellos gesticula.

—Pisa el embrague y acelera —dice Ove.

—¡Si ya lo hago! —responde Parvaneh.

—No, no lo estás haciendo.

—Pues claro que sí.

—Ahora la que grita eres tú.

—¡Que no, joder, que no estoy gritando! —grita Parvaneh.

El cuatro por cuatro pita. Parvaneh pisa el embrague. El Saab retrocede unos centímetros y le da al cuatro por cuatro en la delantera. Los de los cuellos tatuados van a destrozar literalmente el claxon, que suena como si fuera la alarma de un ataque aéreo.

Parvaneh gira otra vez la llave desesperada, pero naturalmente resulta que el motor vuelve a pararse. Y entonces lo suelta todo y se tapa la cara con las manos.

—Pero Dios bend... ¿Te vas a poner a llorar? —pregunta Ove.

—¡No, joder, no estoy llorando! —le suelta, y las lágrimas inundan el salpicadero.

Ove se aparta y se mira las rodillas. Manosea la porra de papel.

—Es que es todo tan difícil, ¿entiendes? —solloza Parvaneh, y apoya la frente en el volante, como si creyera que va a ser blando y esponjoso—. ¡Que estoy EMBARAZADA! —exclama. Levanta la cabeza y mira a Ove, como si fuera culpa suya—. Y estoy un poco ESTRESADA, ¿¿¡¡es que nadie puede mostrar una pizca de comprensión con una embarazada víctima del ESTRÉS!!??

Ove se retuerce incómodo en el asiento. Ella da varios puñetazos en el volante. Dice entre susurros que lo único que ella quería era «tomarse un refresco, joder». Luego deja caer los brazos sin fuerzas sobre el volante, hunde la cara en las mangas del jersey y empieza a llorar otra vez.

El cuatro por cuatro que tienen detrás pita tan fuerte que suena como si estuvieran aparcados en uno de los transbordadores a Finlandia. Y entonces a Ove se le va la pinza, como se suele decir. Abre la puerta de un tirón, sale del coche, se acerca con paso largo al cuatro por cuatro y abre de un tirón la puerta del conductor.

—¿Es que tú nunca has sido principiante en nada?

El conductor no tiene tiempo de responder.

—¡So bestia, que eres un animal descerebrado! —le vocifera Ove en la cara al joven rapado de cuello tatuado, de modo que una cascada de saliva salpica los asientos.

El de los tatuajes no tiene tiempo de responder, y Ove tampoco espera a que lo haga. Sino que agarra al joven por el cuello de la camiseta y lo levanta tan rápido que sale a trompicones del coche. Es una pieza con mucho músculo, pesará cien kilos, tranquilamente, pero Ove lo sujeta imperturbable. El del tatuaje está tan sorprendido de la fuerza que el viejo tiene en los puños que ni siquiera se le ocurre oponer resistencia. A Ove le brilla la rabia en los ojos cuando aplasta al hombre, unos treinta y cinco años más joven, contra la chapa del cuatro por cuatro, que cruje ruidosamente. Le clava el índice en medio de la cabeza rapada, y mantiene los ojos tan cerca de los del tatuado que se huelen el aliento.

—Pita otra vez y será lo ÚLTIMO que hagas en este mundo. ¿Entendido?

El del tatuaje responde como puede con una mirada fugaz al compañero del interior del coche, tan musculoso como él, y luego señala la cola de vehículos que crece detrás del cuatro por cuatro. Pero nadie hace amago de ir en su ayuda. Nadie pita. Nadie se mueve. Todo el mundo parece tener en mente la misma idea: si un hombre no tatuado de la edad de Ove agarra sin vacilar a un hombre tatuado de la edad del joven tatuado, y lo aplasta contra un coche de ese modo, lo mejor será seguramente no enemistarse con el hombre no tatuado.

Ove tiene la mirada negra de ira. Tras unos segundos de reflexión, el del tatuaje parece aceptar esa mirada como argumento suficiente para dejarse convencer de que el viejo seguramente, sin la menor duda, habla en serio. Se le mueve la punta de la nariz arriba y abajo, casi imperceptiblemente.

Ove asiente por toda respuesta y lo deja caer al suelo. Se da media vuelta, rodea el cuatro por cuatro y se sienta en el Saab otra vez. Parvaneh lo mira boquiabierta.

—Y ahora, escúchame —dice Ove tranquilamente mientras cierra la puerta con sumo cuidado—. Has dado a luz dos hijos y estás a punto de soltar un tercero. Te has venido a un país extranjero y, seguramente, has huido de guerras y persecuciones y todo tipo de atrocidades. Has aprendido otra lengua y te has agenciado una profesión y un medio de vida y mantienes unida a una familia de incompetentes. Y que me aspen si te he visto una sola vez tener miedo de nada en este mundo.

Ove le clava la mirada. Parvaneh sigue boquiabierta. Ove señala los pedales del coche.

—No estamos hablando de cirugía cerebral, sino de conducir un coche. Ahí tienes, acelerador, freno, embrague. Varios de los idiotas más grandes de la historia han comprendido cómo funciona. Y tú también lo vas a comprender.

Y luego le dice siete palabras que Parvaneh recordará como el mejor cumplido que nunca llegará a decirle Ove.

—Porque tú no eres una idiota integral.

Parvaneh se aparta de la cara un mechón de pelo, empapado de lágrimas. Coge el volante torpemente con las dos manos. Ove asiente, se pone el cinturón de seguridad y se acomoda en el asiento.

—Bueno, pues ahora pisas el embrague y haces lo que yo te diga.

Y esa misma tarde, Parvaneh aprende a conducir.

28

Un hombre llamado Ove
y un hombre llamado Rune

Sonja decía que Ove era «rencoroso». Como cuando estuvo ocho años negándose a entrar en la panadería del barrio desde el día en que compró unos bollos y se equivocaron con el cambio allá por finales de la década de 1990. Para Ove, eso era ser «fiel a los principios». Nunca llegaban a ponerse de acuerdo en cuestión de palabras.

Él sabe que Sonja estaba decepcionada porque él y Rune no pudieran seguir siendo amigos. Sabe que, con su enemistad, él y Rune malograron en parte la posibilidad que Sonja y Anita tenían de convertirse en las amigas que habrían podido llegar a ser. Pero cuando un conflicto lleva vivo el número suficiente de años, llega un punto en que resulta imposible de resolver por la sencilla razón de que nadie sabe cómo empezó. Y Ove no sabía cómo había empezado.

Solo sabía cómo había terminado.

Un BMW. Sería porque había gente que entendía esas cosas, y gente que no. Y seguro que había gente que pensaba que los coches no tenían nada que ver con los sentimientos. Pero no habría otra explicación más clara de por qué esos dos hombres se enemistaron de por vida.

La cosa empezó, como es lógico, de un modo totalmente

inocente, no mucho después de que Ove y Sonja hubiesen llegado a casa después del viaje a España y del accidente. Ove puso baldosas nuevas en la terraza aquel verano, y luego Rune levantó una valla nueva alrededor de la suya. Entonces Ove puso una valla más alta todavía, naturalmente, con lo que Rune se fue a la tienda de bricolaje y, unos días después, empezó a fanfarronear por todo el barrio diciendo que «se había hecho una piscina». Eso qué coño iba a ser una piscina, le decía Ove a Sonja. Era una charca para el niño que Rune y Anita acababan de tener, eso era. Durante un tiempo, Ove se planteó denunciarlo por no tener licencia, pero entonces le dijo Sonja que hasta ahí podíamos llegar, y lo mandó a cortar el césped, a ver si se calmaba un poco. Y Ove le hizo caso, aunque desde luego, no se tranquilizó ni un pelo.

El césped era de grama fina, alargado, más o menos de cinco metros de ancho, y se extendía por la parte trasera de la casa de Ove y Rune y la de la casa que había entre las dos, que Sonja y Anita se apresuraron a bautizar con el nombre de «zona neutral». Nadie sabía qué hacía allí aquella zona de césped, ni qué función debía cumplir, pero se conoce que cuando construyeron las casas el arquitecto municipal pensó que debía haber una zona de césped aquí y allá, sin otra razón que la de que en los planos quedaba todo mucho más agradable a la vista. Cuando Ove y Rune fundaron la junta de la comunidad de vecinos, y todavía eran amigos, decidieron que Ove sería el «jefe del césped», y responsable de cortarlo. Y Ove conservó el cargo durante años. En una ocasión, los demás vecinos propusieron que la comunidad podría tener allí mesas y bancos y utilizar la zona como «área de convivencia para todos los vecinos», pero, como es lógico, Ove y Rune pararon aquello de inmediato. Se convertiría en un circo permanente y habría un montón de jaleo todo el tiempo.

Y hasta ahí, todo fue paz y concordia. Al menos, en la medida en que podía haber «paz y concordia» cuando los implicados eran hombres como Rune y Ove.

Poco después de que Rune hubiera hecho la «piscina», apareció un día correteando por la terraza de Ove una rata que, cruzando la zona de césped recién cortado, se adentró entre los árboles que crecían al otro lado. Ove convocó enseguida una «reunión de urgencia» de la comunidad y exigió que todo el mundo pusiera matarratas alrededor de su casa. Los demás vecinos protestaron, claro está, dado que habían visto erizos entre los árboles, junto al lindero del bosque, y temían que también ellos se envenenaran. Rune protestó porque temía que las ratas arrastraran el matarratas de un lado a otro y el veneno acabara en su piscina. Entonces Ove hizo saber a Rune que lo mejor que podía hacer era abrocharse la camisa e ir al psicólogo, para ver si le curaba la falsa creencia de que vivía en la Riviera. Entonces Rune hizo una broma malévola a costa de Ove, al decir que, seguramente, la rata habría sido fruto de su imaginación. Todos se rieron. Ove jamás se lo perdonó a Rune. Al día siguiente, alguien había cubierto de alpiste todo el jardín de Rune. Y Ove tuvo que pasarse dos semanas espantando con la pala a una docena de ratas del tamaño de una aspiradora. Y a partir de aquello, Ove pudo poner matarratas, pese a que Rune juraba entre dientes que se las pagaría.

Dos años después, Rune ganó el grave conflicto sobre el árbol, cuando la asamblea general le dio permiso para talar un árbol que les tapaba a él y a Anita el sol de la tarde por un lado, pero que por el otro impedía que el dormitorio de Sonja y Ove se inundase de sol por las mañanas. Además, logró bloquear la disparatada contramedida de Ove, que pretendía que la comunidad pagase el toldo que tendría que poner.

A cambio y en venganza, Ove ganó el conflicto sobre la retirada de nieve del siguiente invierno, cuando Rune aspiraba a coronarse como «responsable de la retirada de nieve» y, al mismo tiempo, endilgarle a la comunidad la compra de una quitanieves gigantesca. Y es que, desde luego, Ove no pensaba permitir que Rune se paseara por ahí con ningún «trasto» con el que pusiera sus ventanas perdidas de nieve, y encima, a costa de la comunidad, cosa que dejó dicha con claridad meridiana en la reunión de junta.

De todos modos, a Rune lo nombraron responsable de la retirada de la nieve, y se irritó muchísimo al ver que tenía que pasarse el invierno limpiando a mano la nieve de los alrededores de las casas. Eso implicaba, como es lógico, limpiar de nieve todas las casas del barrio salvo la de Ove y Sonja, pero a Ove no le importaba. Y solo por provocarlo, alquiló en el mes de enero una quitanieves para limpiar los diez metros cuadrados de delante de su casa. Rune se puso loco de ira; incluso hoy, Ove lo recuerda con satisfacción.

El verano siguiente, y como es natural, a Rune se le ocurrió una forma de vengarse, y se compró un armatoste para la cortacésped con asiento. Luego, conspirando y mintiendo en la asamblea general, consiguió que recayera en él la responsabilidad de Ove de cortar el césped detrás de las casas. Ahora que contaba con «un equipamiento algo más adecuado que quien antes ostentaba ese cargo», según argumentó el propio Rune, mirando a Ove con sorna. Naturalmente, Ove no pudo demostrar que tras la decisión de la junta de asignar a Rune el nuevo título había una red de conspiraciones y mentiras, pero daba por hecho que eso era lo que había sucedido. «Fanfarronada de cortacésped de mierda», llamaba Ove a la cortacésped cada vez que Rune pasaba por delante de su ventana, sentado con la autosuficiencia del vaquero que va montando un toro.

Cuatro años más tarde, Ove consiguió, a modo de desagravio, paralizar los planes de Rune de cambiar las ventanas de su casa, pues la oficina de urbanismo se rindió, tras treinta y tres cartas y una docena de llamadas iracundas, y respondió en la línea de Ove de que ese cambio «destruiría la homogeneidad arquitectónica del barrio». Los tres años posteriores, Rune se negó a referirse a Ove más que como «ese formulista de mierda». Ove se lo tomaba como un piropo. Un año después, él mismo cambió las ventanas.

Y cuando llegó el invierno, la junta decidió que el barrio necesitaba un nuevo sistema colectivo de calefacción central. Quiso la casualidad que Rune y Ove tuvieran posturas diametralmente opuestas sobre el tipo de sistema de calefacción que necesitaban, y lo que los vecinos llamaban en broma «la batalla por la bomba de agua» se convirtió en una lucha eterna entre los dos hombres.

Y así continuó.

Pero, como Sonja solía decir, había otro tipo de momentos. No eran muchos, pero las mujeres como Anita y ella conocían el arte de sacarles el máximo partido. Porque sus maridos no siempre estaban enzarzados en un conflicto. Por ejemplo, un verano, en los años ochenta, Ove se compró un Saab 9000 y Rune, un Volvo 760. Y tan satisfechos estaban los dos con dicha compra que la paz reinó entre ellos varias semanas. Sonja y Anita se las arreglaron incluso para que accedieran a cenar juntos los cuatro en varias ocasiones. El hijo de Rune y Anita, que ya era adolescente a aquellas alturas, con la consiguiente carencia de encanto y modales que ello conlleva, los acompañaba en un extremo de la mesa como irritado accesorio. Ese muchacho había nacido enfadado, solía decir Sonja con un deje de tristeza en la voz; pero Rune y Ove se llevaban tan bien que llegaban a tomarse un whisky al final de la velada.

Durante la última de las cenas de aquel verano, por desgracia, a Rune y a Ove se les ocurrió hacer una barbacoa. Y, naturalmente, empezaron a discutir sobre cuál era «el procedimiento más eficaz» para encender la barbacoa de carbón de Ove. Quince minutos después, la discusión había alcanzado tales proporciones que Anita y Sonja convinieron en que más valía que cenaran cada uno por su lado. Y sus maridos tuvieron tiempo de vender los coches y comprar un Volvo 760 (Turbo) y un Saab 9000i respectivamente, antes de volver a hablarse.

Entre tanto, los vecinos iban y venían. Al final llegó a haber tantas caras nuevas que se convirtieron en una masa gris. Donde antes no había más que bosque se alzaban ahora grúas enormes. Ove y Rune se plantaban cada uno delante de su casa, con las manos metidas en los bolsillos en actitud obstinada, como vestigios del pasado en una nueva era, mientras un desfile de agentes inmobiliarios engreídos con el nudo de la corbata tan grande como un pomelo patrullaba entre las casas por la calle observándolos como los buitres observan a los búfalos moribundos. Seguramente, no veían el momento de conseguir que se mudaran al barrio unas cuantas familias de asesores, de eso estaban seguros tanto Ove como Rune.

El hijo de Rune y Anita se fue de casa al cumplir los veinte, a principios de los noventa. Según supo Ove por Sonja, se fue a América. Apenas volvieron a verlo. De vez en cuando, por Navidad, los llamaba por teléfono, pero «tenía más que de sobra con lo suyo», como solía decir Anita para animarse, aunque Sonja la veía tragarse las lágrimas. Algunos muchachos lo dejaban todo y no volvían la vista atrás. No había que darle más vueltas.

Rune jamás decía nada al respecto, pero quien lo conocía desde hacía muchos años sabía que, a partir de aquello, fue como si se hubiera vuelto unos centímetros más bajito. Como si se hubiera encogido al exhalar un hondo suspiro y no hubiera recuperado el aliento nunca más.

La última batalla que tuvo lugar entre los dos hombres se produjo cuando Rune, ya entrados en el siglo XXI, compró uno de esos robots cortacésped que había pedido directamente de algún lugar de Asia y que deambulaba por detrás de las casas, cortando el césped él solito. Rune podía programarlo para que cortase «según un patrón», le dijo Sonja impresionada una noche, al volver de casa de Anita. Ove no tardó en comprender que «el patrón» consistía en que aquel puto robot se pasaba las noches traqueteando histérico delante de la ventana del dormitorio de Ove y Sonja. Una noche, Sonja vio que Ove cogía un destornillador y salía por la puerta de la terraza. La mañana siguiente se encontraron con que el robot había ido a parar a la piscina de Rune, sin que nadie supiera cómo.

Un mes más tarde, llevaron a Rune al hospital por primera vez. Nunca llegó a comprar otra cortacésped. Ove no sabía exactamente cómo había empezado su enemistad, pero sí supo que en aquel momento había terminado. A partir de ahí, para Ove todo quedó en recuerdos, y para Rune en la ausencia de ellos.

Y seguro que había quien pensaba que no se podían interpretar los sentimientos de los hombres según el coche que tenían.

Pero cuando se mudaron al barrio residencial, Ove conducía un Saab 96, Rune un Volvo 244. Después del accidente, Ove compró un Saab 95, para que cupiera la silla de ruedas de Sonja. El mismo año, Rune se compró un Volvo 245, para que cupiera el cochecito del niño. Tres años después, le dieron a Sonja una silla plegable más moderna, y Ove compró un semi-combi, Saab 900. Rune, un Volvo 265, dado que Anita empezaba a hablar de tener otro hijo.

Después, Ove compró otros dos Saab 900 y luego el primer Saab 9000. Rune se compró un Volvo 265 y, andando el tiempo, un Volvo 745. Pero no hubo más niños. Una noche, Sonja llegó a casa y le contó a Ove que Anita había estado en el médico.

Y una semana después, apareció un Volvo 740 en el garaje de Rune. Un sedán.

Ove lo vio mientras lavaba su Saab. Por la noche, Rune se encontró delante de la puerta una botella de whisky medio llena. Nunca hablaron del asunto.

Quizá el dolor de los hijos no nacidos debería haber unido a los dos hombres. Pero, para esas cosas, el dolor no es de fiar: cuando no une a las personas, las separa. Puede que Ove no le perdonara a Rune el hecho de que él tuviera un hijo, aunque no era capaz de llevarse bien con él. Puede que Rune no le perdonara a Ove que nunca pudiera perdonárselo. Puede que ninguno de los dos se perdonara a sí mismo no poder darle a la mujer a la que cada uno quería por encima de todo lo que más deseaba en la vida. Y al final el hijo de Anita se hizo mayor y se largó a la primera oportunidad. Y Rune fue y se compró un BMW deportivo donde no cabían más que dos personas y una bolsa de viaje. Porque ahora ya solo estaban Anita y él, como le dijo a Sonja un día que se cruzaron en el aparcamiento. «Y uno no puede ir siempre en Volvo», le dijo sonriendo a la fuerza. Y Sonja se dio cuenta de que se esforzaba por tragarse el llanto. Y en ese momento, Ove comprendió que una parte de Rune se había rendido para siempre. Y puede que eso no se lo perdonara ni Ove, ni el propio Rune.

Así que seguro que había quien pensaba que no se pueden interpretar los sentimientos según los coches. Pero se equivocaban.

29

Un hombre llamado Ove y una persona
que es una persona marica

Vamos, en serio, ¿adónde vamos? —pregunta Parvaneh sin
aliento.

—A arreglar una cosa —responde Ove sin extenderse, caminando tres pasos por delante, con el gato corriendo como
puede a su lado.

—¿Y qué cosa es?

—¡Una cosa!

Parvaneh se detiene a recobrar el resuello.

—¡Aquí es! —exclama Ove, y se para en seco delante de
una cafetería no muy grande.

Por la puerta de cristal sale el olor a cruasanes recién hechos. Parvaneh mira al aparcamiento que hay al otro lado de la
calle, donde está el Saab. Ahora que lo piensa, no podrían haber aparcado más cerca de la cafetería, de no ser porque Ove
estaba totalmente convencido de que se encontraba al otro lado
de la calle. Parvaneh le sugirió que aparcaran enfrente, pero
costaba una corona más por hora, así que mejor olvidarlo.

De modo que aparcaron allí, y luego dieron la vuelta a la
manzana para buscar la cafetería. Y es que Ove, según comprendió Parvaneh después, era el tipo de hombre que, cuando
no sabía exactamente adónde iba, seguía adelante con la convicción de que, tarde o temprano, el camino se adaptaría a sus
necesidades. Y cuando descubres que la cafetería en realidad

está enfrente del lugar donde has aparcado, Ove da a entender que ese ha sido su plan todo el rato. Parvaneh se limpia el sudor de la mejilla.

Hay un hombre sentado en la calle, tiene la barba sucia y está apoyado en la fachada. Tiene en el suelo una taza de papel. Delante del café, Ove, Parvaneh y el gato se encuentran con un joven flacucho de unos veinte años de edad que parece que lleva los ojos tiznados. A Ove le lleva unos minutos, pero cae en la cuenta de que es el mismo chico que estaba con el gamberro de la bicicleta la primera vez que los vio. Parece igual de tímido que aquel día. Lleva dos bocadillos en una bandeja de papel y le sonríe a Ove, que no se digna responder más que con un gesto. Como si quisiera decir que aunque no piensa corresponder a la sonrisa, sí desea dejar constancia de que la ha recibido.

—¿Por qué no me has dejado aparcar al lado del coche rojo? —pregunta Parvaneh cuando entran en la cafetería.

Ove no responde.

—¡Lo habría hecho bien! —continúa la mujer con tono seguro.

Ove menea la cabeza con gesto cansino. Hacía un par de horas, ni siquiera sabía dónde estaba el embrague, y ahora está enfadada porque no la ha dejado aparcar en línea.

Una vez dentro, Ove ve por la ventana con el rabillo del ojo que el joven flacucho le da los bocadillos al hombre de la barba sucia.

—¡Hola, Ove! —grita una voz con tanto entusiasmo que termina en un quiebro.

Ove se da la vuelta y ve al gamberro con el que discutió por la bicicleta. Está detrás de una barra reluciente, al fondo del local. Lleva una gorra, observa Ove. Aunque está dentro del local.

El gato y Parvaneh se acomodan cada uno en su taburete, delante de la barra; Parvaneh sigue secándose el sudor de la frente, pese a que allí dentro hace un frío que pela. Más frío que en la calle, a decir verdad. Se sirve agua de una jarra. El gato da unos lametones del vaso aprovechando que ella no mira.

—¿Os conocéis? —pregunta Parvaneh sorprendida mirando al gamberro.

—Claro, Ove y yo como que somos colegas —asegura el gamberro.

—¿Ah, sí? Pues Ove y yo como que también —sonríe Parvaneh, imitando cariñosamente el tono un poco exagerado del chico.

Ove se queda a una distancia prudencial de la barra. Como si alguien fuera a darle un abrazo si se acerca demasiado.

—Me llamo Adrian —dice el gamberro.

—¡Parvaneh! —dice Parvaneh.

—¿Vais a tomar algo? —pregunta Adrian, y se dirige a Ove.

—¡Sí, por favor! ¡Café con leche! —dice Parvaneh, y suena como si le estuvieran masajeando los hombros y se estuviera refrescando la frente con una toallita—. Y mejor con hielo, si tienes.

Ove va cambiándose el peso del cuerpo de un pie a otro y mira disimuladamente a su alrededor. Nunca le han gustado las cafeterías. Por supuesto, a Sonja le encantaban. Era capaz de pasarse allí un domingo entero «sin hacer otra cosa que mirar a la gente», como ella decía. Ove se sentaba a su lado e intentaba leer el periódico. Lo hacían todos los domingos. Y no ha puesto el pie en una cafetería desde que ella murió. Levanta la vista y comprende que Adrian, Parvaneh y el gato están esperando su respuesta.

—Pues un café. Solo.

Adrian se rasca la cabeza bajo la gorra.

—O sea... de máquina, ¿no?

—No. Café.

Adrian pasa de rascarse la cabeza a rascarse la barbilla.

—Pero entonces... café solo, ¿no?

—Sí.

—¿Con leche?

—Si es con leche, no es solo.

Adrian recoloca unos azucareros en la barra. Seguramente para tener algo que hacer y para no parecer un tonto. Demasiado tarde, piensa Ove.

—Café normal de cafetera. Café de cafetera de toda la vida —repite Ove.

Adrian asiente.

—Ah, ya. Pues qué va. No sé cómo se hace.

Ove pone la cara que ponen los hombres como Ove cuando alguien les dice que no sabe echar agua en una jarra, medir las cucharadas de café en un filtro y apretar un botón. Señala la cafetera que tienen arrinconada al final de la encimera, a la espalda del gamberro. Medio escondida detrás de una máquina gigantesca de color plateado que parece una nave espacial, donde Ove sospecha que hacen el café expreso.

—Ah, sí, esa —asiente Adrian señalando la cafetera, como si acabara de ver una luz.

Luego se dirige a Ove otra vez.

—Qué va, es que no sé cómo funciona, vamos.

—Pero qué coño... —protesta Ove, y va detrás de la barra.

Aparta al gamberro y coge la cafetera. Parvaneh tose ruidosamente. Ove le lanza una mirada matadora.

—¿Sí? —dice.

—¿Sí? —repite Parvaneh.

Ove enarca las cejas. Ella se encoge de hombros.

—¿Es que nadie va a contarme qué hacemos aquí?

Ove empieza a verter agua en la jarra.

—Este muchacho tiene una bicicleta que necesita un arreglo.

A Parvaneh se le ilumina la cara.

—¿La bici que llevamos en la parte de atrás?

—¿Te la has traído? —exclama Adrian contentísimo de pronto.

—Claro, si tú no tienes coche —responde Ove, y empieza a trastear en un armario en busca de filtros de café.

—¡Gracias, Ove! —dice Adrian, y da un paso hacia él, pero se calma y se detiene antes de hacer ninguna tontería.

—¿Así que es tu bici? —dice Parvaneh con una sonrisa.

Adrian asiente. Pero se apresura a negar enseguida con la cabeza.

—Bueno. No es mía. Es de mi novia. O, bueno, que yo quiero que sea mi novia… y eso.

Parvaneh sonríe.

—O sea, que Ove y yo hemos venido hasta aquí solo para traerte la bicicleta y que puedas arreglarla, ¿no? ¿Y para una chica?

Adrian asiente. Parvaneh se inclina por encima de la barra y le da a Ove una palmada en el brazo.

—¿Sabes, Ove? ¡A veces dan ganas de creer que tienes corazón!

A Ove no le gusta el tono.

—¿Tienes herramientas o no? —le pregunta a Adrian, y retira el brazo.

Adrian asiente.

—Pues ve a buscarlas. La bicicleta está en el Saab, en el aparcamiento.

Adrian dice que sí y sale corriendo hacia la cocina. Vuelve al cabo de unos minutos con una caja de herramientas, con la que se apresura hacia la puerta.

—Y tú, a callar —le dice Ove a Parvaneh.

Parvaneh tiene en la cara una sonrisita que le da una pista de que no piensa quedarse callada en absoluto.

—Le he traído la bicicleta solo para que no ande revolviendo en el cuarto de las bicicletas del barrio… —dice con un murmullo.

—Claro, claro —asiente Parvaneh, y se echa a reír.

Ove finge estar ocupado buscando los filtros para el café.

En la puerta, Adrian choca literalmente con el chico de los ojos tiznados.

—Solo voy a buscar una cosa, ¿eh? —consigue articular Adrian, como si las palabras fueran una pila de cajas de cartón con las que acabara de tropezar—. ¡Es mi jefe! —les grita a Ove y a Parvaneh, y señala al chico de los ojos tiznados.

Parvaneh se levanta enseguida y le estrecha la mano, muy educada. Ove sigue ocupado rebuscando en los cajones, detrás de la barra.

—¿Qué estáis haciendo? —pregunta el chico de los ojos tiznados, y mira con cierto interés al desconocido de mediana edad que se ha parapetado detrás de la barra de su café.

—El muchacho va a arreglar una bicicleta —dice Ove, como si fuera de lo más obvio—. ¿Dónde guardas los filtros para el café de verdad? —le pregunta enseguida con tono exigente.

El chico de los ojos tiznados señala dónde. Ove lo mira y hace una mueca.

—¿Vas maquillado?

Parvaneh lo manda callar. Ove parece turbado.

—¿Qué pasa? ¿Es que no puede uno preguntar?

El chico de los ojos tiznados sonríe con cierto nerviosismo.

—Sí, es maquillaje —le confirma, y empieza a frotarse los párpados—. Es que anoche estuve bailando —dice, y le sonríe agradecido a Parvaneh, que, con un guiño cómplice, le da una toallita que se ha apresurado a sacar del bolso.

Ove asiente y sigue con sus preparativos para el café.

—¿Tú también tienes problemas con las bicicletas, el amor y las chicas? —le pregunta como si tal cosa.

—No, no, por lo menos con las bicicletas, no. Y tampoco con el amor, supongo. Y por lo menos… con las mujeres no, por lo menos —responde el chico de los ojos tiznados.

Hace un leve amago de sonrisa. Después de más de quince segundos de silencio, empieza a tironearse del borde de la camiseta. Ove pulsa el botón de la cafetera, oye el borboteo y se da la vuelta y se apoya en la barra sin moverse del sitio, como si fuera lo más normal del mundo hacer eso en un café donde uno no trabaja.

—Marica, ¿no? —le pregunta señalando al chico de los ojos tiznados.

—¡OVE! —dice Parvaneh, y le da en el brazo otra vez.

Ove lo retira y pone cara de ofendido.

—¿Es que no puede uno preguntar?

—Es que no se dice... No se dice así —lo reprende Parvaneh, claramente reacia a pronunciar la palabra.

—¿Marica? —repite Ove.

Parvaneh va a darle en el brazo otra vez, pero Ove está más listo y lo retira.

—¡Eso no se dice! —le ordena.

Ove se vuelve hacia el chico tiznado con cara de no entender nada.

—¿No se puede decir marica? ¿Y entonces cómo se llama ahora?

—Se dice homosexual. O... personas LGBT —lo interrumpe Parvaneh sin poder contenerse.

Ove la mira primero a ella, y luego al chico tiznado, y luego a ella otra vez.

—Bah, puedes decir lo que quieras, no pasa nada —sonríe el chico tiznado, va detrás de la barra y se pone un delantal.

Parvaneh resopla y menea la cabeza mirando a Ove con expresión crítica. Ove menea la cabeza con la misma expresión.

—Ya, ya... —comienza Ove, y mueve la mano describiendo pequeños círculos en el aire, como buscando la fórmula adecuada para la coreografía de algún tipo de baile latinoamericano—. En fin, pero entonces, una «persona marica», ¿eres uno de esos o no?

Parvaneh mira al chico como si, de todas las formas imaginables, quisiera darle a entender que, en realidad, Ove se ha escapado de la zona vigilada de un hospital psiquiátrico y que no merece la pena enfadarse con él. Pero el chico tiznado no parece enfadado en absoluto.

—Sí, eso es. Soy «así».

—Ah, vale —dice Ove, se da la vuelta y empieza a servirse el café aunque no ha terminado de salir.

Luego coge la taza y se va al aparcamiento sin decir una palabra. El chico tiznado no le dice nada de que se haya llevado la taza a la calle. Dadas las circunstancias, le resulta un tanto banal cuando el hombre se ha erigido en camarero de su bar antes de interrogarlo sobre sus preferencias sexuales a los cinco minutos de conocerlo.

Fuera, junto al Saab, está Adrian, con cara de haberse perdido en el bosque.

—¿Cómo va eso? —dice Ove, aunque es una pregunta retórica, toma un trago de café y observa la bicicleta, que el chico ni siquiera ha bajado del coche.

—Bueno… sí. Es que… O sea —comienza Adrian, y se rasca el pecho compulsivamente.

Ove lo observa medio minuto o así. Toma otro sorbito de café. Asiente con la insatisfacción esperada de quien acaba de pisar un aguacate maduro. Le planta al chico la taza en la mano, se acerca y baja él mismo la bicicleta. La pone boca abajo en el suelo y abre la caja de herramientas que el chico ha traído de la cafetería.

—¿Es que tu padre no te ha enseñado a arreglar la bicicleta? —le dice sin mirarlo mientras se inclina para ver la rueda pinchada.

—Mi padre está en el trullo —responde Adrian muy bajito, y se rasca el hombro.

Pone cara de estar buscando un buen agujero en el que esconderse. Ove deja lo que está haciendo, levanta la vista y lo observa. El chico baja la mirada. Ove carraspea un poco.

—No es nada difícil —murmura al fin, y le indica al chico que se siente en el suelo.

Le lleva diez minutos arreglar el pinchazo. Ove le va dando instrucciones, Adrian no dice una palabra. Pero se muestra atento y diligente, y Ove se siente inclinado a reconocer que no lo hace mal del todo. Puede que el chico no sea tan torpe con las manos como con las palabras. Se limpian la grasa con un trapo que lleva en el maletero del Saab, evitan mirarse a los ojos.

—Espero que esa muchacha se lo merezca —dice Ove, y cierra el maletero.

Adrian no parece tener muy claro qué responder a eso.

Cuando vuelven a la cafetería hay un hombre bajito igual de ancho que de alto, con una camisa llena de manchas, subido a una escalera, trasteando con el destornillador en lo que Ove cree que es un calefactor. El chico tiznado está debajo de la escalera alargándole una serie de herramientas. No para de limpiarse los restos de maquillaje de los ojos, mira con cierta reserva al gordo de la escalera y parece nervioso. Como si temiera que lo pillaran. Parvaneh se vuelve hacia Ove y le dice con voz forzada:

—¡Este es Amel! ¡El dueño de la cafetería! —le suelta, como si las palabras salieran sin ton ni son por el tobogán de un parque acuático, y señala al hombre igual de ancho que de alto que está encima de la escalera.

Amel no se da la vuelta, pero emite una ristra de consonantes sordas que Ove no comprende, aunque sospecha que forman combinaciones de obscenidades y partes del cuerpo.

—¿Qué dice? —pregunta Adrian.

El chico tiznado se retuerce visiblemente incómodo.

—Pues… dice… que el calefactor es un… uno que se acuesta con…

Mira fugazmente a Adrian, pero enseguida baja la vista.

—Dice que es un chisme inútil, como un maricón —termina en un murmullo que solo puede oír Ove, dado que es el que está más cerca.

Parvaneh, en cambio, señala a Amel entusiasmada.

—No se entiende lo que dice, ¡pero sí que todo son palabrotas! Es como una versión doblada de ti, Ove.

Ove no muestra el menor entusiasmo. Amel tampoco. Deja de trastear con el aparato y señala a Ove con el destornillador.

—El gato, ¿es gato tuyo?

—No —responde Ove.

No tanto por dejar claro que no es su gato como por dejar claro que no es de nadie.

—¡Fuera gato! ¡No animales en café! —ataja Amel con esa lengua suya de consonantes que saltan en la frase a discreción como niños díscolos.

Ove observa con interés el calefactor que cuelga sobre la cabeza de Amel. Luego, al gato que está sentado en el taburete. Luego, la caja de herramientas que Adrian aún lleva en la mano. Luego, otra vez el calefactor. Y luego, a Amel.

—Si te lo arreglo, el gato se queda.

Lo dice más a título informativo que como una pregunta. Amel parece perder la compostura un instante, y cuando la recobra de nuevo, ha pasado sin saber cómo de ser el hombre que está en la escalera a ser el hombre que sujeta la escalera. Ove trajina allá arriba unos minutos, baja, se sacude la mano en el pantalón y le da el destornillador y una llave inglesa pequeña al chico tiznado.

—¡Has arreglado! —suelta extasiado el mazacote que es el hombrecillo de la camisa manchada al ver que el calefactor, tras una tosecilla cansina, empieza a temblar en el techo.

Se da la vuelta y agarra desenfadadamente a Ove por los hombros con sus manos agrietadas.

—¿Whisky? ¿Quieres tú? ¡En la cocina tengo yo whisky!

Ove mira el reloj. Son las dos y cuarto de la tarde. Menea la cabeza, visiblemente incómodo. En parte por la oferta del whisky, y en parte por cómo lo tiene agarrado Amel. El chico tiznado va hacia la puerta de la cocina y aparece detrás de la barra, aún restregándose los ojos febrilmente.

Media hora después, cuando el gato y Ove se dirigen al Saab, Adrian los alcanza y coge a Ove suavemente por la manga del chaquetón.

—Tío, no dirás nada de que Mirsad es...

—¿Quién? —lo interrumpe Ove sin comprender.

—Mi jefe —dice Adrian.

Pero al ver que Ove sigue sin aclararse, añade:

—El del maquillaje.

—¿La persona marica? —dice Ove.

Adrian asiente.

—O sea, su padre... O sea, Amel... Bueno, que no sabe que Mirsad es...

Adrian busca febrilmente la palabra adecuada.

—¿Una persona marica? —remata Ove.

Adrian asiente. Ove se encoge de hombros. Parvaneh aparece arrastrándose y sin resuello.

—¿Dónde has estado? —le pregunta Ove.

—He ido a darle lo que tenía suelto —dice Parvaneh señalando al hombre de la barba sucia, que sigue en el suelo, apoyado en la fachada.

—Sabes que lo único que hará con ese dinero es ir a comprar aguardiente en cuanto pueda, ¿verdad? —dice Ove.

Parvaneh abre mucho los ojos, con una expresión rayana en el sarcasmo, según sospecha Ove seriamente.

—¿Qué? ¿No me digas? Y yo que creía que iba a utilizarlo para pagar un plazo del préstamo de estudios de su titulación universitaria en física de partículas...

Ove resopla y abre el Saab. Adrian sigue al otro lado del coche.

—¿Qué? —pregunta Ove.

—Que no vas a decir nada de Mirsad, ¿verdad? ¿Seguro?

Ove lo señala amenazador.

—¡Oye! Que eres tú el que piensa comprarse un coche francés. No deberías preocuparte tanto por los demás, ya tienes bastante con lo tuyo.

30

Un hombre llamado Ove y una sociedad de la que no forma parte

O ve limpia la nieve de la tumba. Cava enérgicamente la tierra congelada para plantar las flores. Se levanta, se sacude los pantalones. Se queda mirando el nombre de Sonja avergonzado. Él, que siempre le daba la tabarra cuando llegaba tarde, y allí está ahora, claramente incapaz de ir tras ella, tal y como le había prometido.

—Es que ha sido una cosa detrás de otra —murmura hablándole a la lápida.

Y vuelve a guardar silencio.

No sabe exactamente cuándo sucedió. Cuándo se volvió así de taciturno. Los días y las semanas después del entierro se confundían de manera que ni él mismo sabía explicar en qué ocupaba el tiempo. Antes de que Parvaneh y el tal Patrick le aplastaran el buzón dando marcha atrás, no recordaba haber pronunciado una palabra para dirigirse a un ser vivo desde la muerte de Sonja.

Hay noches que se le olvida cenar. Es algo que no le ocurría desde que le alcanzaba la memoria. No le ocurría desde el día de hacía más de cuarenta años en que se sentó a su lado en aquel tren. Mientras Sonja estuvo con él, había unas costumbres que seguir. Ove se levantaba a las seis menos cuarto, preparaba el café, hacía su ronda de inspección. Para las seis y media, Sonja se había duchado, y entonces desayunaban y tomaban café. Ella comía huevos, Ove, tostadas con queso. A las siete y cinco, Ove la sentaba en el asiento del copiloto del Saab, metía la silla de ruedas en el maletero y la llevaba a la escuela. Luego, él se iba al trabajo. A las diez menos cuarto tenían un descanso cada uno por su lado. Sonja le ponía leche al café. Él lo tomaba solo. A las doce era el almuerzo. A las tres, otra pausa. A las cinco y cuarto, Ove recogía a Sonja en el patio del colegio, la sentaba en el coche y metía la silla de ruedas en el maletero. A las seis se sentaban a cenar en la cocina. Por lo general, carne y patatas con salsa. El plato favorito de Ove. Luego ella se ponía a hacer crucigramas con las piernas inertes encima del sillón, mientras Ove revolvía un poco en la caseta de las herramientas o veía las noticias. A las nueve y media, la subía al dormitorio, que estaba en el piso de arriba. Ella llevaba años, desde el accidente, insistiendo en que cambiaran el dormitorio al piso de abajo, a la habitación de huéspedes que tenían vacía. Pero Ove se negaba. Al cabo de una década más o menos, Sonja comprendió que era su modo de demostrarle que no pensaba rendirse. Que Dios y el universo y todo lo demás no se llevarían la victoria. Que esos cerdos podían irse al infierno. Así que Sonja dejó de insistir.

Los viernes por la noche, se sentaban a ver la tele hasta las diez y media. Los sábados desayunaban tarde, a veces no antes de las ocho. Luego hacían recados. La tienda de bricolaje, la tienda de muebles y la de jardinería. Sonja compraba mantillo y Ove echaba un vistazo a las herramientas. Solo tenían una casa adosada no muy grande, con una parcela pequeña y un seto también pequeño, pero siempre parecía haber algo que plantar y algo que reparar. De camino a casa se paraban y se tomaban un helado. Sonja, con chocolate. Ove, con frutos secos. Una vez al año subían el precio del helado una corona, y entonces «se armaba la gorda», como solía decir Sonja. Cuando llegaban a casa, ella salía a la terraza por la cocina, y Ove la sentaba en el suelo. Poner plantas en el seto era una de las cosas que más le gustaban a Sonja, porque no necesitaba poder sostenerse de pie para hacerlo. Entre tanto, Ove estaba dentro con el destornillador. Lo mejor de aquella casa era que nunca estaba lista. Siempre había algún tornillo que Ove pudiera apretar.

Los domingos iban a la cafetería a tomar café. Ove leía el periódico y Sonja hablaba. Y llegaba el lunes.

Y llegó un lunes y ella ya no estaba.

Y Ove no sabía exactamente cuándo se volvió así de taciturno. Puede que hubiera empezado a hablar más para sus adentros, en la cabeza. Puede que se estuviera volviendo loco. A veces se lo planteaba en serio. Era como si no quisiera permitir que otros le hablaran por miedo a que su parloteo ahogase el recuerdo de la voz de Sonja.

Acaricia la lápida suavemente con la mano, como si pasara los dedos por las hebras largas de una alfombra muy mullida. Nunca ha comprendido ese discurso de los jóvenes que tanto insisten en «hallarse a sí mismos». Se lo oía día sí día no a los treintañeros del trabajo. Lo único que pedían a todas horas era «más tiempo libre», como si ese fuera el único objetivo de trabajar: que llegara el momento en que no hubiera que hacerlo. Sonja solía reírse de Ove diciendo que era «el hombre menos flexible del mundo». Y él se negaba a tomárselo como un insulto. Ove opinaba que era conveniente que hubiera un poco de orden y concierto, ni más ni menos. Que debían existir rutinas y que uno debía poder confiar en las cosas. No alcanzaba a comprender que eso fuera un rasgo negativo.

Sonja le hablaba a la gente de aquella ocasión en que Ove, en unos instantes de lo que solo podía llamarse trastorno mental transitorio, a mediados de los años ochenta, se dejó convencer por ella para comprar un Saab rojo, a pesar de que siempre lo tuvo azul, desde que lo conoció. «Los tres peores años de la vida de Ove», decía Sonja entre risitas, y desde entonces Ove no ha conducido otro coche que un Saab azul. «Otras mujeres se enfadan cuando sus maridos no se dan cuenta de que se han cortado el pelo; cuando yo me corto el pelo, el mío se pasa varios días enfadado porque no estoy como siempre», solía decir Sonja.

Eso es lo que más echa de menos Ove. Todo lo que estaba como siempre.

El ser humano necesita, a su juicio, una función. Y él siempre ha sido funcional, eso no se lo puede negar nadie. Ha hecho todo lo que esta sociedad le ha dicho que haga. Ha trabajado, nunca se ha puesto enfermo, se ha casado, ha amortizado sus préstamos, ha pagado sus impuestos, ha cumplido, ha llevado un coche en condiciones. ¿Y cómo se lo agradecía la sociedad? Un día se presentaron en su despacho y le dijeron que podía irse a casa, así se lo agradecieron.

Y un lunes, Ove ya no tenía función alguna.

Ove había comprado el Saab 9-5 Combi de color azul hacía trece años. Poco después, los yanquis de General Motors adquirieron las últimas acciones suecas de la compañía. Esa mañana, Ove cerró de golpe el periódico con una andanada de maldiciones que se prolongó hasta bien entrada la tarde. Nunca volvió a comprarse un coche. Y es que no pensaba poner el pie en un coche norteamericano, a menos que tanto el pie como el resto del cuerpo yacieran en un ataúd, eso lo sabía hasta el gato. Naturalmente, Sonja había leído el artículo más detenidamente, y tenía sus objeciones a la interpretación histórica de Ove en lo relativo a la nacionalidad de la empresa, pero eso daba igual. Ove había tomado una decisión, y la asumía. Y pensaba seguir conduciendo el coche que tenía hasta que o bien el coche o bien él mismo sucumbiera. De todos modos, ya no fabricaban coches de verdad, en su opinión. Ahora los llenaban de funciones electrónicas y otra basura por el estilo. Era como conducir un ordenador. Ni siquiera era posible desmontar el coche uno mismo sin que el fabricante empezara con la murga de la «invalidez de la garantía». Así que para qué. Sonja dijo una vez que el coche sufriría una parada motora de pura pena el día que enterraran a Ove. Y quién sabe si no tendría razón.

«Pero todo tiene su momento», decía Sonja. Con mucha frecuencia. Por ejemplo, cuando los médicos le dieron el diagnóstico cuatro años atrás. A ella le costó menos que a Ove perdonar. Perdonar a Dios y al universo y a todo lo demás. Ove, en cambio, estaba indignado. Quizá porque sentía que alguien debía indignarse por ella. Porque ya estaba bien. Porque no podía vivir en paz consigo mismo cuando todo lo malo parecía recaer en la única persona de cuantas había conocido que no se lo merecía.

Así que peleaba contra el mundo entero. Discutía con el personal hospitalario y discutía con los especialistas y discutía con los jefes de servicio. Discutía con hombres de camisa blanca en instituciones que llegaron a ser tantas que, al final, ya no se acordaba de los nombres. Tenían un seguro para una cosa, otro seguro para otra, había una persona de contacto por la enfermedad de Sonja y otra porque estaba en silla de ruedas. Una tercera porque le querían dar la jubilación para que no tuviera que trabajar y una cuarta para convencer a las dichosas instituciones de que lo único que ella quería era precisamente eso: seguir trabajando en lo suyo.

Y no había forma de luchar contra los hombres de la camisa blanca. Y no había forma de luchar contra un diagnóstico.

Y Sonja tenía cáncer.

«Iremos haciendo lo que vayamos pudiendo», decía Sonja. Y así fue. Ella siguió trabajando con sus queridos niños problemáticos mientras pudo, hasta que Ove tuvo que empezar a llevarla hasta el aula, porque ella no tenía fuerzas para impulsar la silla. Al cabo de un año, le redujeron la jornada al 75 por ciento. Al cabo de dos, al 50. Al cabo de tres, al 25. Cuando, finalmente, tuvo que quedarse en casa y renunciar, se dedicó a escribir largas cartas a cada uno de los alumnos, animándolos a que la llamaran si necesitaban a alguien con quien hablar.

Casi todos llamaron. Acudían en largas caravanas. Un fin de semana vinieron tantos a la casa que Ove tuvo que quedarse seis horas enteras en la caseta de las herramientas. Por la noche, cuando ya se había ido el último, Ove recorrió la casa para comprobar detenidamente que no hubieran robado nada. Como siempre. Hasta que Sonja le gritaba que no olvidara contar los huevos del frigorífico. Entonces paraba. La llevaba escaleras arriba mientras ella se iba burlando de él, la dejaba en la cama y, justo antes de dormirse, ella se volvía hacia él. Escondía el dedo en la palma de su mano. Hundía la nariz en el pecho de Ove.

—Dios me quitó un hijo, Ove. Pero a cambio me dio miles.

Al cuarto año, Sonja murió.

Y allí está Ove ahora, acariciando la lápida. Una y otra vez. Como si quisiera resucitar a Sonja a base de caricias.

—Voy a subir al desván en busca de la escopeta de tu padre. Ya sé que no te gusta. A mí tampoco —dice con un hilo de voz.

Respira hondo, como si tuviera que armarse de valor para que ella no lo convenza de que no lo haga.

—¡Hasta dentro de muy poco! —le dice resuelto, y se sacude la nieve de los zapatos, para no darle la oportunidad de protestar.

Luego recorre el estrecho sendero que conduce al aparcamiento, con el gato pisándole los talones. Sale por la negra verja del cementerio, rodea el Saab, que aún lleva el letrero de PRÁCTICAS DE CONDUCCIÓN pegado en la luna trasera y abre la puerta del copiloto. Parvaneh lo mira con la compasión pintada en sus enormes ojos castaños.

—He estado pensando en una cosa —dice prudentemente cuando mete la marcha y sale del aparcamiento.

—Mejor no pienses.

Pero Parvaneh está imparable.

—Estaba pensando que, si quieres, puedo ayudarte a hacer limpieza en casa. A guardar las cosas de Sonja en cajas y...

No la deja decir más, acaba de pronunciar el nombre de Sonja cuando a Ove se le ensombrece la cara como si la rabia la hubiera transformado en una máscara.

—Ni una palabra más —vocifera de tal modo que todo el coche se estremece.

—Yo solo estaba pensan...

—¡Ni UNA puta palabra más! ¿Entendido?

Parvaneh asiente y se calla. Ove va todo el camino de regreso mirando por la ventanilla y temblando de indignación.

31

Un hombre llamado Ove
da marcha atrás con un remolque. Otra vez

Este debería haber sido el día de la muerte de Ove. Este debería haber sido el día en que lo hiciera por fin, maldita sea.

Ha dejado salir al gato, ha puesto el sobre con la carta y todos los documentos en la alfombra de la entrada y ahora ha ido al desván a buscar la escopeta. No es que le guste especialmente, pero ha decidido que su aversión por las armas nunca sería mayor que su aversión por todos los espacios que ella ha dejado vacíos en la casa. Ya iba siendo hora.

Así que este debería haber sido el día de la muerte de Ove. Pero se conoce que alguien, en alguna parte, comprendió que la única manera de detenerlo era ponerle delante algo que lo indignara lo bastante como para apartarlo de su propósito.

Así que allí está ahora, en la calle que discurre entre las hileras de casas, en actitud rebelde, con los brazos en cruz, y diciéndole al hombre de la camisa blanca:

—Es que no había nada interesante en la tele.

El hombre de la camisa blanca lo lleva observando impasible toda la conversación. A decir verdad, se ha comportado más como una máquina que como una persona en todas las ocasiones en que Ove ha hablado con él. Exactamente igual que todos los hombres de camisa blanca con los que se ha cruzado Ove a lo largo de su vida. Los que decían que Sonja iba a morir después del accidente de autobús; los que se negaban a asumir su responsabilidad después de dicho accidente; y los que se negaban a hacer que los responsables se responsabilizaran. Los que no querían construir una rampa para discapacitados en la escuela. Los que no querían dejarla trabajar. Los que se esforzaban por encontrar la letra pequeña de todos los dichosos documentos que pudieran sacar a relucir para que alguien, en alguna parte, no tuviera que pagar el dinero del seguro. Los que querían enviarla a la residencia.

Todos tenían la misma mirada. Como si no fueran más que carcasas relucientes que destrozaban y rompían en pedazos la vida de la gente normal.

Pero al decir aquello de que no había nada bueno en la tele, Ove ve por primera vez un estremecimiento en la sien del hombre de la camisa blanca. Como un destello de frustración, quizá. Ira y perplejidad, tal vez. Puro desprecio, probablemente. Pero es la primera vez que Ove observa que le ha tocado la fibra al hombre de la camisa blanca. A un hombre de camisa blanca en términos generales.

El hombre aprieta los dientes, se da media vuelta y echa a andar. Pero ya sin el paso controlado y sereno de un representante de la autoridad con pleno control, sino de otra manera. Con ira. Impaciencia. Sed de venganza.

Hacía mucho, mucho tiempo que nada ponía a Ove de tan buen humor.

Naturalmente, debería haber muerto hoy. Tenía pensado pegarse un tiro en la cabeza tranquilamente después del desayuno. Había limpiado la cocina y había soltado al gato y había cogido la escopeta del desván y se había acomodado en su sillón. Lo había planeado así puesto que el gato siempre quería salir a esa hora para hacer sus necesidades. Era uno de los pocos rasgos de carácter del gato que Ove apreciaba de verdad, que no se sentía inclinado a hacer caca en casa ajena. Ove era un hombre de la misma condición.

Pero entonces llegó Parvaneh, cómo no, aporreando la puerta de su casa como si fuera la del último váter operativo del mundo civilizado. Como si la mujer no tuviera en su casa dónde hacer pis. Ove escondió la escopeta detrás de un radiador, para que ella no la viera y empezara a inmiscuirse. Abrió la puerta, y casi tuvo que obligarlo por la fuerza a que cogiera el teléfono.

—¿Qué es esto? —quiso saber Ove, con el teléfono entre el índice y el pulgar, como si apestara.

—Es para ti —dijo Parvaneh quejosa, se llevó la mano a la barriga y se secó el sudor de la frente, pese a que estaban a bajo cero.

—Es la periodista.

—¿Y para qué quiero yo su teléfono?

—Por Dios, Ove. No es su teléfono. Es el mío. Me ha llamado a mí —respondió Parvaneh impaciente.

Luego lo apartó y entró en el cuarto de baño antes de que él tuviera tiempo de protestar siquiera.

—Con que sí —dijo Ove, y se acercó el teléfono a unos centímetros de la oreja, no se sabe muy bien si hablándole a Parvaneh o a la persona que llamaba.

—¡Hola! —dijo la tal periodista Lena con un tono que indujo a Ove a pensar que sería muy inteligente apartar el teléfono de la oreja unos centímetros más—. Entonces, ya estás listo para la entrevista, ¿no? —preguntó encantada.

—Qué va —dijo Ove, y retiró un poco el teléfono para averiguar cómo se colgaba.

—¿Has leído la carta que te envié? —gritó la mujer periodista—. ¿O el periódico? ¿Has leído el periódico? Se me ocurrió que podrías echarle una ojeada, así te harías una idea de cuál es nuestra línea —dijo en voz alta, al ver que Ove no respondía enseguida.

Ove fue a la cocina. Cogió el periódico y la carta que el tal Adrian le dejó el día que llamó a su puerta con el uniforme de correos.

—¿Lo tienes? —se desgañitaba la mujer periodista.

—Bueno, bueno, tranquila. ¡Que lo voy a leer! —dijo Ove a gritos en el teléfono, y se inclinó sobre la mesa de la cocina.

—Me preguntaba si tú… —continuó con empeño.

—Pero, bueno, ¡CÁLMATE, mujer! —vociferó Ove.

La periodista se calló.

A la mujer le llegaba el sonido que hacía Ove al ir pasando las hojas. A Ove le llegaba el sonido impaciente de una pluma que tamborileaba sobre una mesa.

—¿Es que ya no hacéis trabajo de investigación o qué? —soltó Ove al fin, mirando al teléfono con enojo, como si fuera culpa suya—. «El restaurante Atmosphere, en el rascacielos Burj Khalifa de Dubai, es, con sus 442 metros, el restaurante más elevado del mundo», según dice aquí —leyó Ove en voz alta.

—¿Ah, sí? Bueno, yo no he escrito ese artículo, así que no sé…

—Pero joder, tendrás que asumir parte de la responsabilidad, ¿no?

—¿Qué?

—¡Aquí hay un error material!

—Vamos a ver… En serio, Ove, de todos los artículos que hay en el periódico te has ido a fijar en el último, que no es…

—¡En los Alpes hay restaurantes!

Se hizo una pausa que invitaba a la reflexión. La periodista respiró hondo.

—Vale, Ove. Seguro que está mal. Y, como iba diciéndote, ese artículo no lo he escrito yo. Pero doy por hecho que el articulista se refiere a la altura a nivel del suelo, no del mar.

—¡Pero es que es una gran diferencia!

—Sí, sí, desde luego que lo es.

La mujer volvió a respirar hondo, más hondo si cabe esta vez. Y lo más probable es que, después de ese suspiro, estuviera pensado ir al grano e informar del motivo de su llamada, a saber: pedirle a Ove que reconsiderase el asunto y se dejase entrevistar. Sin embargo, no le quedó más remedio que olvidarse. Porque Ove había ido al salón y había visto pasar por delante de su casa a un hombre de camisa blanca que conducía un Skoda blanco. Y lo más seguro es que por eso más que nada tampoco era el día apropiado para que Ove muriera.

—¿Hola? —gritaba la periodista justo antes de que Ove saliera a la calle como una exhalación.

—Madre mía —dijo preocupada Parvaneh, que acababa de salir del baño, al verlo correr por la calle.

El hombre de la camisa blanca salió del asiento delantero del Skoda, justo delante de la casa de Rune y Anita.

—¡Esto se ha terminado! ¿Me oyes? ¡NO puedes ir en coche por este barrio! ¡Ni un solo METRO! ¿Lo captas? —empezó a gritar Ove mucho antes de llegar a su altura.

El hombrecillo de la camisa blanca se guardó el paquete de tabaco en el bolsillo de la camisa con gesto de no poca superioridad y miró a Ove a la cara.

—Tengo permiso.

—¡Y una mierda!

El hombre de la camisa blanca se encogió de hombros. Como para espantar a un insecto irritante, más que nada.

—Y dime, Ove, ¿qué piensas hacer al respecto exactamente?

A decir verdad, aquella pregunta cogió a Ove un poco por sorpresa. Otra vez. Se detuvo junto al hombre con las manos temblándole de rabia y con una docena de invectivas, por lo menos, listas para usar. Pero para su sorpresa, no respondió con ninguna de ellas.

—Sé quién eres, Ove. Estoy al tanto de todas las cartas que escribiste por lo del accidente de tu mujer, y por lo de su enfermedad. Eres una especie de leyenda en nuestras oficinas, por si no lo sabías —dijo el hombre de la camisa blanca con una voz plana.

Ove abrió la boca, pero solo una rendija. El hombre de la camisa blanca asintió.

—Sé quién eres. Y yo solo hago mi trabajo. Una resolución es una resolución. Y no hay nada que puedas hacer, ya deberías saberlo a estas alturas.

Ove dio un paso hacia él, pero el hombre de la camisa blanca le puso la mano en el pecho y lo echó hacia atrás. Sin violencia, sin agresividad. Con suavidad y decisión, como si la mano no fuera suya, sino que la controlara algún robot en una central de ordenadores de una institución estatal.

—Anda, vete a ver la tele. Antes de que el corazón empiece a darte más problemas.

Del lado del copiloto salió la misma mujer resuelta, también con camisa blanca y una pila de papeles en las manos. El hombre de la camisa blanca cerró el coche con un sonoro «clic». Luego le dio la espalda a Ove, como si nunca hubiera estado allí hablando con él.

Ove se quedó plantado, con los puños cerrados y la barbilla levantada, como un alce humillado, mientras las camisas blancas entraban en la casa de Anita y Rune. Le llevó unos minutos reaccionar e irse. Pero entonces lo hizo con furia y determinación, y se encaminó a casa de Parvaneh, que había llegado a la mitad de la calle.

—¿Está en casa el desastre que tienes por marido? —le espetó Ove, y se le adelantó sin esperar respuesta.

Parvaneh no tuvo tiempo más que de asentir antes de que Ove, en cuatro zancadas, llegara a su puerta. Le abrió la puerta Patrick, con muletas y una escayola que parecía cubrirle la mitad del cuerpo.

—¡Hola, Ove! —le dijo con tono alegre, y trató de saludar con la muleta, gesto que surtió el efecto inmediato de que perdió el equilibrio y se dio contra una pared.

—El remolque que tenías cuando os mudasteis aquí, ¿de dónde lo sacaste? —preguntó Ove con tono exigente.

Patrick se apoyó en la pared con el brazo sano. Un poco como si tratara de que pareciera que se había caído sobre él a propósito.

—¿Qué? Ah... Ese remolque. Me lo prestó un compañero de trabajo.

—Llámalo, tiene que prestártelo otra vez —dijo Ove, y sin más invitación, entró en el vestíbulo con la intención de esperar.

Y más o menos esa es la razón por la que Ove no se ha muerto hoy. Porque se implicó en algo que lo puso lo bastante furioso como para captar su atención.

Cuando el hombre y la mujer de la camisa blanca salen de casa de Anita y Rune poco más de una hora después, se encuentran con que su coche blanco con el logotipo municipal está encajonado en el callejón sin salida delante de un remolque enorme. Un remolque que, mientras ellos estaban dentro, alguien ha aparcado de modo que les bloquea la salida. De tal manera que casi podría creerse que lo han hecho a propósito, la verdad.

La mujer parece verdaderamente desconcertada. Pero el hombre de la camisa blanca se va directo a Ove.

—¿Esto lo has hecho tú?

Ove se cruza de brazos y lo mira fríamente.

—Qué va.

El hombre de la camisa blanca sonríe condescendiente. Como sonríen los hombres de camisa blanca que están acostumbrados a salirse con la suya cuando les llevan la contraria.

—Quítalo inmediatamente.

—No creo —responde Ove.

El hombre de la camisa blanca deja escapar un suspiro, como si la amenaza que va a formular fuera dirigida a un niño.

—Quita el remolque, Ove, o llamo a la policía.

Ove niega impasible con la cabeza y señala el letrero que hay un poco más abajo en la calle.

—Está prohibida la circulación de vehículos en la zona. Ese letrero lo dice clarísimo.

—¿No tienes nada mejor que hacer que jugar a agente del orden? —se lamenta el hombre de la camisa blanca.

—Es que no había nada interesante en la tele —dice Ove.

Y entonces se aprecia un estremecimiento en la sien del hombre de la camisa blanca. Como si se le hubiera resquebrajado la máscara un pelín. Observa el remolque; su Skoda, que está atrapado; el letrero; a Ove, que está delante de él de brazos cruzados. El hombre parece sopesar por un instante si recurrir a la violencia para obligar a Ove a obedecer, pero se ve que comprende enseguida que sería una pésima idea.

—Esto ha sido una tontería, Ove. Una tontería enorme —le dice enojado.

Y, por primera vez, asoma a sus ojos azules un destello de auténtica furia. Ove no se inmuta. El hombre de la camisa blanca se marcha de allí en dirección al garaje y luego a la carretera, con unos andares que demuestran que aquello no ha terminado ahí. La mujer que lleva los documentos se apresura a seguirlo.

Habría cabido esperar que Ove se los quedase mirando con un brillo de triunfo en la mirada. Hasta él se lo esperaba, la verdad. Pero lo cierto es que se lo ve triste y cansado. Como si llevara meses sin dormir. Como si apenas tuviera fuerzas para mantener los brazos en alto. Se mete las manos en los bolsillos despacio y vuelve a casa. No acaba de cerrar la puerta cuando vuelven a llamar.

—Piensan llevarse a Rune, van a quitárselo a Anita —grita con expresión contrariada Parvaneh, que ha abierto de un tirón antes de que Ove llegue a tocar la manivela.

—Ya —replica Ove cansado.

El timbre de resignación que resuena en su tono de voz sorprende tanto a Parvaneh como a Anita, que está detrás. Quizá ha sorprendido incluso al propio Ove. Respira por la nariz, a suspiros breves. Mira a Anita. Está más gris y abatida que nunca.

—Dicen que van a llevárselo esta misma semana. Que no puedo ocuparme de él —dice Anita con la voz tan quebrada que casi no le sale de los labios.

Tiene los ojos rojos.

—¡Tienes que conseguir que no se lo lleven! —sentencia Parvaneh, y coge a Ove del brazo.

Él lo retira y evita mirarla a la cara.

—Bah, pasarán años antes de que vengan por él. Con ellos toca apelar, dar vueltas y más vueltas en esa mierda de rueda burocrática —responde Ove.

Trata de parecer más seguro y convencido de lo que está de verdad. Pero no tiene fuerzas para preocuparse de la impresión que da. Lo único que quiere es que se vayan de allí.

—¡No sabes lo que estás diciendo! —grita Parvaneh.

—No, eres tú la que no sabe lo que está diciendo, nunca has tenido que vértelas con las instituciones, no sabes nada de cómo se las gastan —responde con tono abatido y los hombros caídos.

—Pero... Tienes que habl... —comienza a decir Parvaneh indignada, pero es como si toda la energía del cuerpo de Ove se hubiera esfumado mientras están ahí hablando.

Quizá haya sido la visión del rostro avejentado de Anita. Quizá es solo la certeza de que ganar una sola batalla no es nada en todo ese contexto. Un Skoda con la salida bloqueada no marca ninguna diferencia. Volverán. Como hicieron con Sonja. Como hacen siempre. Con sus cláusulas y documentos. Los hombres de la camisa blanca ganan siempre. Y los hombres como Ove siempre pierden a personas como Sonja. Y nada podrá devolvérsela.

Al final, solo queda una larga serie de días sin otro objetivo que repasar tablones. Y Ove no puede más. Se da cuenta en ese instante con mucha más claridad que nunca. No tiene fuerzas para seguir luchando. No quiere seguir luchando. Ya solo quiere que lo dejen morir.

Parvaneh sigue intentando darle argumentos, pero él cierra la puerta sin más. Se deja caer en el taburete de la entrada y nota que le tiemblan las manos. El corazón le aporrea la sien y cree que le van a estallar los tímpanos. La presión del pecho, como si una gran oscuridad le estuviera pisando el cuello con su bota, y pasan más de veinte minutos hasta que lo suelta.

Y entonces, Ove se echa a llorar.

32

Un hombre llamado Ove
no abre un puñetero hotel

Sonja le dijo una vez que, para comprender a los hombres como Ove y Rune, había que empezar por entender que eran hombres atrapados en la época equivocada. Los hombres como ellos solo le pedían a la vida unas cuantas cosas sencillas, decía. Un techo bajo el que cobijarse, una calle poco ruidosa, una marca de coche y una mujer a la que ser fiel. Un trabajo en el que cumplir una función. Una casa donde las cosas se rompieran de vez en cuando, para tener algo que atornillar.

«Todo el mundo quiere llevar una vida digna, es solo que no todo el mundo entiende lo mismo por dignidad», decía Sonja. Para hombres como Ove y Rune, la dignidad era lisa y llanamente la sensación de habérselas arreglado solos de jóvenes, y por eso consideraban un derecho el no depender de nadie siendo adultos. Existía el orgullo de tener el control. De tener derecho. De saber qué camino había que tomar y cómo había que apretar un tornillo y cómo no había que hacerlo. Los hombres como Ove y Rune pertenecían a una generación en la que uno era aquello que hacía, no aquello de lo que hablaba, solía decir Sonja.

Naturalmente, ella sabía que no eran los hombres de la camisa blanca los culpables de que fuera en silla de ruedas. Ni de que perdiera el niño. Ni de que tuviera cáncer. Pero también sabía que Ove no sabía cómo sobrellevar una rabia sin nombre.

Necesitaba ponerle etiquetas. Ordenarla por categorías. De modo que cuando los hombres de las instituciones, que llevaban camisa blanca y cuyo nombre no podía recordar nadie con dos dedos de frente, intentaban hacer todo lo que Sonja no quería hacer, obligarla a que dejara de trabajar y que se mudara de su casa y que aceptara que valía menos que una persona sana que pudiera caminar por sí sola y que estaba moribunda, Ove se enfrentó a ellos. Con documentos, instancias y cartas al periódico y apelaciones, hasta por algo tan insignificante como una rampa para una escuela. Peleó por sus derechos contra los hombres de la camisa blanca tanto tiempo y con tanto ahínco que, al final, empezó a considerarlos responsables directos de todo lo que les ocurrió a ella y al niño. De su muerte.

Y luego, ella lo dejó solo en un mundo cuyo lenguaje él había dejado de entender.

Cuando el gato vuelve a la casa, Ove sigue en la entrada. El animal araña la puerta. Ove se hace a un lado y lo deja entrar. Luego cenan juntos y ven la tele. A las diez y media, Ove apaga la luz del salón y sube a la primera planta. El gato lo sigue sigilosamente pisándole los talones, como si supiera que Ove va a hacer algo de lo que no lo ha puesto al corriente. Algo que no le va a gustar. Se sienta en el suelo del dormitorio cuando Ove se desnuda, y pone cara de querer descubrir el secreto de un truco de magia.

Ove se acuesta y se está quieto hasta que el gato se queda dormido en la cama, en el lado de Sonja. Tarda más de una hora. Naturalmente, Ove no espera porque crea que tiene obligación de ser considerado con los sentimientos de aquella birria de gato, sino porque no tiene fuerzas para pelear con él. No cree que tenga ninguna lógica ponerse a explicarle los conceptos de vida y muerte a un animal que no es capaz de encargarse de su propio rabo y evitar que se le vaya a la mierda. Eso es todo.

Cuando el gato termina por girarse y se pone a roncar con la boca abierta, atravesado en el almohadón de Sonja, Ove se levanta de puntillas tan silenciosamente como puede. Baja al salón, saca la escopeta del escondite de detrás del radiador. Coge cuatro paños de plástico de albañilería que había ido a buscar a la caseta de las herramientas y que había escondido en el escobero, para que el gato no los viera. Empieza a fijarlos con cinta adhesiva a las paredes de la entrada. Tras reflexionar un poco, ha decidido que ese es el mejor lugar de la casa, dado que es el que menos superficie tiene. Supone que cuando uno se pega un tiro en la cabeza salpica bastante, y no quisiera dejar más lío del necesario. Sonja detestaba que desordenara las cosas en casa.

Se ha vuelto a poner los zapatos de vestir y el traje. Está sucio, y todavía huele a humo, pero tendrá que valer. Sopesa la escopeta en las manos, como tratando de calibrar en qué punto está el nivel. Como si eso pudiera tener una influencia capital en el éxito de la empresa. Le da la vuelta y lo gira, trata de doblar un poco el cañón, como si quisiera plegarlo por la mitad. Y no es que Ove sepa mucho de armas, pero bueno, es lógico que quiera saber que va a utilizar material del bueno. Y puesto que Ove da por hecho que no se puede comprobar la calidad de una escopeta dándole una patada, da por hecho que se puede comprobar tratando de doblarla y ver qué pasa.

De repente, mientras está en ello, se le ocurre que, después de todo, es una idea más que mala haberse vestido de punta en blanco. El traje se le pondrá perdido de sangre y demás, se figura. No parece muy sensato. Así que deja la escopeta, entra en el salón, se quita la ropa, la dobla primorosamente y la deja en el suelo, junto a los zapatos de vestir. Luego saca la carta con las instrucciones para Parvaneh y añade: «Enterrar de traje», bajo el epígrafe «Intendencia del entierro», y la deja encima de la ropa. En la carta dice también muy claro que, por lo demás, no quiere ninguna parafernalia. Ninguna ceremonia excesiva ni más enredos. Bajo tierra cuanto antes, con Sonja. El lugar ya está pagado y listo, y Ove ha dejado en el sobre dinero para el transporte.

Así que en calzoncillos y con calcetines, Ove vuelve a la entrada y coge otra vez la escopeta. Se ve en el espejo de la pared. No se ha mirado así, de cuerpo entero, desde hace treinta y cinco años, seguro. Todavía es fuerte y musculoso. Seguro que está en mejor forma que la mayoría de los hombres de su edad. Pero observa que algo le ha pasado a la piel, que parece que se estuviera derritiendo. Tiene un aspecto rarísimo.

La casa está en silencio. Todo el barrio, la verdad. Todos duermen. Y entonces se da cuenta de que el gato se va a despertar con el disparo. Le dará un susto de muerte al pobre bicho, piensa Ove. Se queda pensando en eso un buen rato, hasta que se decide, deja la escopeta, va a la cocina y pone la radio. No porque él necesite oír música para quitarse la vida; ni porque le guste la idea de dejar la radio puesta gastando luz cuando él se haya ido; sino porque piensa que si el gato se despierta con el disparo, y luego oye la radio, creerá seguramente que el ruido formaba parte de una de esas canciones modernas que ponen siempre. Y volverá a dormirse. Eso piensa Ove.

Resulta que no han puesto ninguna canción moderna en la radio, se dice Ove mientras vuelve a la entrada y coge la escopeta. Están dando las últimas noticias locales. Así que se queda allí de pie un rato, escuchando atento. No es que le importen mucho las noticias locales ahora que va a pegarse un tiro en la cabeza, pero Ove piensa de todos modos que mantenerse un poco informado no puede ser perjudicial. Están hablando del tiempo. Y de la economía. Y del tráfico. Y advierten a los propietarios de chalets y de casas adosadas de la zona de que tomen precauciones, dado que hay varias bandas de ladrones que están arrasando en la ciudad. «Gamberros de mierda», refunfuña Ove, y agarra la escopeta un poco más fuerte.

Y desde un punto de vista totalmente objetivo, todo aquello habría podido ser información valiosa para otros dos gamberros, Adrian y Mirsad, antes de que se acercaran alegremente a la puerta de Ove unos segundos después. Entonces habrían sabido que Ove oiría el arrastrar de sus pasos en la nieve y que no pensaría «¡Hombre, vienen a verme! ¡Qué bien!», sino más bien «¡Pero qué coño!». Y habrían sabido que Ove no llevaría más que calzoncillos y calcetines, y que tendría en la mano una escopeta con más de tres cuartos de siglo de antigüedad cuando abrió la puerta de una patada, como una especie de Rambo defensor del barrio, medio desnudo y avejentado. Y entonces Adrian no habría soltado aquel grito tan chillón que hizo chirriar las ventanas de toda la urbanización, antes de salir corriendo aterrado y de estrellarse contra la pared de la caseta de herramientas y quedar casi inconsciente.

Tras varios gritos de desconcierto y no poca confusión, Mirsad consigue aclarar que su identidad se corresponde más con la de un gamberro normal y corriente que con la de un gamberro ladrón, y Ove consigue comprender qué está pasando. Pero antes ha estado gesticulando airadamente escopeta en mano, con lo que ha provocado los gritos de Adrian, que sonaba como una alarma aérea.

—¡Chis! Joder, que vas a despertar al gato —le dice Ove enojado para silenciarlo, mientras Adrian da un traspié hacia atrás y aterriza en un montículo de nieve con un chichón en la frente tan grande como un paquete de raviolis.

Mirsad se queda mirando el arma como preguntándose de forma totalmente espontánea si lo de ir a ver a Ove así, en plena noche y sin avisar, ha sido tan buena idea después de todo. Adrian se levanta tambaleándose y se apoya en la pared de la caseta gesticulando como si estuviera a punto de decir «Yo no ejtoy bogasho». Ove le dedica una mirada acusadora.

—¿Se puede saber lo que estáis haciendo?

Les pregunta agitando la escopeta. Mirsad lleva en la mano una bolsa grande que deja en la nieve con mucho cuidado. Adrian adelanta los puños instintivamente agitándolos en el aire, como si le estuvieran robando, con lo que casi pierde el equilibrio y aterriza de culo en la nieve una vez más.

—Ha sido idea de Adrian —comienza Mirsad, y baja la vista al suelo nevado.

Ove advierte que hoy va sin maquillar.

—¡Mirsad ha salido del armario! —dice Adrian asintiendo con entusiasmo, y se tambalea junto a la caseta, con una mano en la frente.

—¿Qué? —dice Ove levantando otra vez la escopeta con expresión suspicaz.

—Que ha salido… ya sabes. Le ha contado a todo el mundo que es… —comienza Adrian, pero parece un tanto distraído, en parte porque un hombre de cincuenta y nueve años en calzoncillos lo está amenazando con una escopeta; y en parte porque empieza a estar bastante convencido de que seguramente habrá sufrido una conmoción cerebral.

Mirsad se yergue un poco y asiente resuelto.

—Le he contado a mi padre que soy homosexual.

La amenaza se suaviza en la mirada de Ove, pero no baja la escopeta.

—Mi padre odia a los homosexuales. Siempre ha dicho que, si cualquiera de sus hijos fuera homosexual, se quitaría la vida —continúa Mirsad.

Al cabo de unos instantes de silencio, añade:

—O sea, que puede decirse que no se lo ha tomado muy bien.

—¡Le ha echado de casa! —interviene Adrian.

—Lo —corrige Ove.

Mirsad coge la maleta y vuelve a dirigirse a Ove.

—No ha sido muy buena idea. No deberíamos haber venido a molestarte.

—¿A molestarme con qué? —pregunta Ove.

Ya que está en la puerta, en calzoncillos y a bajo cero, le parece que bien pueden explicarle el porqué. Mirsad suspira hondo. Como si, físicamente, se estuviera tragando el orgullo.

—Dice mi padre que estoy enfermo y que no puedo seguir viviendo bajo su techo con mis... ya sabes... rarezas —dice, y traga saliva antes de decir lo de «rarezas».

—¿Porque eres una persona marica? —pregunta Ove.

Mirsad asiente.

—Como no tengo familia en la ciudad, pensaba dormir en casa de Adrian, pero su madre se ha echado novio, y está en casa...

Guarda silencio. Menea la cabeza. Pone cara de sentirse como un idiota.

—Ha sido una idea absurda —dice en voz baja, y hace amago de darse media vuelta y marcharse.

En este punto de la conversación, Adrian parece haber recobrado la voluntad de argumentar y se acerca a Ove dando trompicones por la nieve.

—¡Joder, Ove! ¡Tú tienes un mogollón de sitio! O sea, ya sabes, que habíamos pensado que Mirsad podría acampar aquí esta noche.

—¿Aquí? Oye, que esto no es ningún hotel —lo informa Ove, que levanta otra vez la pipa, con lo que Adrian se da con ella en el pecho.

Adrian se para en seco. Mirsad da dos pasos resueltos y pone la mano en la escopeta.

—Perdón, es que no teníamos otro sitio adonde ir —dice con un hilo de voz, y mira a Ove a los ojos mientras aparta el cañón del arma del pecho de Adrian.

Ove parece serenarse un poco y dirige el arma al suelo. Cuando da un par de pasos atrás, hacia el interior de la casa, como si acabara de tomar conciencia del frío que envuelve su cuerpo mal ataviado, por decirlo de un modo diplomático, ve con el rabillo del ojo la foto de Sonja en la pared. El vestido rojo. El viaje en autobús a España, cuando estaba embarazada. Él le pidió infinidad de veces que quitara de allí la maldita foto, pero ella se negaba. Decía que era «un recuerdo tan valioso como cualquier otro».

Qué mujer tan tozuda.

Así que aquel debía haber sido el día de la muerte de Ove. Pero se convierte en la víspera del día en que Ove se despierta no solo con un gato, sino también con una persona marica acogida en su casa. Desde luego, a Sonja le habría gustado, claro. A ella le gustaban los hoteles.

33

Un hombre llamado Ove y una ronda
de inspección que se sale de lo habitual

A veces resulta difícil explicar por qué algunos hombres de repente hacen las cosas que hacen. A veces, claro está, las hacen porque saben que terminarán haciéndolas más temprano que tarde, y entonces más vale hacerlas cuanto antes. Y a veces es por todo lo contrario, porque son conscientes de que deberían haberlo hecho hace mucho. Ove sabía perfectamente lo que tenía que hacer, pero, en el fondo, todo el mundo es muy optimista con el tiempo. Siempre creemos que nos dará tiempo de hacer cosas con otras personas. Nos dará tiempo de decirles ciertas cosas. Pero entonces sucede algo, y allí estamos, de repente, pensando en frases que empiezan por «Si yo...».

Va al piso de abajo y se detiene desconcertado en mitad de la escalera. La casa no olía así desde que Sonja murió. Baja los últimos peldaños en alerta, aterriza en el suelo de parquet y se planta en el umbral de la puerta de la cocina, con la expresión de quien acaba de sorprender a un ladrón.

—¿Eres tú el que está tostando pan?

Mirsad asiente temeroso.

—Sí... Espero que no te importe. Perdón. ¿Te importa?

Ove ve que también ha hecho café. El gato está en el suelo, comiéndose la lata de atún. Ove asiente, pero no responde a la pregunta.

—El gato y yo vamos a hacer la ronda por el barrio —le dice.

—¿Puedo ir yo también? —pregunta Mirsad.

Ove lo mira como si Mirsad, disfrazado de pirata, lo hubiera detenido en una calle peatonal y le hubiera preguntado debajo de qué taza está la moneda de plata.

—A lo mejor puedo ayudarte —añade Mirsad solícito.

Ove va a la entrada y mete los pies en los zuecos.

—Este es un país libre —dice entre dientes al tiempo que abre la puerta para que salga el gato.

Mirsad interpreta aquellas palabras como un «de mil amores», y se pone raudo el chaquetón y los zapatos, antes de seguirlos. Y si Ove se había creído que aquella sería la única compañía no deseada que iba a tener hoy, estaba pero que muy equivocado.

—¡Buenas, chicos! —exclama Jimmy cuando los ve venir por la calle.

Llega resoplando detrás de Ove, con un chándal de color verde chillón tan estrecho y tan pegado a la mole de su corpachón que Ove se pregunta si lo que lleva es ropa o pintura.

—Buenas —dice Mirsad tímidamente.

—¡Jimmy! —se presenta Jimmy, y le estrecha la mano resoplando.

El gato, por su parte, hace amago de ir a frotarse amorosamente en las piernas de Jimmy, pero al final parece cambiar de idea por consideración a Jimmy, que, no en vano, acabó en el hospital con una crisis alérgica la última vez que lo hizo, así que elige la siguiente mejor opción y se pone a rodar por la nieve. Jimmy le sonríe amigablemente a Ove.

—Es que he visto que sales a andar todas las mañanas a esta hora, tío, así que pensaba ver si te vale que me apunte. ¡Que he decidido empezar a hacer ejercicio, oye!

Mueve la cabeza satisfecho y la grasa de la papada se le balancea entre los hombros como una gran vela en medio de una tormenta. Ove lo mira más que escéptico.

—¿Es que tú te levantas a esta hora?

Jimmy estalla en una risotada estruendosa.

—¿Qué dices, tío? Qué va, ¡todavía no me he acostado!

Y así es como un gato, un alérgico con sobrepeso, una persona marica y un hombre llamado Ove hacen la ronda de inspección por el barrio esa mañana. Ove los observa mientras van en fila hacia el aparcamiento y llega a la conclusión de que, seguramente, acaban de inaugurar la guardia ciudadana menos imponente de la historia.

—¿Y cómo es que estás aquí? —pregunta Jimmy lleno de curiosidad, y le da a Mirsad un puñetazo amistoso en el hombro cuando llegan al garaje.

Mirsad le explica brevemente que él y su padre se han enfadado y que ahora vive temporalmente en casa de Ove.

—¿Y por qué te has peleado con tu viejo? —pregunta Jimmy.

—Eso a ti no te incumbe —se apresura a responder Ove a su espalda.

Jimmy lo mira sorprendido, pero se encoge de hombros y, un segundo después, parece haber olvidado la pregunta. Mirsad mira a Ove agradecido. Ove le da una patada al letrero.

—Pero en serio, tío, ¿recorres el barrio t-o-d-a-s las mañanas? —pregunta Jimmy animado.

—Sí —responde Ove con un punto menos de animación.

—¿Por qué?

—Para ver si ha habido algún robo.

—¿En serio? ¿Es que suele haber robos?

—No.

Jimmy no parece haberlo captado. Ove tira tres veces de la puerta de su garaje.

—Nunca se produce un robo hasta que se produce un robo por primera vez —dice refunfuñando, y se dirige al aparcamiento de las visitas.

El gato mira a Jimmy como si su inteligencia lo hubiera decepcionado mucho. Jimmy frunce los labios y se abraza la barriga, como queriendo controlar que no se le haya esfumado la mayor parte con tanto ejercicio inopinado.

—¿Y te has enterado de lo de Rune? —pregunta en voz alta, y empieza a medio correr detrás de Ove.

Ove no responde.

—Que se lo llevan los de asuntos sociales, ya sabes —explica Jimmy cuando lo alcanza.

Ove saca el cuaderno y empieza a anotar las matrículas de los coches. Jimmy toma el silencio de Ove como indicación de que lo que quiere es que siga hablando. Así que sigue.

—El rollo es que Anita solicitó más asistencia domiciliaria, ya sabes. O sea, Rune está hecho polvo y ella sola no puede. Entonces los de los servicios sociales hicieron una investigación de esas, y luego la llamó un tío y le dijo que habían decidido que ella no iba a poder tirar del carro. Así que iban a meter a Rune en un centro de esos, ya sabes. Y entonces Anita les dijo que pasando, que no quería asistencia domiciliaria. Pero entonces el tío se puso de lo más agresivo y empezó totalmente pasado de rosca. Y a darle la murga con que ya no se podía anular la resolución y que era ella la que les había pedido que iniciaran el procedimiento. Y ahora habían llegado a esa conclusión y que entonces ya no había tu tía, ya sabes. Que da igual lo que diga Anita, porque el tío de asuntos sociales va a piñón. ¿Lo pillas?

Jimmy guarda silencio y asiente mirando a Mirsad en busca de algún tipo de confirmación de su versión.

—Pasado de rosca… —repite Mirsad vacilante.

—Pasado de rosca que te cagas —afirma Jimmy, y le tiembla todo el cuerpo.

Ove se mete el bolígrafo y la libreta en el bolsillo interior del chaquetón y echa a andar hacia el cuarto de la basura.

—Bah, les llevará una eternidad dictar esa resolución. Dicen que se lo van a llevar ya, pero no moverán el culo hasta dentro de un año o dos —refunfuña Ove.

Coño, que ya sabe él muy bien cómo funciona esa burocracia.

—Pero... Es que la resolución ya está dictada, tío —dice Jimmy rascándose la cabeza.

—¡Joder, pues se apela y punto! ¡Eso tarda varios años! —protesta Ove cuando pasa por delante de él.

Jimmy se lo queda mirando como si tratara de calibrar si merece la pena el esfuerzo de ir tras él.

—¡Pero si lo ha hecho! ¡Lleva dos años escribiendo cartas y de todo!

Ove no se detiene al oír aquellas palabras. Pero reduce la velocidad. Oye los pasos de Jimmy que lo sigue pesadamente en la nieve.

—¿Dos años? —pregunta sin darse la vuelta.

—Largos —responde Jimmy.

Ove se pone a calcular mentalmente.

—Mentira. Entonces lo habría sabido Sonja —asegura tajante.

—Es que no podía deciros nada ni a Sonja ni a ti. Anita no quería. Ya sabes...

Jimmy guarda silencio. Clava la vista en la nieve. Ove se da la vuelta. Frunce el entrecejo.

—¿Que ya sé qué?

Jimmy suelta un suspiro.

—Decía... Decía que ya teníais bastantes problemas con lo vuestro —dice en voz baja.

Sigue un silencio tan compacto que habría podido cortarse con un hacha. Jimmy no levanta la vista. Y Ove no dice nada. Entra en el cuarto de la basura. Sale otra vez. Entra en el cuarto de las bicicletas. Sale otra vez. Pero algo le ha pasado. «Se te ha encendido la bombilla», solía decir Sonja. Las últimas palabras de Jimmy siguen resonándole en la cabeza y se extienden como un velo que impregna sus movimientos, y una furia irracional le crece por dentro, acelerándose cada vez más, como si fuera una tromba. Va abriendo las puertas cada vez con más ímpetu. Dando patadas a los escalones. Y cuando Jimmy al fin dice algo así como «O sea, que no hay nada que hacer, tío, lo van a meter en una residencia, ya sabes», entonces Ove da un portazo tal que tiembla todo el cuarto de la basura. Se queda quieto, dándoles la espalda y con la respiración cada vez más pesada.

—¿Estás…? ¿Estás bien? —pregunta Mirsad.

Ove se da la vuelta y señala a Jimmy con lo que puede llamarse cualquier cosa menos ira contenida.

—¿Eso fue lo que te dijo? ¿Que no quería pedirle ayuda a Sonja porque nosotros teníamos «bastante con lo nuestro»?

Jimmy asiente asustado. Ove clava la mirada en la nieve con el pecho hinchado bajo el chaquetón. Piensa en cómo se habría puesto Sonja si se hubiera enterado. Si hubiera sabido que su mejor amiga no le pidió ayuda porque ella ya tenía «bastante con lo suyo». Se le habría roto el corazón.

A veces resulta difícil explicar por qué algunos hombres de repente hacen las cosas que hacen. Y Ove ha sabido en todo momento lo que tenía que hacer, a quién tiene que ayudar antes de morir. Pero en el fondo, todo el mundo es muy optimista con el tiempo. Siempre creemos que nos dará tiempo de hacer cosas con otras personas. Nos dará tiempo de decirles ciertas cosas.

Tiempo de presentar una apelación.

Ove se vuelve serenamente hacia Jimmy.

—¿Dos años?

Jimmy asiente. Ove carraspea. Por primera vez en todo este tiempo, parece inseguro.

—Pues yo creía que acababa de empezar. Pensaba que… me quedaba más tiempo —dice en voz baja.

Jimmy se esfuerza por averiguar si Ove está hablando con él o consigo mismo. Ove levanta la vista.

—¿Y dices que se van a llevar a Rune ahora? ¿En serio? ¿No quedan enredos burocráticos ni apelaciones ni otra basura por el estilo? ¿Estás SEGURO de eso?

Jimmy asiente otra vez. Abre la boca para decir algo, pero Ove ya ha echado a andar. Se aleja entre las casas con el paso de un hombre que va a vengar un agravio de muerte en una película del oeste en blanco y negro. Gira al final de la calle, donde está el remolque y donde sigue aparcado el Skoda blanco, y aporrea la puerta tan fuerte como si el hecho de que él la rompa en mil pedazos antes de que alguien la abra fuera una cuestión secundaria. Anita abre por fin estupefacta. Ove entra sin más.

—¿Tienes aquí los papeles de las autoridades?

—Sí, pero yo creía que…

—¡Dámelos!

Andando el tiempo, Anita le contaría a los vecinos que «no había visto a Ove tan enfadado desde 1977, cuando dijeron en la tele que Saab y Volvo iban a unirse».

34

*Un hombre llamado Ove
y el chico de la casa de al lado*

Ove se ha llevado una silla plegable de plástico azul para clavarla en la nieve y sentarse en ella. Y es que el asunto puede llevarle un buen rato, eso ya lo sabe él. Como siempre que tiene que contarle a Sonja que va a hacer algo que a ella no le gusta. Retira con cuidado la nieve de la lápida, para que puedan verse como es debido.

Son muchas las personas que llegan a pasar por un barrio de casas adosadas en cuarenta años. En la casa que hay entre Ove y Rune había vivido gente de todo tipo, discreta, alborotadora, extraña, insoportable y apenas visible. Allí habían vivido familias con hijos adolescentes que se meaban en la valla cuando volvían borrachos, familias que trataban de plantar arbustos no reglamentarios en el jardín y familias que de pronto querían pintar la fachada de rosa. Y si había algo en lo que Ove y Rune, por muy enfadados que estuvieran, podían ponerse de acuerdo siempre, durante todos aquellos años, era que, fueran quienes fueran los que vivieran en aquella casa, siempre eran unos idiotas integrales.

A finales de los ochenta, la compró un hombre que, al parecer, era una especie de director de banco, y la compró como «objeto de inversión», según le explicó a Ove el agente inmobiliario. Acto seguido, empezó a alquilarla a una serie de inquilinos en los años sucesivos. Un verano, la alquiló a tres jóvenes que hicieron un valeroso esfuerzo por convertirla en una zona franca para una verdadera hueste de drogadictos, prostitutas y delincuentes. Las fiestas duraban las veinticuatro horas, la calle entre las casas estaba cubierta de fragmentos de cristal como si fuera confeti, y la música retumbaba y hacía saltar los cuadros de las paredes del salón de Sonja y de Ove.

Ove fue a poner coto a aquellos desmanes, los jóvenes se rieron de él. Al ver que se negaba a marcharse, lo amenazaron con un cuchillo. Cuando Sonja trató de hacerlos entrar en razón al día siguiente, la llamaron «la paralítica». La noche siguiente, pusieron la música más alta que nunca y cuando Anita, de pura desesperación, se puso a gritarles desde el jardín, le tiraron una botella por la ventana del salón.

Y, desde luego, esa no fue una buena idea.

Ove pergeñó enseguida un plan de venganza, y comenzó por investigar las actividades económicas del casero. Llamó a varios abogados y a la autoridad tributaria con el propósito de impedir que se alquilara la casa aunque tuviera que «llevar el caso hasta el mismísimo Tribunal Supremo», le decía a Sonja. Sin embargo, no llegó a llevar el caso ni a la puerta de su casa.

Una noche, muy tarde, vio que Rune se dirigía al aparcamiento con las llaves del coche en la mano. Al cabo de un rato, lo vio volver con una bolsa de plástico cuyo contenido no pudo adivinar. Al día siguiente llegó la policía y se llevó a los tres jóvenes esposados por tenencia de drogas que, tras una llamada anónima, hallaron en el sótano.

Ove y Rune estaban en la calle cuando ocurrió. Cruzaron una mirada con los jóvenes. Ove se rascaba la barbilla.

—A saber dónde puede uno conseguir droga en esta ciudad —dijo Ove pensativo.

—En la calle que hay detrás de la estación de tren —respondió Rune con las manos en los bolsillos—. O eso dicen —añadió con una sonrisita.

Ove asintió. Se quedaron allí un buen rato, tan contentos.

—¿Cómo va tu coche? —preguntó Ove al cabo de unos minutos.

—Como un reloj —respondió Rune.

Después de aquello, se llevaron bien dos meses. Luego se enfadaron otra vez por culpa del sistema de calefacción. Pero fue estupendo mientras duró, como decía Anita.

Durante años siguió habiendo inquilinos que iban y venían de la casa de al lado, la mayoría de los cuales gozaron de una indulgencia y aceptación sorprendentes por parte de Ove y Rune.

Un verano cerca de mediados de los noventa, se mudó a la casa una mujer con un niño de nueve años bajito y rechoncho con el que Sonja y Anita se encariñaron enseguida. Se enteraron de que el padre había abandonado a la madre nada más nacer el niño. El cuarentón con el cuello de toro que ahora vivía con ellos, y cuyo aliento trataron de ignorar las dos amigas durante mucho tiempo, era el nuevo amor de la mujer. Apenas estaba en casa, y Anita y Sonja se guardaban de hacer muchas preguntas. Suponían que la muchacha veía en él cualidades que tal vez ellas no apreciaran. «Se ha ocupado de nosotros, y ya sabéis cómo son las cosas, no es fácil ser madre soltera», les dijo en alguna ocasión, echándole valor y sonriendo, y las dos vecinas no indagaban más.

La primera vez que oyeron los gritos de aquel hombre de cuello de toro a través de las paredes decidieron que cada uno en su casa hace lo que quiere. La segunda vez pensaron que todas las familias discuten de vez en cuando, y que aquello quizá no fuese nada del otro mundo.

La siguiente vez que el del cuello de toro se ausentó, Sonja invitó a la mujer y al niño a tomar café. Con una sonrisa forzada, la joven le contó que, naturalmente, se había hecho aquellos cardenales al darse un golpe sin querer, al abrir con demasiada fuerza la puerta del mueble de la cocina. Aquella noche, Rune vio al hombre del cuello de toro en el aparcamiento. Se dio cuenta de que estaba borracho al verlo salir del coche.

Las dos noches siguientes, los vecinos oyeron, cada uno desde su casa, que el hombre gritaba y tiraba cosas al suelo. Oyeron el grito de dolor de la mujer y, cuando les llegaron a través de las paredes las quejas del niño y lo oyeron rogar sollozando «Deja de pegarle, deja de pegarle, deja de pegarle», Ove salió y se plantó en su jardín. Rune ya estaba en el suyo.

Estaban en medio de una de las peores disputas de su vida por el poder en la junta de la comunidad de vecinos. Llevaban un año sin hablarse. Se miraron un instante, y luego volvieron a entrar en sus casas sin pronunciar una palabra. Dos minutos después se reunieron ya vestidos en la parte delantera. El hombre del cuello de toro trató de abalanzárseles en pleno ataque de furia cuando les abrió la puerta, pero Ove le estampó el puño en la nariz. El hombre se tambaleó, recobró el equilibrio, echó mano de un cuchillo de cocina y se abalanzó contra Ove. Pero no lo alcanzó. El puño de hierro de Rune le cayó encima como un mazo. En sus días de esplendor, Rune era una buena pieza. Era una locura llegar a las manos con él.

Al día siguiente, el hombre se fue del barrio y no volvió nunca. La mujer estuvo dos semanas durmiendo en casa de Anita y Rune, hasta que se atrevió a volver a la casa con su hijo. Entonces, Rune y Ove bajaron al centro, fueron al banco y, por la noche, le dijeron a Sonja y a Anita que la joven podía considerar aquello como un regalo o como un préstamo, lo que quisiera. Pero que aquello no admitía discusión. Y así fue como la joven se quedó a vivir en la casa con su hijo. Un niño rechoncho amante de los ordenadores que se llamaba Jimmy.

Ove se inclina y mira la lápida muy serio.

—Es que creía que tendría más tiempo. Para… Para todo.

Ella no responde.

—Ya sé lo que piensas de lo de armar la gorda, Sonja. Pero esta vez, tienes que comprenderlo. Con esa gente no se puede razonar.

Se clava la uña del pulgar en la palma de la mano. La lápida sigue allí, sin decir nada, pero Ove no necesita palabras para saber lo que pensaría Sonja. El tratamiento a base de silencio siempre fue su mejor recurso para argumentar con él. Tanto en vida como después de muerta.

Aquella mañana, Ove llamó a esa Institución de lo Social, o como coño se llamara. Usó el teléfono de Parvaneh, dado que él ya no tenía línea. Parvaneh lo animó a «ser amable y solícito». La cosa no empezó demasiado bien, porque a Ove lo pasaron enseguida con «el funcionario responsable». Que no era otro que el fumador de la camisa blanca. El hombre no tardó en poner de manifiesto su indignación ante el hecho de que siguieran bloqueándole la salida al Skoda blanco, que aún estaba delante de la casa de Rune y Anita. Y claro, el terreno habría sido mucho más favorable para la negociación si Ove se hubiera disculpado por ello, y quizá incluso hubiera aceptado que no habría debido poner al señor de la camisa blanca en aquella situación de penuria en lo que a su medio de transporte se refería. Desde luego, habría sido mucho mejor que la alternativa de soltarle: «Así puede que aprendas a leer los letreros, analfabeto de mierda». Eso no se dice.

El siguiente punto de discusión de Ove fue el de intentar convencer al hombre de que Rune no iba a ir a parar a una residencia. El hombre informó a Ove de que «analfabeto de mierda» era una elección de vocabulario muy desafortunada para introducir ese tema en el orden del día. A ese comentario siguió un buen repertorio de injurias desde ambos extremos del hilo telefónico, antes de que Ove dijese alto y claro que eso no podía ser. Que no podían ir y llevarse a la gente de su casa y soltarla en una institución de cualquier manera, solo porque había empezado a tener mala memoria. El hombre le respondió con total frialdad diciendo que ya no tenía la menor importancia dónde enviaran a Rune, puesto que «dónde colocaran a la persona en cuestión no supondría la menor diferencia, dado el estado en que se encontraba». Ove vociferó una sarta de invectivas. Y entonces, el hombre de la camisa blanca dijo una soberana tontería.

—Ya hemos dictado la resolución. La investigación nos ha llevado dos años. No puedes hacer nada, Ove. Nada. Nada de nada.

Y luego colgó.

Ove miró a Parvaneh. Miró a Patrick. Soltó de golpe el móvil de Parvaneh encima de la mesa y dijo entre dientes que necesitaban «otro plan ¡de inmediato!». Parvaneh parecía muy apenada, pero Patrick asintió enseguida, se puso los zapatos y salió por la puerta. Como si hubiera estado esperando a que Ove pronunciara aquellas palabras. Cinco minutos después y para indignación de Ove, apareció con ese pijo de Anders, el de la casa de al lado. Y con Jimmy pisándoles alegremente los talones.

—¿Qué hace este aquí? —dijo Ove señalando al pijo.

—Decías que necesitabas un plan, ¿no? —dijo Patrick, y señaló al pijo con cara de satisfacción.

—¡Anders es nuestro plan! —apuntó Jimmy.

Anders miró a su alrededor un poco cortado y asustado al ver a Ove. Pero Patrick y Jimmy lo empujaron hacia el salón con mucho desparpajo.

—¡Cuéntaselo! —lo animó Patrick.

—¿Que me cuente qué? —preguntó Ove.

—Pues… Bueno, me han dicho que tienes problemas con el propietario del Skoda —dijo Anders.

Miró nervioso a Patrick. Ove lo animó a continuar con un gesto impaciente.

—Pues… Me parece que no llegué a decirte en qué trabajo, ¿no? —continuó Anders tratando de ser prudente.

Ove se metió las manos en los bolsillos. Adoptó una postura más relajada. Y Anders se lo contó. Y hasta Ove tuvo que admitir que, después de todo, aquello le parecía la mar de práctico.

—¿Y dónde te has dejado a la pazgua...? —comenzó Ove una vez que Anders hubo terminado, pero se calló al notar la patada de Parvaneh en la espinilla—. A tu novia —rectificó.

—¡Ah! Ya no estamos juntos. Se ha mudado —respondió Anders mirándose los pies.

Entonces le dijo que, al parecer, se fue un poco enfadada por los malentendidos con Ove por el perro. Pero que ese enfado quedó en una brisa ligera comparado con la indignación que sintió cuando vio que Anders no podía parar de reír el día que se enteró de que Ove llamaba al perro «bota de pelo».

—El nuevo novio ha venido hoy con el coche a recoger sus cosas. Al parecer, llevaba varios meses teniendo un lío con él a mis espaldas.

—¡Qué horror! —exclamaron a la vez Parvaneh, Jimmy y Patrick.

—Tiene un Lexus —añadió Anders.

—¡QUÉ HORROR! —exclamó Ove.

Y así fue como aquella tarde, cuando el fumador empedernido de la camisa blanca apareció con un policía por la calle para exigir que Ove liberase al Skoda blanco de su prisión, resultó que tanto el remolque como el Skoda habían desaparecido. Ove estaba delante de su casa con las manos en los bolsillos mientras el hombre de la camisa blanca perdía los estribos por completo y empezaba a vociferarle cosas sin sentido. Ove aseguraba que no tenía ni idea de qué había podido pasar, pero señaló amablemente que lo más probable es que nada de aquello habría pasado si el hombre de la camisa blanca hubiera respetado el letrero que dice que está prohibida la circulación de vehículos en la zona residencial. Naturalmente, olvidó decir que daba la casualidad de que Anders tenía una empresa de grúas, y que uno de sus empleados se había llevado el Skoda a la hora de comer, y lo había dejado en una gravera, a cuarenta kilómetros de la ciudad. Y cuando la policía preguntó prudentemente si de verdad no había visto nada, Ove miró directamente al hombre de la camisa blanca y respondió:

—No lo sé. Puede que se me haya olvidado. A mi edad la memoria no es lo que era.

Cuando la policía echó un vistazo por la zona y le preguntó a Ove por qué andaba husmeando por la calle a mediodía si no tenía nada que ver con la desaparición del Skoda, él se encogió de hombros con expresión inocente y miró al hombre de la camisa blanca con los ojos entornados.

—Sigue sin haber nada interesante en la tele.

Al hombre de la camisa blanca se le quedó la cara más blanca si cabe de pura rabia. Se fue de allí furibundo, soltando imprecaciones y asegurando que aquello «no se acababa ahí» ni mucho menos. Y desde luego, no se acabó. Tan solo unas horas después, recibió Anita un mensaje urgente en una carta certificada de las autoridades, firmada por el hombre de la camisa blanca en persona, con el día y la hora de «la recogida».

Y allí está Ove, junto a la lápida de Sonja, diciéndole que «lo siente».

—Como ya sé que te pones tan nerviosa cuando discuto con la gente… Pero ahora no hay otra. Sencillamente, tendrás que esperarme un poco más allá arriba, porque ahora mismo no tengo tiempo de morir.

Luego arranca de la tierra dura las viejas flores rosa ya ajadas por el frío, planta otras nuevas, se levanta, pliega la silla y se dirige al aparcamiento murmurando algo que suena más o menos como «Que me aspen si esto no es la guerra, joder».

35

Un hombre llamado Ove
y la incompetencia social

Cuando Parvaneh, con el pánico en la mirada, entra corriendo en el vestíbulo de Ove y continúa hasta el aseo sin molestarse en decir «buenos días», Ove piensa decirle, para empezar, que no se explica cómo es posible que, en los veinte segundos que le lleva cruzar la calle de su casa a la de Ove, le entren unas ganas de orinar tan incontenibles que no pueda ni decir buenos días, como hace la gente decente antes de ir al váter. Pero «no conoce el infierno una ira como la de la mujer embarazada en situación de emergencia», le dijo su mujer en una ocasión. Así que Ove cierra el pico.

Los vecinos dicen que los últimos días «parece otra persona». Dicen que nunca lo han visto «tan implicado», pero joder, eso depende ni más ni menos de que él nunca se ha implicado en *sus* asuntos hasta ahora, les ha aclarado Ove. Implicado siempre ha estado, qué narices.

Patrick compara el modo en que se ha paseado por el barrio cerrando las puertas de golpe cada dos por tres los últimos días con «un robot vengador iracundo venido del futuro». Ove no sabe qué quiere decir con eso. Sea como sea, lleva varias tardes pasándose horas y horas con Parvaneh y las niñas, mientras Patrick trataba de convencerlo como podía de que no clavara el dedo con violencia en la pantalla del ordenador cada vez que quería señalar algo. Jimmy, Mirsad, Adrian y Anders también los acompañaban. Jimmy ha querido convencerlos de que llamen a la cocina de Parvaneh y Patrick «La estrella de la muerte» y a Ove, «Darth Ove». Ove no entiende una palabra, pero sospecha que debe de ser algo totalmente absurdo.

Al principio, Ove propuso que repitieran el truco de Rune y colocaran marihuana en el sótano del hombre de la camisa blanca. A Parvaneh no le entusiasmó la idea, así que empezaron a trabajar en un plan B. Pero la tarde de ayer, Patrick constató que no podía llevar a cabo ese plan por sí solo. Habían llegado a un callejón sin salida. Y entonces Ove asintió muy serio, le pidió el teléfono a Parvaneh y se fue a otra habitación a hacer una llamada.

No porque le hiciera la menor ilusión, sino porque si aquello era la guerra, era la guerra.

Parvaneh sale del aseo.

—¿Estás lista? —pregunta Ove, como si esperase que aquello no fuera más que una pausa o intermedio.

Ella asiente, pero cuando están a punto de salir de casa de Ove, entreví algo en el salón y se detiene. Ove se queda en el umbral, pero sabe muy bien qué ha llamado la atención de Parvaneh.

—Es… En fin, joder, no es nada especial —dice bajito, y trata de empujarla hacia la salida.

Ella no se mueve, y Ove da una patada rabiosa al escalón.

—La tenía ahí cogiendo polvo. Así que la he lijado y la he pintado otra vez y la he barnizado, nada más. No es para tanto, joder —murmura entre dientes claramente irritado.

—¡Ay, Ove! —dice Parvaneh con un hilo de voz.

Ove se entretiene dando patadas de control en el escalón.

—Podemos volver a lijarla y pintarla de rosa. O sea, si es que al final es una niña —dice.

Carraspea.

—O aunque sea un niño. Hoy en día los niños también llevan rosa.

Parvaneh se queda embobada mirando la cuna de color azul celeste y tapándose la boca con la mano.

—Si te vas a echar a llorar no te la doy —le advierte Ove.

Y como Parvaneh se echa a llorar de todos modos, Ove suelta un suspiro y murmura «En fin, mujeres», se da media vuelta y echa a andar calle abajo.

Algo más de media hora después, el hombre de la camisa blanca pisa la colilla del cigarro y aporrea la puerta de Rune y Anita. Él también parece haber emprendido una guerra. Va con tres hombres con uniforme de personal sanitario, como si temiera encontrarse una oposición violenta. Al ver que les abre una mujer menuda, los tres jóvenes se avergüenzan un poco, pero el hombre de la camisa blanca entra sin más blandiendo un papel como si fuera un hacha.

—Ha llegado la hora —la informa con cierto tono de impaciencia, y trata de adentrarse más en el vestíbulo.

Pero ella le impide el paso. En la medida en que una persona de su estatura puede impedirle el paso a alguien.

—¡No! —dice sin moverse ni un milímetro.

El hombre de la camisa blanca se detiene y la observa. Menea la cabeza con gesto cansino y se estira la piel de la nariz, que casi se le hunde en la cara.

—Has tenido dos años para hacer esto del modo más fácil, Anita. Ya hemos dictado la resolución. Y punto.

Trata de apartarla otra vez, pero Anita se mantiene en su sitio sin moverse de la entrada, impertérrita como una piedra milenaria en una ladera pelada. Luego respira hondo, sin rehuir la mirada del hombre.

—¿Qué clase de amor es el que te abandona cuando las cosas se ponen difíciles? ¿El que te deja atrás cuando se exige más esfuerzo? Dime, ¿qué clase de amor es ese?

Late bajo sus palabras un temblor de pesadumbre preludio del llanto. El hombre de la camisa blanca aprieta los labios. Se le contraen los nervios de los pómulos.

—Rune ni siquiera sabe dónde está la mitad del tiempo, la investigación demuestra...

—¡Pero YO sí lo sé! —lo interrumpe Anita, y señala a los tres enfermeros—. ¡YO SÍ LO SÉ! —les grita.

El hombre de la camisa blanca vuelve a suspirar.

—¿Y quién se va a ocupar de él, Anita? —pregunta retóricamente, meneando la cabeza.

Luego da un paso adelante y les hace señas a los enfermeros para que lo sigan.

—¡Yo me ocupo de él! —responde Anita con la mirada tan sombría como una tumba en las profundidades marinas.

El hombre de la camisa blanca sigue meneando la cabeza y la aparta. Y entonces ve la sombra que aparece detrás de ella.

—Y yo —dice Ove.

—Y yo —dice Parvaneh.

—¡Y yo! —exclaman Patrick, Jimmy, Anders, Adrian y Mirsad, cuyas voces se abren paso hasta la puerta superponiéndose unas a otras.

El hombre de la camisa blanca se detiene. Entorna los ojos.

Una mujer de unos cuarenta y cinco años, con el pelo recogido de cualquier manera en una cola, con vaqueros desgastados y una cazadora verde que le queda demasiado grande aparece a su lado.

—Soy del diario local, me gustaría hacerte unas preguntas —le dice al tiempo que le acerca una grabadora.

El hombre de la camisa blanca se la queda mirando un buen rato. Luego mira a Ove. Los dos hombres se miden con la mirada. Al ver que el hombre de la camisa blanca no dice nada, la periodista saca del bolso un mazo de papeles. Y se lo planta al hombre en la mano.

—Estos son todos los pacientes que tú y tu sección habéis

tramitado los últimos años. Todas las personas que, como Rune, han ido a parar a una residencia en contra de su voluntad y de la de sus familias. Todas las irregularidades que se han detectado en las residencias de las que sois responsables. Todos los puntos en los que no se han seguido las reglas y dónde exactamente no se ha cumplido el procedimiento —declara la periodista.

Le habla con el mismo tono que si le estuviera entregando las llaves de un coche que acabara de ganar en un sorteo. Luego añade con una sonrisa:

—Lo bueno de investigar la burocracia cuando se es periodista es que los primeros en incumplir las reglas de la burocracia siempre son los burócratas, ¿sabes?

El hombre de la camisa blanca no se digna mirarla. Sigue concentrado en Ove. Ninguno de los dos pronuncia una palabra. El de la camisa blanca aprieta los dientes.

Patrick carraspea detrás de Ove, sale dando saltitos con las muletas y señala el montón de papeles que el hombre tiene en la mano.

—Ah, y si quieres saber lo que hay en ese primer papel, te diré que son tus extractos bancarios de los últimos siete años. Todos los billetes de tren y de avión que has pagado con tarjeta, y todos los hoteles en los que te has alojado. Y el historial de internet de tu ordenador. Y toda la correspondencia por correo electrónico, la del trabajo y la privada…

La mirada del hombre de la camisa blanca va posándose vacilante de uno a otro. Tiene los dientes tan apretados que se ha quedado pálido.

—Y no es que creamos que pueda haber algo que tú quieras ocultar —continúa la periodista con amabilidad.

—¡No, qué va! —asegura Patrick al tiempo que niega muy serio con la cabeza.

—Pero ya sabes… —dice la periodista rascándose la frente con gesto distraído.

—Si uno empieza a hurgar en el pasado de alguien... —interviene Patrick.

—Siempre se encuentra algo que ese alguien quiere ocultar —dice la periodista con una sonrisa de superioridad.

—Algo que preferiría... olvidar —aclara Patrick, y señala la ventana del salón, donde se divisa la cabeza de Rune sobresaliendo de un sillón.

El televisor está puesto. Hasta la puerta llega el olor a café recién hecho. Patrick levanta una muleta, señala con el extremo el montón de papeles que el hombre tiene en las manos y le salpica nieve en la camisa blanca.

—Si yo fuera como tú, sobre todo, tendría cuidado con lo del historial de internet —asegura.

Y allí están todos. Anita y Parvaneh y la periodista, Patrick, Ove, Jimmy y Anders y el hombre de la camisa blanca y los tres enfermeros, todos sumidos en ese silencio que solo surge los segundos previos al momento en que todos los jugadores de una partida de póquer que acaban de apostar todo lo que tienen ponen sus cartas encima de la mesa.

Al final, al cabo de unos minutos que los implicados sufren como si les hubieran mantenido la cabeza bajo el agua, sin aire, el hombre de la camisa blanca empieza a hojear los papeles.

—¿De dónde habéis sacado toda esta mierda? —escupe con los hombros cada vez más encogidos.

—¡En ÍnterNET! —vocifera Ove de forma tan inopinada como furibunda, y sale de la casa de Anita y Rune con los puños bajos, pero bien cerrados.

El hombre de la camisa blanca levanta la vista otra vez. La periodista carraspea y señala solícita el montón de papeles.

—Puede que no haya nada ilegal en uno solo de esos expedientes, pero mi redactor jefe está convencido de que, con la debida atención mediática, tu sección estaría meses envuelta en procesos judiciales. Años, quizá...

Le pone suavemente la mano en el hombro.

—Así que yo creo que lo mejor sería que te fueras de aquí —añade en voz baja.

Y entonces, para sincero asombro de Ove, el hombre de la camisa blanca se va. Se da media vuelta y echa a andar, seguido de los tres enfermeros. Doblan la esquina y desaparecen como las sombras cuando el sol se alza en el cielo. Como los malos al final de un cuento.

La periodista mira a Ove satisfecha.

—¡Te lo dije! ¡Nadie soporta discutir con los periodistas!

Ove hunde las manos en los bolsillos.

—Y ahora no olvides tu promesa —le dice sonriendo.

Ove suelta un chirrido como el que se oye cuando empujamos la puerta de madera de una cabaña cuyo dintel se ha hinchado por una fuga de agua.

—Por cierto, ¿has leído la carta que te mandé? —pregunta.

Él niega con un gesto.

—¡Pues hazlo! —insiste la periodista.

Ove responde con lo que puede interpretarse como un «Bueno» o como un jadeo sonoro con expulsión de aire por la nariz. Difícil saberlo. Anders sigue delante de la puerta y mueve las manos lánguidamente unos instantes hasta que decide cruzárselas en la barriga con un gesto un tanto bobalicón.

—Hola —dice por fin, como si las palabras pugnaran por salir de la garganta en medio de un ataque de tos.

—Hola —responde la periodista con una sonrisa.

—Yo soy… un amigo de Ove —dice Anders del mismo modo, como si las sílabas se dieran cabezazos huyendo a la carrera en una habitación a oscuras.

—Yo también —responde la periodista.

Y todo acabó como acaban estas cosas.

Ove se va de la casa una hora después, tras haber hablado un buen rato con Rune a solas y en voz baja. Porque él y Rune necesitan hablar «sin interrupciones», explica Ove mosqueado cuando lleva a Parvaneh, a Anita y a Patrick a la cocina.

Y si las circunstancias hubieran sido otras, Anita se habría atrevido a jurar que oye a Rune reír a carcajadas varias veces en los minutos siguientes.

36

Un hombre llamado Ove y un whisky

Es difícil reconocer que uno se ha equivocado. Sobre todo, cuando lleva equivocado mucho tiempo.

Sonja solía decir que Ove solo había reconocido haberse equivocado una vez en todos los años que estuvieron casados, y fue a principios de los ochenta, un día que estuvo de acuerdo con ella en algo que luego no resultó ser correcto. En realidad, Ove decía que aquello eran cuentos, que él lo único que había reconocido era que ella se había equivocado, no que se hubiera equivocado él.

«Querer a alguien es como mudarse a una casa —solía decir Sonja—. Al principio nos encanta la novedad, nos asombra a diario el hecho de que sea nuestro todo aquello, como si temiéramos que alguien pudiera entrar de pronto y avisarnos de que se ha cometido un grave error y que de ninguna manera podemos quedarnos a vivir en un sitio tan bonito. Pero a medida que pasan los años, se deteriora la fachada, la madera se resquebraja aquí y allá, y uno empieza a tenerle cariño a la casa no por su perfección, sino por todas las imperfecciones. Aprendemos a conocer sus ángulos y rincones. Cómo evitar que la llave se quede encajada en la cerradura cuando hace mucho frío. Qué listones del suelo son los que ceden bajo nuestro peso al pisarlos y el modo exacto en que hay que abrir las puertas del armario para que no crujan. Y son todos esos pequeños secretos los que la hacen tuya.»

Ove sospechaba que, naturalmente, en aquel símil él era las puertas del armario. Y, alguna que otra vez, cuando se enfadaba con él, la oía decir que «a saber si esto tiene remedio, cuando los cimientos mismos de la casa están mal puestos desde el principio». Ove sabía perfectamente a qué se refería.

—Yo lo que digo es que eso dependerá de lo que cueste el motor diésel, ¿no? Y de cuánto consuma por cada diez kilómetros y esas cosas —dice Parvaneh resuelta, detiene el Saab ante un semáforo en rojo y trata de acomodarse resoplando en el asiento.

Ove la mira con una expresión de decepción infinita, como si no hubiera prestado atención a nada de lo que le ha dicho. Ha tratado de instruir a la embarazada en la esencia de lo que implica ser propietario de un coche. Le ha explicado por qué hay que cambiar de coche cada tres años para no perder dinero. Y le ha dejado claro en términos pedagógicos que todo el que sabe algo sobre coches sabe que, para que un motor diésel sea más rentable que uno de gasolina, hay que conducir como mínimo veinte mil kilómetros al año. ¿Y qué hace esta mujer? Lo contradice, como siempre. Se pone a divagar diciendo que «no es posible ganar dinero comprando un coche nuevo», y que eso depende de lo que «cueste el coche». Y luego, le pregunta que «por qué».

—¡Porque sí! —responde Ove.

—Vale, vale —responde Parvaneh con un gesto de resignación con el que consigue que Ove sospeche que para nada ha aceptado su autoridad en la materia tal y como era de esperar que hiciera.

—Tenemos que pensar en el camino de vuelta a casa —dice cuando el semáforo cambia a verde—. Y esta vez pago yo y no quiero ni una protesta —añade.

Ove se cruza de brazos como preparado para la competición.

—¿Qué soléis repostar tú y el grandullón?

—¿Cómo? Pues gasolina normal y corriente, ¿no? —responde Parvaneh sin comprender del todo.

Ove pone la misma cara que si le hubiera dicho que piensa echarle al Saab gominolas.

—Joder, que no me refiero al tipo de gasolina, sino a la estación de servicio.

Parvaneh gira a la izquierda en un cruce con toda soltura, y Ove teme que se ponga a silbar en cualquier momento.

—¿No te vale cualquiera?

—Pero ¿con qué gasolinera tenéis TARJETA?

Ove pone tal énfasis en la última palabra que le tiembla un poco todo el cuerpo. Porque, en la misma medida en que siempre ha sido escéptico con las tarjetas bancarias y las tarjetas de crédito, ha tenido clarísimo de toda la vida que uno debía tener una tarjeta para repostar gasolina. Porque eso era lo que había que hacer. Primero te sacabas el permiso de conducir y te comprabas el primer coche, y luego elegías una cadena de gasolineras a la que te mantenías fiel. Y no cometías la estupidez de jugar con cosas tan importantes como la marca del coche o la cadena de gasolineras.

—No tenemos tarjeta de gasolinera —dice Parvaneh tranquilamente, como la cosa más inocente.

Ove guarda un silencio de cinco minutos tan ominoso que Parvaneh, preocupada, sugiere al fin «¿Statoil?».

—¿Qué precio tienen por litro en estos momentos? —pregunta Ove hecho un mar de dudas.

—Ni idea —responde ella con total sinceridad.

Y, como es lógico, Ove se indigna tanto que ni siquiera es capaz de responder.

Diez minutos después, Parvaneh aminora la marcha y entra con el Saab en el aparcamiento, al otro lado de la calle.

—Te espero aquí —dice.

—No se te ocurra tocar el selector de canales de la radio —le advierte Ove.

—Qué vaaaa —le suelta Parvaneh, y se deja caer con esa sonrisa tan suya que Ove ha aprendido a detestar sinceramente las últimas semanas.

—Estuvo bien que vinieras ayer —añade.

Ove responde con uno de los sonidos de su repertorio que no son una palabra y que suena como una limpieza de las vías respiratorias. Parvaneh le da una palmadita en la rodilla.

—A las niñas les encanta que vengas. ¡Les caes bien!

Ove sale del coche sin responder. La cena de ayer no tuvo nada de malo, hasta ahí está dispuesto a reconocerlo. Y no es que Ove piense que haya que echar el resto a la hora de cocinar, como hace Parvaneh. Las patatas con carne y salsa son más que suficiente. Pero ya que nos ponemos a ser artísticos en la cocina, Ove está dispuesto a reconocer que el arroz con azafrán de Parvaneh es más o menos comestible. Desde luego. Así que se comió dos raciones. El gato, una y media.

Después de la cena, mientras Patrick fregaba los platos, la pequeña de tres años le pidió a Ove que le leyera un cuento antes de irse a dormir. A Ove le resultaba de lo más incómodo vérselas con aquel diablillo, dado que parecía incapaz de seguir un razonamiento sensato, así que la siguió a regañadientes hasta su habitación y se sentó a leer en el filo de la cama. Con la consabida «empatía *à la* Ove», como la definió Parvaneh. Ove no tenía ni idea de a qué puñetas se refería. En cualquier caso, cuando vio que se dormía con la cabeza apoyada entre su brazo y el libro abierto, Ove la arropó en la cama junto con el gato y apagó la luz.

Cuando volvía al comedor, pasó por delante del dormitorio de la niña de siete años, que, claro está, andaba con el ordenador, dándole a la tecla. Al parecer, eso era lo único que hacían los niños de hoy en día, según Ove había podido comprobar. Patrick le había confesado sus intentos de iniciarla en «otros juegos, pero a ella solo le gustaba ese», lo cual había dispuesto a Ove favorablemente tanto hacia la niña como hacia el juego de ordenador. A Ove le gustaba la gente que no hacía lo que le decía Patrick.

Las paredes de la habitación estaban repletas de dibujos. La mayoría bocetos en blanco y negro, hechos a lápiz. No eran malos del todo, para ser fruto de la motricidad limitada y la falta de raciocinio de una niña de siete años, no pudo por menos de reconocer Ove. Ninguno de los dibujos representaba personas. Solo casas. A Ove le pareció un rasgo de lo más simpático.

Entró en la habitación y se puso al lado de la niña, que apartó la vista de la pantalla y lo miró con esa expresión arisca de siempre, nada impresionada por su presencia. Pero al ver que Ove no se marchaba, le señaló una caja de plástico que había boca abajo en el suelo. Ove se sentó. Y entonces la niña empezó a explicarle tranquilamente que el juego consistía en hacer casas, y con ellas, ciudades.

—A mí me gustan las casas —confesó la niña.

Ove la miró. Ella le devolvió la mirada. Ove puso el dedo en la pantalla y dejó una huella enorme; señaló un espacio vacío y le preguntó qué pasaría si pulsaba ahí. La niña puso el cursor encima, pulsó y, ¡magia!, el ordenador plantó allí una casa. Ove contemplaba el invento con suspicacia. Se revolvió en el cajón de plástico y señaló otro espacio vacío. Dos horas y media más tarde entró Parvaneh furiosa y los amenazó a los dos con tirar del cable si no se iban a dormir inmediatamente.

Justo cuando Ove salía por la puerta, la niña de siete años le tiró despacio de la camisa y señaló un dibujo que había en la pared, al lado de donde se encontraba Ove.

—Esa es tu casa —le susurró como si fuera un secreto entre Ove y ella.

Ove asintió. Se conoce que aquellas crías no eran dos inútiles integrales, después de todo.

Deja a Parvaneh en el aparcamiento, cruza la calle, abre la puerta de cristal y entra. La cafetería está desierta. El calefactor del techo tose como si estuviera lleno de humo de tabaco. Amel está detrás de la barra, con una camisa llena de manchas, secando vasos con un paño blanco. Tiene el corpachón hundido, como al final de un suspiro muy largo; y en el semblante esa combinación de pena muy honda y de ira totalmente irracional que solo los hombres de su generación y de esa parte del mundo parecen dominar a la perfección. Ove se queda allí plantado. Los dos hombres se observan unos instantes. Uno que no es capaz de echar a un joven homosexual de su casa, y otro que, obviamente, no puede por menos de echarlo. Ove asiente con amargura para sus adentros, se acerca y se sienta en uno de los taburetes. Cruza las manos en la barra y mira muy serio a Amel.

—Ahora sí que me tomaría ese whisky, si todavía sigue en pie la invitación.

A Amel se le hincha y deshincha el pecho bajo la camisa manchada en una breve serie de suspiros. Primero parece estar sopesando si abrir la boca, pero luego se contiene. Sigue secando los vasos en silencio. Dobla el paño y lo deja junto a la máquina de café. Va a la cocina sin decir una palabra. Vuelve con una botella en cuya etiqueta hay unas letras que Ove no sabe leer, y con dos vasos. Los pone en la barra.

Es difícil reconocer que uno se ha equivocado. Sobre todo, cuando lleva equivocado mucho tiempo.

37

Un hombre llamado Ove y un montón de cerdos
que se meten en lo que no les importa

L o siento —dice Ove en voz baja.
Retira la nieve de la lápida.

—Pero ya sabes cómo son las cosas. La gente ya no sabe lo que es respetar el espacio ajeno. Entran en tu casa sin llamar y te lían, joder, si ya casi no puedes ni sentarte en el váter tranquilo —le explica mientras arranca del suelo las flores heladas y planta las nuevas bajo la nieve.

La mira como esperando que le dé la razón. Naturalmente, ella no contesta. Pero el gato está sentado junto a Ove, en la nieve, y sí que parece estar absolutamente de acuerdo. Sobre todo en lo de no poder ni ir al váter.

Lena, la periodista, se pasó por casa de Ove aquella mañana y le dejó un ejemplar del periódico. Aparecía él en primera página, con cara de pocos amigos. Cumplió su promesa de acceder a que le hiciera la entrevista y responder a sus preguntas. Pero no pensaba sonreírle al fotógrafo como un idiota, eso se lo dejó bien claro.

—¡Es una entrevista estupenda! —insistía la periodista henchida de orgullo.

Ove no respondió, pero a ella no pareció importarle nada de nada. Se la veía impaciente, con los pies inquietos. Miraba constantemente el reloj como si tuviera prisa por ir a algún sitio.

—No quisiera que te retrasaras por mí, por favor —dijo Ove.

Ella soltó una risita adolescente por toda respuesta.

—Anders y yo hemos quedado para patinar en el lago.

Ove asintió y lo tomó como una confirmación de que daba por terminada la charla, y cerró la puerta. Dejó el periódico bajo la alfombra de la entrada, solo servía para empapar la nieve y el fango que el gato y Mirsad traían a todas horas.

Una vez en la cocina, arrojó la publicidad y la prensa gratuita que Adrian le había traído con el correo, pese a que Ove había puesto en el buzón un letrero con un texto meridiano que decía PUBLICIDAD, NO, GRACIAS, con mayúsculas. Estaba visto que Sonja no había conseguido que el gamberro aprendiera a leer ese tipo de cosas mientras lo tuvo de alumno, eso era obvio. Claro que eso sería porque el tal Shakespeare no escribía letreros, supuso Ove, y decidió, ya que estaba, aprovechar para tirar otros papeles que tenía por la casa.

Al final de una pila de publicidad antigua que había en la cocina encontró la carta de Lena la periodista. La que Adrian le llevó el primer día que llamó a su puerta, y que Ove todavía no había abierto.

«Por lo menos antes llamaba a la puerta, ahora entra y sale como si esta fuera su casa», pensaba Ove disgustado, con la carta bajo la luz de la lámpara, como si fuera un billete cuya autenticidad quisiera comprobar. Luego cogió un cuchillo del cajón. A pesar de que Sonja se ponía de los nervios cuando abría las cartas con un cuchillo corriente, en lugar de ir por el abrecartas.

Hola, Ove:

Espero que disculpes que me ponga en contacto contigo por esta vía. Lena, que trabaja en el periódico, me informó de que no quieres que se conceda mucha importancia a lo que hiciste, pero tuvo la amabilidad de darme tu dirección. Para mí sí tuvo mucha importancia, Ove, y no quiero ser de esas personas que no lo reconocen. Respeto que no quieras que te dé las gracias personalmente, pero al menos quiero presentarte a varias personas que siempre te estarán agradecidas por el valor y la generosidad que demostraste. Ya no se fabrican personas como tú, Ove. Decir gracias es decir poco.

La firmaba el hombre del traje negro y el abrigo gris al que Ove había recogido de la vía cuando se desmayó. La periodista Lena le había contado a Ove que los médicos comprobaron que el desmayo se debía a una enfermedad neurológica compleja. Si no lo hubieran detectado y hubieran empezado a tratarlo a tiempo, habría muerto en pocos años. «Es decir, le salvaste la vida por dos veces», le contó a Ove con ese tono de voz tan entusiasta, el mismo que hizo que Ove se arrepintiera un poco de no haberla dejado más rato encerrada en el garaje cuando tuvo la oportunidad.

Dobló la carta y la metió otra vez en el sobre. Contempló la foto. Tres hijos. El mayor, adolescente, y los otros dos más o menos de la edad de la hija mayor de Parvaneh. Los tres lo miraban desde la instantánea. O bueno, que lo miraban es un decir, porque más bien estaban hechos una piña al fondo de la foto, cada uno con su pistola de agua, y riendo a carcajada limpia. Detrás de ellos había una mujer rubia de unos cuarenta y cinco años, con una amplia sonrisa y los brazos extendidos como una gran ave rapaz, con un cubo de plástico lleno de agua en cada mano. Debajo, en la pila de gente, estaba el hombre del traje negro, aunque con un polo empapado, tratando en vano de defenderse del torrente.

Ove tiró la carta junto con la publicidad, ató la bolsa de la basura, la puso junto a la entrada, volvió a la cocina y cogió un imán del último cajón y puso la foto en la puerta del frigorífico. Al lado de ese revoltillo de colores que era el dibujo que la niña de tres años había hecho de él en el camino de vuelta del hospital.

Ove vuelve a pasar la mano por la lápida, aunque ya ha quitado toda la nieve.

—Sí, claro que les he dicho que tú querrías disfrutar de un poco de paz y tranquilidad, como cualquier persona normal. Pero es que no me hacen caso —dice refunfuñando, mirando la lápida con un gesto de impotencia.

—Hola, Sonja —dice Parvaneh a su espalda, y saluda con tal entusiasmo que los guantes, algo grandes, se le escapan de las manos.

—¡Hoa! —grita la niña de tres años.

—Se dice «hola» —la corrige la de siete.

—Hola, Sonja —dicen Patrick, Jimmy, Adrian y Mirsad, uno detrás de otro.

Ove se sacude la nieve de los zapatos y señala con un gruñido al gato, que está a su lado.

—Bueno, al gato ya lo conoces.

Parvaneh tiene la barriga tan grande que parece una tortuga gigante cuando se agacha en el suelo, con una mano apoyada en la lápida y la otra en el brazo de Patrick. Pero Ove no se atrevería a decirle lo de la comparación con la tortuga gigante, qué va, hay formas más agradables de quitarse la vida. Y eso que ya ha probado con varias.

—Esta planta es de parte de Patrick, y de las niñas y mía —le dice Parvaneh a la piedra con una sonrisa.

Luego le enseña otra y añade:

—Y esta, de parte de Anita y Rune. ¡Te mandan muchísimos saludos!

Cuando, en cortejo heterogéneo por demás, se dirigen todos al aparcamiento, Parvaneh se queda rezagada junto a la lápida. Ove le pregunta por qué, pero ella responde simplemente con un «eso a ti no te importa», con esa sonrisa que provoca en Ove el impulso de arrojarle algo. Quizá no un objeto contundente. Pero sí algo simbólico.

Responde con un resoplido en una octava grave, pero tras una breve reflexión, concluye que entablar una discusión con esas dos mujeres sería una empresa abortada antes de nacer. Así que se dirige él también hacia el Saab.

—Cosas de mujeres —dice Parvaneh sin más cuando vuelve por fin al aparcamiento y se sienta al volante. Ove no sabe lo que quiere decir exactamente, pero opta por no hacerle caso. La niña de siete años ayuda a la de tres a ponerse el cinturón en el asiento trasero. Jimmy, Mirsad y Patrick se han metido como han podido en el coche de Adrian, que está aparcado delante. Un Toyota. Nada más lejos de una elección óptima para cualquier ser racional, según le señaló Ove varias veces en el concesionario. Pero al menos, no era francés. Y Ove había conseguido que le rebajaran casi ocho mil coronas, y se las arregló para que encima le incluyeran las ruedas de invierno por el mismo precio.

Cuando Ove llegó al concesionario, ese demonio de muchacho estaba mirando un Hyundai. Así que podía haber sido peor.

Se paran en el McDonald's de camino a casa, para regocijo de Jimmy y de las niñas. Y porque Parvaneh necesita hacer pis. Sobre todo por eso, la verdad. Ya en el barrio, se despiden y se van cada uno por su lado. Ove, Mirsad y el gato se despiden de Parvaneh, Patrick, Jimmy y las niñas, y giran en la esquina de la caseta de las herramientas de Ove.

Es difícil saber cuánto tiempo lleva aquel retaco de hombre esperando en la puerta. Puede que toda la mañana. Tiene la expresión firme de un guardia erguido en su puesto en el campo de batalla, en pleno bosque. Como si lo hubieran tallado directamente en un grueso tronco de árbol y los grados bajo cero no le afectasen lo más mínimo. Pero cuando Mirsad dobla la esquina y el retaco lo ve, entonces cambia el peso del cuerpo de un pie al otro.

—Hola —dice enderezándose aún más y cambiando de nuevo el peso al otro pie.

—Hola, papá —responde Mirsad con un hilo de voz, y se queda plantado a tres metros de él, sin saber muy bien qué hacer con el cuerpo.

Esa noche, Ove cena en la cocina de Parvaneh y Patrick, mientras un padre y un hijo hablan en la cocina de Ove, cada uno en una lengua, sobre decepciones, esperanzas y hombría. Puede que sobre todo hablen de valor. A Sonja le habría gustado, eso lo sabe Ove. Pero trata de no sonreír para que Parvaneh no lo vea.

Antes de irse a dormir, la niña de siete años le planta a Ove en la mano un papel que dice «Invitación a mi fiesta de cumpleaños». Ove lo lee como si fuera un contrato de compraventa de una vivienda.

—Ya, claro. Y querrás un regalo, ¿no? —termina soltándole.

La niña de siete años mira al suelo y niega con la cabeza.

—No tienes que comprarme nada. Pero sí es verdad que quiero una cosa.

Ove dobla la invitación y se la guarda en el bolsillo trasero del pantalón. Se pone en jarras con una expresión grave.

—¿No me digas?

—De todos modos, mi madre dice que es muy caro, así que no pasa nada —responde la niña sin levantar la vista, y vuelve a menear la cabeza.

Ove asiente con complicidad, como un delincuente que acabara de indicarle a otro por gestos que el teléfono por el que están hablando está intervenido. La niña y él miran a su alrededor para comprobar que ni la madre ni el padre andan por allí con las antenas puestas para oír lo que dicen. Y luego Ove se inclina, la niña se ahueca las manos en la boca y le susurra al oído:

—Un iPad.

Ove pone la misma cara que si le hubiera dicho «un ruitzik-dronte».

—Es una especie de ordenador. Hay programas de dibujo específicos para iPad. ¡Y son para niños! —le susurra un poco más alto.

Y algo se enciende en el fondo de sus ojos.

Algo que Ove reconoce perfectamente.

38

Un hombre llamado Ove
y el fin de una historia

En términos generales, existen en el mundo dos clases de personas. Las que comprenden lo estupendos que son los cables blancos y las que no. Jimmy pertenece a la primera clase. A él le encantan los cables blancos. Y los teléfonos blancos. Y las pantallas de ordenador blancas con una fruta en la parte posterior. Ese es más o menos el resumen de lo que Ove ha conseguido entender en el trayecto en coche hasta el centro, durante el cual Jimmy no ha parado de hablar con tanto entusiasmo sobre cosas por las que todo ser racional debería sentir el desinterés más absoluto que Ove ha terminado por caer en una especie de estado meditativo hasta que el parloteo del joven con sobrepeso se convierte en un rumor sordo.

Como es lógico, Ove se arrepiente de pedirle a Jimmy que le ayude en el mismo instante en que el joven se deja caer en el asiento del Saab con un bocadillo enorme con mostaza en la mano. Y no mejora la cosa cuando Jimmy, sin plan alguno, se larga diciendo que va a «echarle un vistazo a unos cables» en cuanto entran en la tienda. O sea, que si quieres que se hagan las cosas, más te vale hacerlas tú, como siempre, se dice Ove mientras se dirige solo a la caja. Y hasta que Ove no le vocifera «Pero joder, ¡¿es que te han hecho una lobotomía frontal?!» al joven que intenta mostrarle la gama de ordenadores portátiles de la tienda, no se apresura Jimmy a acudir en su socorro.

O sea, no para socorrer a Ove, sino para socorrer al dependiente.

—Venimos juntos —le dice Jimmy con una mirada más o menos equivalente a un apretón de manos secreto con el que quiere transmitirle «No te preocupes, tú y yo estamos en el mismo equipo».

El vendedor lanza un hondo suspiro de frustración y señala a Ove.

—Estoy intentando atenderlo, pero…

—Lo que estás haciendo es endilgarme un montón de BASURA, ¡eso es lo que estás haciendo! —grita Ove sin dejar que termine de hablar, y lo amenaza con algo que acaba de coger de la estantería más próxima.

Ove no sabe muy bien lo que es, pero parece una especie de enchufe de pared o algo así, y da la impresión de que podría tirárselo al dependiente bien fuerte si fuera necesario. El dependiente mira a Jimmy contrayendo los ojos convulsamente, una reacción que Ove es capaz de provocar en el entorno con tanta frecuencia que podrían inventar un síndrome con su nombre.

—Seguro que no lo ha hecho con mala intención, tío —dice Jimmy tratando de animarlo.

—Quería enseñarle un MacBook, y va y empieza a preguntarme que «qué coche tengo» —se queja el dependiente, que parece herido de verdad.

—Es una pregunta relevante —refunfuña Ove, y asiente resuelto mirando a Jimmy.

—¡Pero si no tengo coche! Porque me parece innecesario y prefiero ser respetuoso con el medio ambiente en mis desplazamientos —responde el dependiente con un tono de voz entre la ira irracional y la dulzura de un recién nacido.

Ove mira a Jimmy y hace un gesto de resignación, como si eso lo explicara todo.

—Con este hombre no se puede dialogar —dice con la esperanza indudable de que Jimmy le dé la razón.

Jimmy le pone la mano en el hombro al dependiente y le sugiere a Ove con voz relajada que «se tranquilice un poco». Ove asegura, en un tono nada tranquilo, que está «más tranquilo que la leche cuajada».

—Por cierto, ¿dónde te habías metido? —pregunta.

—¿Qué? ¿Yo? Pues estaba echando un vistazo a unas pantallas guapísimas que tienen ahí —explica Jimmy.

—¿Vas a comprar una pantalla? —pregunta Ove.

—No —responde Jimmy, y mira a Ove como si le hubiera hecho una pregunta rarísima, igual que Sonja le decía «¿Y qué tendrá que ver eso?» cuando él le preguntaba si de verdad «necesitaba» otro par de zapatos.

El vendedor hace un intento de darse media vuelta y alejarse de allí, pero Ove saca enseguida una pierna para detenerlo.

—¿Adónde crees que vas? Todavía no hemos terminado.

El dependiente parece apenadísimo. Jimmy le da una palmadita de ánimo en la espalda.

—Aquí el amigo Ove solo quiere hacerse con un iPad, ya sabes, ¿tú crees que podemos arreglarlo?

El dependiente mira a Ove con resignación. Mira a Jimmy. Mira hacia la caja donde, hace tan solo unos minutos, Ove le gritaba que no quería ninguna mierda de ordenador sin teclado. Suspira y se serena un poco.

—Muyyy bien… Entonces, vamos otra vez a la caja. ¿Qué modelo queréis? ¿El de 16, el de 32 o el de 64 gigas?

Ove mira al dependiente con odio, como si lo suyo fuera que dejara de decirle a la gente honrada combinaciones numéricas al tuntún y palabras inventadas.

—Existen varias versiones, cada una con una memoria diferente —le traduce Jimmy, como si fuera intérprete del Ministerio de Inmigración.

—Y, como es lógico, querrán que pague un montón de dinero más por eso —protesta Ove.

Jimmy asiente comprensivo y se dirige al dependiente.

—Yo creo que Ove quiere saber un poco más sobre las diferencias entre los distintos modelos.

El dependiente resopla.

—Ya, por lo menos dime si va a ser uno normal o un 3G.

Jimmy se vuelve hacia Ove.

—¿Lo va a utilizar más bien en casa o lo quiere también para usarlo en la calle y eso?

Ove responde poniendo tieso el índice linterna y apuntándole con él al dependiente.

—¡Mira! ¡Quiero comprarle el MEJOR! ¡Entendido!

El dependiente da un paso atrás, un tanto atemorizado. Jimmy le sonríe feliz y abre sus brazos enormes como preparándose para darle un abrazo.

—¡Tío! ¡Ove quiere el mejor y punto!

Unos minutos después, Ove coge de un tirón la bolsa con el paquete del iPad, refunfuña por lo bajo algo así como «¡Siete mil novecientas noventa y cinco coronas! ¡Y ni siquiera tiene un teclado de mierda!», y también «Ladrones y bandidos», poniendo énfasis en «idos», y echa a andar hacia la salida. Jimmy se queda pensativo, observando con ansia contenida la pared que hay detrás del dependiente.

—Ya que estoy aquí… mira, es que me gustaría ver un cable.

—Ya. ¿Y qué cable quieres? —suspira el dependiente con cara de estar casi exhausto.

Jimmy se inclina por encima del mostrador, se frota las manos con curiosidad.

—¿Qué tienes?

Y así es como Ove le regala a la niña de siete años un iPad. Y Jimmy, un cable.

—Yo también tengo uno. ¡De muerte! —asegura Jimmy entusiasmado, y señala la caja.

La niña de siete años está en la entrada y no parece muy

segura de lo que esperan que haga con esa información, así que asiente sin más y dice «Muy bonito… gracias». Jimmy asiente encantado.

—¿Hay algo para picar?

La niña señala el salón, que está lleno de gente. En el centro de la habitación hay una tarta con ocho velas encendidas, que el fornido joven parece enfilar de inmediato. La niña, que acaba de cumplir ocho años, sigue en la entrada dando vueltas extrañada a la caja del iPad. Como si no se atreviera a creer que la tiene en sus manos de verdad. Ove se agacha un poco.

—Así me sentía yo siempre cada vez que me compraba un coche nuevo —le dice en voz baja.

La niña mira a su alrededor para comprobar que nadie la ve, luego sonríe y le da un abrazo.

—Gracias, abuelo —le susurra, y sale corriendo a su habitación.

Ove se queda allí plantado, jugueteando con las llaves de su casa en la mano. Patrick se acerca trastabillando con las muletas y va detrás de la niña de ocho años. Al parecer, le ha tocado la misión más ingrata de la tarde, la de convencer a su hija de que es más divertido quedarse con el vestido comiendo tarta entre un montón de adultos aburridos que meterse en su habitación a escuchar música pop y a descargar aplicaciones para el nuevo iPad. Ove sigue en la entrada, con la mirada vacía fija en el suelo por lo menos diez minutos.

—¿Estás bien?

La voz de Parvaneh lo saca de su ensimismamiento, como si se hubiera despertado de un profundo sueño. La ve en el umbral del salón, con las manos apoyadas en la redondez de la barriga, como si fuera una cesta de ropa que estuviera balanceando de un lado a otro. Ove levanta la vista, con los ojos empañados.

—Sí, sí, claro que estoy bien.

—¿Quieres pasar a comer un poco de tarta?

—No, no… No me gusta el dulce. Voy a dar una vuelta con el gato.

Los grandes ojos castaños de Parvaneh lo traspasan de esa forma cada vez más frecuente y que tanto lo incomoda. Como si tuviera algún mal presentimiento.

—Vale —dice al cabo de un instante, aunque sin convicción—.¿Vamos a practicar con el coche mañana? Estoy en tu puerta a las ocho —le dice.

Ove asiente. El gato aparece en la entrada bamboleándose, con los bigotes llenos de tarta.

—¿Has terminado ya? —le pregunta Ove. El gato parece confirmarle que así es, y Ove mira fugazmente a Parvaneh, hace tintinear las llaves y le dice en voz baja—: Bueno, vale. Mañana a las ocho.

La oscuridad compacta del invierno se ha extendido por el barrio de casas adosadas cuando Ove y el gato salen y recorren la calle. Las risas y la música del cumpleaños fluyen de las ventanas extendiéndose como una gran alfombra cálida entre las fachadas. A Sonja le habría gustado, piensa Ove. Le habría encantado ver en qué se convertía el barrio con aquella extranjera embarazada tan chiflada y ese desastre de familia. Se habría reído tanto… Y Dios sabe cuánto echa él de menos esa risa.

Va con el gato a su lado camino del aparcamiento. Le da una patada de control a los letreros. Tira un poco de las puertas de los garajes. Se da una vuelta hasta el aparcamiento de las visitas y vuelve. Le echa un vistazo al cuarto de la basura. Cuando vuelven calle abajo entre las casas y ya a la altura de la suya, Ove ve algo que se mueve cerca de la última de la acera de Parvaneh y Patrick. En un primer momento, Ove piensa que será uno de los invitados al cumpleaños, pero no tarda en ver que quienquiera que sea se mueve por la caseta de las herramientas de la familia esa de clasificadores de basura. Por lo que Ove sabe, se supone que siguen en Tailandia. Entorna los ojos en la oscuridad para asegurarse de que no son las sombras en la nieve las que le juegan una mala pasada, y durante unos segundos, no ve absolutamente nada. Pero justo cuando ya se siente inclinado a reconocer que puede que su vista no sea lo que era, aparece otra vez la misma figura. Y detrás de ella, otras dos. Luego se oye el sonido inconfundible de un martillo contra el cristal de una ventana con cinta aislante, que es lo que se hace para evitar el tintineo de los fragmentos al caer. Ove sabe perfectamente cómo suena, lo aprendió en la estación, cuando tenía que sacar cristales rotos sin cortarse los dedos.

—¿Hola? ¿Qué estáis haciendo? —pregunta en la oscuridad.

Las figuras se detienen. Ove oye voces.

—¡Eh! —grita, y echa a correr hacia ellos.

Ve que uno de los tres da unos pasos hacia él, y oye que otro grita algo. Ove acelera el paso y se abalanza como un ariete viviente. Atina a pensar que debería haber cogido de la caseta alguna herramienta con la que defenderse, pero ya es tarde. Entrevé con el rabillo del ojo que una de las figuras da vueltas a un objeto alargado que tiene en la mano, y Ove se dice que tiene que derribar a ese el primero.

Cuando nota el golpe en el pecho, cree que uno de los tipos le ha atacado por detrás y le ha dado un puñetazo en la espalda; pero entonces nota la segunda embestida, peor que ninguna otra que recuerde, como si alguien lo hubiese ensartado atravesándole el cuero cabelludo con una espada y la empujase despacio a lo largo de todo el cuerpo, hasta sacarla por las plantas de los pies. A Ove se le corta la respiración, no le llega el aire. Cae al suelo, se desploma en la nieve todo lo largo que es. Nota medio inconsciente el dolor sordo que le produce el hielo en la mejilla y algo que le abraza el pecho por dentro, como un puño gigantesco e implacable. Como cuando aplastas una lata de aluminio con la mano.

Ove oye los pasos presurosos de los ladrones en la nieve y comprende que se han dado a la fuga. No sabe cuántos minutos han transcurrido, pero el dolor de cabeza es insoportable, como si una larga hilera de tubos fluorescentes le explotase por dentro de uno en uno provocando una lluvia de vidrio y acero. Quiere gritar, pero no le queda oxígeno en los pulmones. Oye la voz de Parvaneh a lo lejos, a través del retumbar ensordecedor de la sangre en los oídos. Y sus pasos vacilantes cuando tropieza y se resbala en la nieve con ese cuerpo desproporcionado sobre esos pies tan diminutos. Lo último que alcanza a pensar Ove es que tiene que hacerle prometer que no permitirá que la ambulancia entre en el barrio.

La circulación de vehículos está prohibida en la zona.

39

Un hombre llamado Ove y la muerte

La muerte es una cosa extraordinaria. La gente vive la vida como si no existiera, siendo así que, la mayor parte del tiempo, es la principal razón para vivir. Algunos de nosotros alcanzamos llegado el momento tal conciencia de su existencia que empezamos a vivir con más intensidad, más tozudez, más rabia. Otros necesitamos su presencia constante para comprender siquiera cuál es su opuesto. Otros estamos tan ocupados pensando en ella que nos instalamos en la sala de espera mucho antes de que haya anunciado su llegada. Le tenemos miedo y, aun así, la mayoría de nosotros tememos mucho más que le llegue a otro. Porque el miedo más fiero en relación con la muerte es que nos pase de largo. Y que nos deje aquí solos.

La gente siempre decía que Ove era «agrio». Pero qué puñetas, Ove no era agrio, era solo que no iba por ahí sonriendo a todas horas. ¿Y por eso había que tratarlo como a un delincuente? Ove pensaba que no, desde luego. Pero algo se rompe en el fuero interno de un hombre que entierra a la única persona que lo ha comprendido en la vida. No hay tiempo que cure una herida así.

Y el tiempo es una cosa extraordinaria. La mayoría de nosotros vivimos para el que tenemos por delante. Dentro de unos días, de unas semanas, de unos años. Uno de los momentos más dolorosos en la vida de todo ser humano es seguramente aquel en que toma conciencia de que ha alcanzado una edad en que tiene más tiempo detrás que por delante. Y cuando ya no tenemos todo el tiempo por delante, hemos de encontrar otras cosas por las que vivir. Recuerdos, quizá. Tardes al sol de la mano de alguien. El aroma de los brotes nuevos en los setos. Los domingos en la cafetería. Los nietos, quizá. Uno encuentra el modo de vivir el futuro de otros. Y no es que Ove muriera también cuando Sonja lo dejó. Es solo que dejó de vivir.

El dolor es una cosa extraordinaria.

Cuando los celadores del hospital quisieron impedirle a Parvaneh el acceso al quirófano donde iban a operar a Ove, tuvieron que recurrir a las fuerzas conjuntas de Patrick, Jimmy, Anders, Adrian, Mirsad y cuatro enfermeras para neutralizar sus puñetazos y retenerla. Un médico le pidió que pensara en su estado, y la animó a sentarse y «tomárselo con calma», pero Parvaneh le volcó en el pie uno de los bancos de madera de la sala. Otro médico apareció por una puerta y, con expresión clínica y neutral y tono aséptico, les dijo que «debían prepararse para lo peor», y entonces Parvaneh soltó un grito y se desplomó en el suelo, como un jarrón de porcelana hecho añicos, cubriéndose la cara con las manos.

El amor es una cosa extraordinaria. Nos pilla por sorpresa.

A las tres y media de la madrugada sale una enfermera en busca de Parvaneh. Se ha negado a irse de la sala de espera, a pesar de que todos han intentado obligarla. Bueno, todos menos Patrick, él sabe lo que se hace. Pero sí los demás, los que no la han visto enfadada el número suficiente de veces como para saber que no es una mujer a la que se puedan dar órdenes impunemente, esté o no embarazada. Tiene el pelo revuelto, los ojos enrojecidos y enmarcados en redes de hilillos de lágrimas y rímel. Parece tan débil cuando entra en la salita del fondo del pasillo que, al verla embarazada, una enfermera corre en su ayuda para que no tropiece y se caiga. Parvaneh se apoya en el marco de la puerta, respira hondo y le sonríe sin fuerzas, antes de asegurarle que «está bien». Da un paso hacia el centro de la habitación, se queda allí un instante, como si, por primera vez en toda la noche, acabara de tomar conciencia de las consecuencias de lo ocurrido.

Luego se dirige a la cama y se queda al lado de Ove, con los ojos llenos de lágrimas, y le golpea el brazo una y otra vez con las manos abiertas.

—¡So IDIOTA! —grita sin parar y golpeando cada vez más fuerte—. ¡NO TE CONSIENTO que te me mueras! ¿Te enteras? —le grita.

Ove baja torpemente la mano temblorosa por el brazo y ella la coge entre las suyas y apoya la frente, llorando otra vez.

—Bueno, mujer, yo creo que deberías tranquilizarte un poco —susurra Ove con voz ronca.

Y entonces ella vuelve a la carga y le da en el brazo otra vez. A Ove le parece oportuno estarse un rato callado. Pero al ver que sigue allí sentada, hundida en la silla cogiéndole la mano con esa mezcla de indignación, compasión y auténtico miedo en sus grandes ojos castaños, Ove le acaricia el pelo con la otra mano. Tiene la nariz llena de tubos y el pecho agitado bajo las sábanas. Como si cada suspiro fuera un impulso de dolor prolongado. Habla entre jadeos.

—No dejarías que esos tíos entraran con la ambulancia en el barrio, ¿verdad?

Pasan cuarenta minutos antes de que alguna de las enfermeras se atreva a asomar otra vez la cabeza en la habitación. Al cabo de un rato, aparece un joven médico con gafas y zuecos de goma que, a juicio de Ove, tiene la expresión inconfundible de quien lleva un palo en el culo. Se acerca a la cama. Lee un papel.

—¿Parr...man? —pregunta inseguro y mira a Parvaneh distraído.

—Parvaneh —lo corrige ella.

Al médico no parece importarle el error.

—Figuras aquí como «el pariente más cercano» —dice, y observa brevemente primero a la mujer de treinta años, claramente iraní, que está en la silla, y luego al hombre de cincuenta y nueve años, claramente no iraní, que está en la cama.

Al ver que ninguno de los dos hace amago de explicar la situación, aparte del hecho de que Parvaneh le da un empujoncito a Ove y le dice sonriendo burlona «¡Vaaaaaaya! ¡El pariente más cercano, eh!», y que Ove refunfuña «Punto en boca», el médico suspira y continúa:

—Ove tiene un fallo en el corazón... —comienza en tono apagado, y continúa con una sarta de palabras que no podría comprender nadie con menos de diez años de formación médica o, en su defecto, con una relación de lo más morbosa con las series de televisión.

Parvaneh lo mira con signos de interrogación y de exclamación en la cara, y el médico suspira otra vez, tal y como suspiran los médicos jóvenes con gafas y zuecos de goma y un palo en el culo cuando se ven obligados a enfrentarse a personas que carecen de los modales y el sentido común de estudiar medicina antes de ir a un hospital.

—Tiene el corazón demasiado grande —explica el médico parcamente.

Y entonces Parvaneh se lo queda mirando un buen rato. Y luego observa detenidamente a Ove. Y luego vuelve a mirar al médico, con la esperanza de que se ponga a tamborilear los dedos a ritmo de jazz y exclame: «¡Era broma!».

Y al ver que no es así, Parvaneh se echa a reír. Al principio parece un golpe de tos, luego suena como si tratara de contener un estornudo, pero enseguida se convierte en una risa incontenida, hueca y sonora. Se agarra al borde de la cama, se abanica con la mano, como si así pudiera parar, pero no sirve de nada. Y luego viene una risotada larguísima que resuena en la habitación, y las enfermeras que hay en el pasillo asoman la cabeza y preguntan extrañadas que «qué está pasando allí dentro».

—¿Estás viendo lo que tengo que aguantar? ¿Eh? —le dice Ove al médico, y pone cara de resignación, mientras Parvaneh hunde la cara en uno de los almohadones en medio de una risa convulsa que no se puede aguantar.

El médico parece estar pensando que aquello no se lo han enseñado en la carrera, y al final se aclara la garganta con un sonoro carraspeo y casi da un zapatazo en el suelo, como para recordarles a todos su autoridad. Naturalmente, no sirve de mucho, pero al cabo de varios «si» y «pero», Parvaneh se serena lo suficiente como para recobrar el resuello y decir: «¡Ove tiene el corazón demasiado grande! ¡Me mueeero!».

—Qué coño, soy yo el que se está muriendo —protesta Ove.

Parvaneh menea la cabeza y sonríe amablemente al médico.

—¿Eso es todo?

El médico guarda los papeles con cara de resignación.

—Si se toma la medicación, podemos mantenerlo bajo control. Pero con estas cosas nunca se sabe. Puede durar meses, o años.

Parvaneh lo tranquiliza con un gesto.

—Bueno, entonces no hay de qué preocuparse. Está claro que a Ove se le da FATAL morir.

Ove se muestra claramente molesto por el comentario.

Cuatro días después, Ove vuelve a su casa renqueando por la nieve. Va apoyando un brazo en Parvaneh y otro en Patrick. Uno va con muletas y la otra está embarazada, menudo apoyo, piensa Ove. Pero se abstiene de decirlo en voz alta. Parvaneh ya se ha enfadado bastante porque no la ha dejado dar marcha atrás con el Saab y entrar en la calle hace unos minutos. ¡YA LO SÉ, Ove! ¿Vale? ¡Ya lo SÉ! ¡Si lo dices una vez más, juro por Dios que le prendo fuego al puto cartel!», le gritó. Una reacción que a Ove, naturalmente, le pareció innecesariamente dramática, cuando menos.

La nieve cruje bajo sus pies. Hay luz en las ventanas. El gato lo espera en la puerta. En la mesa de la cocina hay unos dibujos.

—Te los han hecho las niñas —dice Parvaneh, y deja las llaves de reserva que le dio Ove en el cesto, junto al teléfono.

Ve que él se queda mirando lo que hay escrito al pie de uno de los dibujos, y le dice avergonzada:

—Es que… Lo siento, Ove, no les hagas caso. Ya sabes cómo son los niños. Mi padre murió en Irán. Y nunca han tenido… Ya sabes…

Ove no le hace caso, coge los dibujos y se dirige a la cocina.

—Pueden llamarme lo que quieran, faltaría más. Tú no te metas.

Y luego pone los dibujos uno tras otro en el frigorífico. El que dice «Para el abuelo», el primero. Parvaneh trata de no sonreír, pero no lo consigue del todo.

—Déjate de risitas y pon la cafetera, anda. Voy al desván a buscar las cajas —dice Ove en voz baja, y se encamina cojeando a la escalera.

Esa tarde, Parvaneh y las niñas le ayudan a despejar la casa. Van envolviendo uno a uno en papel de periódico todos los objetos de Sonja, guardando toda su ropa en cajas. Un recuerdo tras otro. Y a eso de las nueve y media, cuando ya han terminado y las niñas se han dormido en el sofá con las yemas de los dedos llenas de tinta y restos de helado de chocolate en la boca, Parvaneh se le aferra al brazo como si la mano fuera una garra de metal. Y cuando Ove se queja y grita «¡Ay!», ella le responde «¡CALLA!».

Y tienen que irse al hospital otra vez.

Es niño.

Epílogo

Un hombre llamado Ove y un epílogo

La vida es una cosa extraordinaria.

Pasa el invierno y llega la primavera y Parvaneh aprueba el examen de conducir. Ove le enseña a Adrian a cambiar las ruedas. Y eso que el gamberro tiene un Toyota, pero al menos debe saber cambiar las ruedas si quiere hacer algo de provecho en la vida, le dice Ove a Sonja un domingo de abril. Luego le enseña fotos del niño de Parvaneh. Cuatro meses y tan rollizo como un cachorro de nutria. Patrick ha intentado venderle la moto de una de esas cámaras móviles, pero Ove no se fía. Así que lleva un montón de copias en papel en la cartera, que sujeta con una goma. Y se las enseña a todo el que ve. Incluso a los dependientes de la floristería.

Pasa la primavera y llega el verano y, para el otoño, Lena, la periodista que siempre lleva una cazadora demasiado grande, se muda a vivir con Anders, el pijo del Audi. Ove lleva el camión de la mudanza. No se fía de que esos chapuceros sean capaces de llevarlo marcha atrás entre las casas sin destrozarle el buzón, así que más vale así. Lógicamente, la periodista Lena no cree en el matrimonio «como institución», le cuenta Ove a

Sonja con un mohín que desvela que han mantenido alguna discusión al respecto en el barrio, pero le asegura que la próxima primavera le llevará a la tumba la invitación de boda.

Mirsad lleva un traje negro y está tan nervioso y tiembla tanto que Parvaneh tiene que darle un lingotazo de tequila antes de entrar en el ayuntamiento. Jimmy está esperándolo allí dentro. Ove es su padrino. Se ha comprado un traje nuevo. Celebran la fiesta en el café de Amel, el hombre empieza a hablar tres veces, aunque las tres se le quiebra la voz en la garganta y solo puede pronunciar unas palabras torpes. Pero le ha puesto el nombre de Jimmy a uno de los bocadillos del menú, y Jimmy dice que es el regalo más fabuloso que le han hecho en la vida. Vive con Mirsad en la casa de su madre. Al año siguiente, adoptan una niña. Jimmy la lleva a casa de Rune y Anita cuando va a tomar café a las tres, todas las tardes, sin excepción.

Rune no mejora. Hay periodos en los que se pasa días enteros sin establecer el menor contacto con el entorno. Pero cuando esa niña entra por la puerta de su casa con los brazos extendidos hacia Anita, se le pinta en la cara una sonrisa de euforia. Sin excepción.

En los barrios de los alrededores siguen construyendo cada vez más casas en torno al modesto barrio de casas adosadas. En el transcurso de unos años, pasa de ser un rincón perdido a ser una barriada de la ciudad. Esos cambios no hacen de Patrick un hombre más competente a la hora de abrir ventanas ni de montar muebles de Ikea y, una mañana, se presenta en casa de Ove con otros dos hombres de la misma edad que, al parecer, tampoco son muy duchos. Viven en el barrio de al lado. Están haciendo reformas y les han surgido problemas con las vigas de una pared medianera. No saben cómo hacerlo. Ove sí lo sabe, claro. Así que refunfuña entre dientes algo que suena a «Chapuceros», pero va y les ayuda. Al día siguiente, aparece un vecino nuevo. Y luego otro. Y otro más. Al cabo de unos meses, Ove ha arreglado alguna que otra cosa en casi todas las casas en un radio de cuatro manzanas. Como es lógico, siempre protesta por la inoperancia absoluta de la gente. Pero cuando está solo junto a la lápida de Sonja le deja caer alguna vez que «Sí, bueno, claro que está bien tener algo que hacer todos los días, desde luego».

Las hijas de Parvaneh celebran sus cumpleaños, y antes de que nadie pueda explicar cómo, la niña de tres años ya tiene seis. Que es lo que hacen los niños de tres años así, sin el menor respeto. Ove la acompaña a la escuela el primer día. Ella le enseña cómo se escriben emoticonos en el móvil, y él le hace prometer que no le contará nunca a Patrick que se ha comprado uno. La niña de ocho años, que, con la misma ausencia total de respeto, ha cumplido diez, celebra su primera fiesta de pijamas. El hermano pequeño siembra de juguetes el suelo de la cocina de Ove. Ove le construye una charca en el jardín, pero cuando la gente lo llama charca, él replica furioso que «qué puñetas, es una piscina, joder». A Anders vuelven a elegirlo presidente de la comunidad. Parvaneh compra una cortacésped nueva para el césped de la parte trasera de las casas.

Los otoños suceden a los veranos, y los inviernos a los otoños, y un frío domingo de noviembre, casi exactamente cuatro años después de que Parvaneh y Patrick se cargaran el buzón de Ove dando marcha atrás con el remolque, Parvaneh se despierta como si le hubieran puesto una mano helada en la frente. Se levanta, mira por la ventana del dormitorio, mira el reloj. Son las ocho y cuarto. Y Ove no ha retirado la nieve de la puerta de su casa. Sale corriendo a la calle en bata y zapatillas, gritando su nombre. Abre la puerta con la llave extra que él le dio y se asoma enseguida al salón, sube a trompicones la escalera con las zapatillas húmedas y entra a tientas en el dormitorio, con el corazón en un puño.

Ove parece profundamente dormido. Jamás le ha visto una expresión tan apacible. El gato está a su lado, con la cabeza en la palma de su mano. Cuando ve a Parvaneh, el animal se levanta despacio, muy despacio, como si no hubiera aceptado del todo lo sucedido hasta ese momento, y se acurruca en su regazo. Y ahí se quedan los dos, sentados en el filo de la cama, y Parvaneh sigue acariciando los escasos mechones de Ove hasta que el personal de la ambulancia, con palabras dulces y con movimientos suaves, la hacen ver que tienen que retirar el cadáver. Entonces se acerca al oído de Ove y le dice «Saluda a Sonja, y dale las gracias por el préstamo». Luego coge un sobre grande que hay en la mesilla de noche en el que se lee escrito a mano «Para Parvaneh», y baja la escalera.

Está lleno de documentos y certificados, los planos originales de la casa, el manual de instrucciones del vídeo, el libro de revisiones del Saab. Números de cuenta y pólizas de seguro. El número de teléfono del abogado al que Ove ha encargado «todo lo importante». Toda una vida, recopilada para poder ordenarse en una carpeta. El balance de una existencia. También hay una carta para ella. Se sienta a la mesa de la cocina y se pone a leer. No es larga. Como si Ove hubiera sabido que la empapará de lágrimas antes de terminar de leerla.

A Adrian le dejo el Saab. De todo lo demás, te encargas tú. Las llaves ya las tienes. El gato come atún dos veces al día y no le gusta ensuciar en casa ajena. Respétalo. En el centro hay un abogado que tiene todos los papeles del banco y esas cosas. Hay una cuenta con 11.563.013,67 coronas. Del padre de Sonja. El viejo tenía acciones. Menudo tacaño era, además. Sonja y yo no sabíamos qué hacer con ese dinero. Tus críos recibirán un millón cada uno cuando cumplan los dieciocho, y la chiquilla de Mirsad y Jimmy también. El resto es tuyo. Pero no vayas a dejar que lo administre Patrick. Le habrías gustado a Sonja. Y no dejes que los imbéciles de los nuevos vecinos circulen en coche por el barrio.

OVE

En la parte inferior del folio ha escrito con mayúsculas: «NO ERES UNA IDIOTA INTEGRAL». Y después ha pintado una carita sonriente, como las que le ha enseñado Nasanin.

En la carta se incluyen también instrucciones claras de que el entierro no debe convertirse en «un puto espectáculo». Ove no quiere ceremonias, solo quiere que lo entierren junto a Sonja, y con eso se da por satisfecho. «Ni gente ni complicaciones», le ha dejado dicho a Parvaneh.

Al entierro acuden más de trescientas personas.

Cuando entran Patrick, Parvaneh y las niñas, hay gente a lo largo de todas las paredes y en todos los pasillos. Llevan en la mano una vela encendida con la leyenda «El fondo de Sonja» grabada en vertical. A eso ha decidido Parvaneh dedicar el dinero que Ove le ha dejado, a un fondo benéfico para niños huérfanos. Tiene los ojos hinchados de tanto llorar, y la garganta tan seca como si llevara varios días tratando de tomar aire. Pero las velas le alivian un poco el corazón. Y cuando Patrick ve a todas las personas que han ido a despedirse de Ove, le da con el codo en el costado y le dice sonriendo satisfecho:

—Joder. A Ove esto lo habría sacado de quicio, ¿eh?

Y Parvaneh se echa a reír con todas sus ganas. Porque desde luego que lo habría sacado de quicio.

Aquella tarde le enseña la casa de Ove y Sonja a una pareja de recién casados. La muchacha está embarazada. Mientras recorre las habitaciones le brillan los ojos como a quien se imagina cómo suceden en ellas los futuros recuerdos de su hijo. Lógicamente, el marido no está tan impresionado. Lleva un peto de trabajo y va dando pataditas a los listones, como enfadado. Por supuesto que Parvaneh sabe que eso no tiene la menor importancia, porque ha visto en los ojos de la mujer que la decisión ya está tomada. Pero cuando el joven pregunta por «la plaza esa de garaje» que se mencionaba en el anuncio, Parvaneh lo mira de arriba abajo, asiente despacio y le pregunta qué coche tiene. Es la primera vez desde que han llegado que el joven se yergue, dibuja una sonrisa imperceptible y la mira a los ojos con esa clase de orgullo inquebrantable que solo puede transmitir una palabra.

—Saab.

Agradecimientos

Jonas Cramby. Escritor brillante y gran *gentleman*. Porque descubriste a Ove y le diste nombre aquel día, y por la generosidad con que me has permitido que continuara contando su historia.

John Häggblom. Mi corrector. Por el talento y el rigor con que me has aconsejado sobre todas las carencias lingüísticas del original, y por la paciencia y la humildad con que las has aceptado cuando me he empeñado en mantenerlas de todos modos.

Rolf Backman. Mi padre. Porque espero ser distinto de ti en tan pocos aspectos como sea posible.